女孩最喜爱的哲理美文

赵新 主编

一滴清水，
可以折射太阳的夺目光辉，
一本好书，
可以滋养无数的美丽心灵。
一篇美文，
可以影响一个人的一生，
一个哲理，
可以改变千万人的命运。

团结出版社

UNITY PRESS

图书在版编目(CIP)数据

女孩最喜爱的哲理美文 / 赵新主编. —北京 : 团
结出版社，2014.1(2017.10 重印)

ISBN 978－7－5126－2327－9

Ⅰ.①女… Ⅱ.①赵… Ⅲ.①散文集－世界 Ⅳ.
①I16

中国版本图书馆 CIP 数据核字(2013)第 302521 号

出　　　版:团结出版社
　　　　　　(北京市东城区东皇城根南街 84 号　邮编:100006)
电　　　话:(010)65228880　65244790(出版社)
　　　　　　(010)65238766　85113874　65133603(发行部)
　　　　　　(010)65133603(邮购)
网　　　址:http://www.tjpress.com
E－mail:65244790@163.com（出版社）
　　　　　　fx65133603@163.com（发行部邮购）
经　　　销:全国新华书店
排　　　版:北京文贤阁图书有限公司
印　　　刷:北京中振源印务有限公司

开　　　本:710 毫米×1000 毫米　16 开
印　　　张:15
印　　　数:5000
字　　　数:180 千
版　　　次:2014 年 1 月　第 1 版
印　　　次:2017 年 10 月　第 2 次印刷

书　　　号:978－7－5126－2327－9/I.876
定　　　价:39.80 元

前　言

　　一篇美文是生命中的一道独特风景，一篇哲理美文是启迪人生的一道信条。美文蕴含着生活的酸甜苦辣，沉淀着世间的悲欢离合，如蒙蒙细雨滋润着我们干裂的心田，然后我们的心田就会绽放出一朵朵与生命有关的花儿，仿如朝阳挣脱了黎明的束缚，光明在瞬间普照大地。

　　一则精练的故事，犹如一泓深邃的哲理清泉，静静流淌过生命的河流，在水与水的交融中我们依旧可以分辨出哪一朵浪花源自这泓清泉。充满哲理的美文可以帮我们打开生命的智慧之门；充满哲理的美文，教会我们用心去拥抱生活，用爱去燃点希望……

　　在生活中每一名男孩都想昂着高傲的头颅望着天际，每个人都想一生保持着这份高傲。然而在纷扰的生活面前，在杂乱的尘世面前，我们不得不低下高傲的头颅。虽然生活中的烦恼是无可避免的，但是我们可以做到心灵的沉静。每个人都渴望着轻装上阵，沉着地面对一切世间纷扰，潇洒地将一切纷扰挥掉。这时候我们需要一些前人的指引，从他们的生活中截取生活智慧，然后通过思考转化为自己的智慧。

　　本书选取了诸多经典哲理美文，内容涉及人生的方方面面。有些篇章睿智凝练，使我们年轻的心灵为之震撼；有的灵气十足，仿如青春的唯美画卷，静静铺在斑斓的土地上。本书有着曲折动人的故事，您在阅读本书之时，既可以感觉到轻松愉快的气氛，又能从这些故事中感悟人生的真实韵味，洗去弥遮心灵已久的尘埃。

目 录

第一辑　岁月如弦

青春的音乐驿站 ……………………………………… 凌代琼 2

碰响的日记 ………………………………………… 凌代琼 6

拨响心灵的铃声 …………………………………… 凌代琼 10

那狗的一生 ………………………………………… 王哲珠 13

乡村电影 …………………………………………… 曹　秀 21

走在黄昏的路上 …………………………………… 曹　秀 23

岁月的河流 ………………………………………… 曹　秀 26

夏天想冬天的事 …………………………………… 曹　秀 28

春天的烙印 ………………………………………… 崔东浩 30

伤感一生 …………………………………………… 李　全 32

秋天的白荷花 ……………………………………… 李　全 34

郊野漫步·雨中行 ………………………………… 曲　直 36

女孩最喜爱的哲理美文

第二辑　心存志远

四元钱成就的人生梦想 …………………………………… 刘清山 40

转身后的华丽 …………………………………………… 刘清山 42

一生都在奔跑 …………………………………………… 刘清山 44

生命中的雨露和阳光 ……………………………………… 刘清山 46

另一种视角 ……………………………………………… 凌代琼 48

成仙 …………………………………………………… 高建新 50

孤雁倦飞的天空 ………………………………………… 高建新 52

不灭的灯 ………………………………………………… 崔东浩 54

画月亮 …………………………………………………… 王哲珠 56

错失的窗 ………………………………………………… 黄南军 58

人生的位置 ……………………………………………… 黄南军 61

路在远方 ………………………………………………… 黄南军 64

没有机会也要努力 ……………………………………… 曹　秀 67

第三辑　尘缘若梦

难舍尘缘 ………………………………………………… 常大利 70

镜中缘 …………………………………………………… 黄南军 72

迟到的婚姻 ……………………………………………… 黄南军 75

脂粉狼烟 ………………………………………………… 崔东浩 78

看破红尘的女子 ………………………………………… 曲　直 84

楼观台问道 ……………………………………………… 史飞翔 89

善卷洞随想 ……………………………………………… 凌代琼 93

桥梁，或者我的缓慢表达 ………………………………… 才　苟 98

记忆,像一枚落叶 ……………………………………… 才 苟 103

秀发飘飘 ……………………………………………… 李 全 106

杏花开了,桃花开了 ………………………………… 常大利 108

偶 遇 ………………………………………………… 王哲珠 111

第四辑　为爱痴狂

因为爱你 ……………………………………………… 吉布鹰升 116

我为卿狂 ……………………………………………… 王哲珠 118

凤仙花溅泪 …………………………………………… 高建新 121

想着你,我睡不着 …………………………………… 贺 静 125

有你的秋夜,我感觉不到寒 ………………………… 贺 静 127

纵是归鸿无影,也愿意等待 ………………………… 贺 静 129

回首蜗牛灯火阑珊处 ………………………………… 曲 直 131

雨声从梦境里穿越 …………………………………… 才 苟 135

阳光晒不到的地方 …………………………………… 才 苟 138

蓝色鸟 ………………………………………………… 黄非红 140

一块白手帕 …………………………………………… 李 全 150

第五辑　品味经典

刘采春:举止低回秀媚多 …………………………… 祖克慰 154

陆唐恋:雨送黄昏花易落 …………………………… 祖克慰 161

张玉娘:独此弦断无续期 …………………………… 祖克慰 165

梁实秋与女明星闪婚 ………………………………… 史飞翔 173

读《活着》 …………………………………………… 陈树义 176

读刘震云《一句顶一万句》 …………………… 陈树义 179

英雄赞歌 ……………………………………… 常大利 184

一生用诗歌来抒情的关东汉 …………………… 常大利 187

心静如水 ……………………………………… 常大利 191

天使的翅膀 …………………………………… 刘清山 193

不同寻常的夜壶 ……………………………… 高建新 194

清晰的身影 …………………………………… 崔东浩 199

第六辑　现实一隅

沉没,泰坦尼克号的铆钉 ……………………… 高建新 204

到城里读书 …………………………………… 吉布鹰升 206

最后的家园 …………………………………… 吉布鹰升 209

窗外的静物 …………………………………… 崔东浩 214

一杯温开水 …………………………………… 刘清山 216

第一次到报社 ………………………………… 曹　秀 218

站着听课的孩子 ……………………………… 曹　秀 220

我知道什么叫后怕 …………………………… 曹　秀 222

一张照片 ……………………………………… 李　全 224

原来是这样 …………………………………… 王哲珠 227

美丽的贺卡 …………………………………… 凌代琼 229

他在大院里走来走去 ………………………… 凌代琼 231

岁月如弦

青春的音乐驿站

凌代琼

容颜磨损的我，说起那段配乐时光，心中就自然荡漾着青春快乐的和弦。

台上追光移动，月亮从幕布上升起，流淌的小提琴轻柔着话语，风华正茂的青年，随着音乐的上下起伏，在激情朗诵。掌声潮拍打着军营、机关、学校。配乐诗朗诵与青年的名字一起，如风在小城里飘。市总工会决定选派这名青年和另一名女歌唱演员到省里参加演出。配乐成功了。青年快步如飞，回家要将这一消息与兄弟们一起分享。

那个青年就是我。因为我的配器、配乐，音乐驿站是从家开始的。

那年月，假如你从我家门口过，你一定会被流出的音乐绊着而止步。抬眼，轻松、活泼的乐句，正碰着你的耳和眼。你会好奇地顺着音乐逆向寻找，自然就看到了我们家四兄弟。大哥正敲着洋琴，我站在窗前竹笛横吹，大弟在歪着头倾情于小提琴演奏，小弟将二胡放在大腿上，运动着二胡的弓。家母坐在客厅，一边做着针线活，一边看着、听着我们的音乐。你不要以为这只是一次邂逅，在心无皈依的年代，音乐可是我们兄弟心中的太阳。我们兄弟天天都这样玩音乐，用音乐沟通着情感，用人文的和声，抵御市井发出的喧嚣。

不愿堕落在市井声中的我们，要从市井的杂声中分离出我们自己的那份情怀，四兄弟虔诚地拜师学艺。心中有了命题，眼睛就去寻找论据。让天天向上的感觉，与音乐柔软的滋味联结在一起。我们以自己的一种文化方式，抵御噪音，以我们青春的色彩，滋养着心中的音符。三室一厅的家虽然不小，可各弹各的曲，各吹各的调还真是显得乱。再加上市井里卖菜的叫唤，街坊的问答，小孩的哭闹，远近交应，真是杂声一片。从纷乱中切分出我们的音节，我们兄弟开始像流云一样飘动。清晨，躲在山上练习，星期天跑到学校练习，日常躲在新建的空房子里练习。时间就这样从嘴唇、手指上流过。多少次雁鸣惊秋之声，都被我们练习的吱呀吱呀的乐声潮所淹没。岁月，终让我们从噪音里剪裁出了乐句的彩云。底层的市井里，慢慢长出了我们毛茸茸的快乐。此时，岁月已将我们这群毛孩子，从音符中培育成风华正茂的少年。并且我们都能凭借手中的乐器，传递着情感。在大哥的建议下，我们开始配器，用心语共建和谐、快乐的音乐空间。

刚开始合作，节奏不稳，各自自由发挥。从听觉上讲，就像天上彩云追月一样热闹。笛声就像明亮的月亮，一会儿出音乐云层，一会儿被音乐的乱云盖住。一曲走走停停下来，四种乐器像四种不同方向的风，吹得兄弟们哈哈大笑。这哪像配乐，比街上瞎子算命奏出的声音还难听。为了准确把握乐曲，我们每个人又从简谱的休止符、强弱以及音乐的切分、连音、附点等等开始练习。音乐成了我们兄弟契合的飞语。在准确把握乐句的基础上我们还学会相互照应，用耳去听，用心去合。明白了彼此的相伴、相融和相容，就能奏出美妙的音乐来。

我们兄弟小乐队又经过约半年的配合，在年三十的一个晚上开始合成。那时没有春节晚会，我们家的音乐会，理所当然地引来凑热闹的邻里们。第一只曲子《喜洋洋》奏起。流畅舒展的旋律，活泼明快的节奏，与节日喜悦的心情自然结合在一起，流淌的《喜洋洋》一下子使邻里们心情明快起来。节日序曲之后，就是独唱《红星照我去战斗》。六岁侄儿有板有眼的歌唱，赢得了更多的喝彩和掌声……相隔几十年光阴的今天，想起那段日子，融融的暖意自我嘴唇转到笛孔里游出，眼睛里映着兄弟动感的姿态，我就沉醉在当年的音乐之中。每个细胞都在歌唱的我，眼睛里也会有晶莹晶莹的音符在闪动。这大概就是爱所创造的神奇与魔力吧？虽然我不能突破时空的纬度，但音乐形成的的愉悦场，直到今天还呵护着我年轻的心。就是隔着几十年的岁

女孩最喜爱的哲理美文

月，再说起还有南风吹梦，销魂荡魄之欢愉。

小乐队合成了，有了自己生产的音乐，在那年代我们一点都不感到寂寞。我们用自己的音乐瞭望，在《春天在哪里》的乐句中，寻找着另一种春景。转眼，四兄弟都成了学校、机关、单位的文艺骨干，我们彼此为演出奔忙着。周末，我们兄弟一边配乐，一边交流演出中快乐的事情。大哥主笔写的四幕话剧在市里演出获得成功，我们单位也要求我搞一场高水平的配乐诗朗诵，并说配器要有创意、新意，一定要真。我与兄弟的配器送审被否定，我与文艺宣传队的配器也被枪毙。宣传队女队员们为配乐想尽了方法，也没有得到领导的肯定。领导拿出他自己的宝贝——精致的录音机，领着我，开始对诗进行真情的配器。（我的领导过去是市剧团主角，下放到我们单位劳动改造的。）领导教我，诗的这段要配流水激石声，那一段要配远鸟声，而不是近鸟声。主旋律应该如贝多芬《命运》开头的那样，以响亮的乐句打动人心。中间那段就应该像京剧里的西皮流水，自然而抒情。配乐诗朗诵不只是简单的二者相加。诗歌中的起承转合，音乐都要有所烘托，使诗歌与音乐形成一个立体的交响，让听者回想不绝。经过高人指点，又与宣传队员们经过一段时间的配乐与配器，演出获得了满堂彩，出现了本文开头的景象。

当我们兄弟身心都泡在音乐中，声乐水平也取得长足的进步，大有一步就能跃上专业音乐人才行列的时候，我们的音乐生活，晴天霹雳地出现了一个预想不到的音乐休止符。炎夏，上高一的小弟在独唱后，立马喝了冰镇汽水，导致他突然失声，成了一个说不出话的"哑巴"。时间离间着我们，我们兄弟震惊了。那个今天说来都令我冒冷汗的"音乐事件"，强制我们只能用笔与小弟"纸谈"。在惊慌中我们家自产的音乐也哑了。一片乌云遮住了我们灿烂的音乐阳光。虽说声音不是为一切人服务的工具，但交流不能没有语言啊！此时，小弟痛苦地静坐在中药味弥漫的音室中，偶尔响起的琴弦上，冷冷升起的就是瞎子阿炳二泉的那轮月亮。他一边拨弄着乐句，一边将思绪填补在无声世界之中。小弟的音乐述说我们兄弟会不理解？凄楚的长叹，深沉、苍凉压抑的曲调，抑制着我们的话语。音乐的温暖，能抵御心中的黑暗吗？看着小弟这样借阿炳的曲调，陷入对往事的沉思与未来的幻想之中，我们兄弟都被淹没在凄苦的音乐洪水中。

小弟的音乐事件不仅打击了我们兄弟，也逼迫我们思考，要学一种终身受用的本领，人不能一辈子只吃青春饭。将小弟送到上海，进行专家治疗后，我们的配乐驿站就基本停止了。在一片学习潮起之时，我们开始转身，投身到文化学习、补习之中。一分认识就有一分放下。我们兄弟就这样，乘着音乐的翅膀，忐忑不安地走向了岁月深处，并在内心祈祷，祝小弟早日康复。希望有一天，我们再恢复"音乐驿站"，我们兄弟再回到愉悦的音乐场中。

音乐的绿色，就这样蓄在了我们兄弟青春的表皮里。

碰响的日记

凌代琼

近日，读了日本已逝作家团伊玖磨的《烟斗随笔》。合书，思绪也如燃烧的烟斗，星火闪闪，烟雾袅袅。团伊玖磨用文字每周一曲，一唱就是 30 年，真是唱得气长而音高，令人拍案叫绝。他将文字蝌蚪，涅槃成绵延岁月河流里如歌的蛙声，以一种平和的心态，哼着久远的时调走远了。

领受团伊玖磨先生轻淡、文雅、宁静的文字，看着《烟斗随笔》封面上音符一样美丽的烟斗，我心里隐隐有些激动。多么眼熟的烟斗，好像在哪里见过。我像一个自话的老人，不断地肯定、否定，否定又肯定。日记，终在不经意间，碰响了我的心铃。铃声，又震开了我一重重记忆之门。恍惚在遥远的记忆深处，以红色风暴为底色的年代，渐渐显露出一支烟斗，烟斗边放着一本"工作笔记"。

烟斗在缕缕出烟，这支与我的青春密切相关的烟斗，像一个记忆线头，一下子将往事牵了出来。

上个世纪 70 年代，是个讲政治的年代。一天，我们正在准备听"烟斗"工会主席给我们来读报纸。突然，我的一位同学气喘吁吁地跑来，悄悄神秘地告诉我，不好了，我们那正在查工具箱；我知道你有记日记的习惯，我矿帽都没来及脱下，就跑来通知你。听得我心跳加快，忙问，什么意思？查反动言论？吓得我屁滚尿流地跑到工具箱房，手忙脚乱地打开工具箱，拿起日记就跑。大气不敢出地乘车回到家，将日记藏了起来。可我定下神后，反问自己是在干什么，自己记日记又惹谁了？自己跟自己说话，又不是犯法。我自摇头，这不是自己吓唬自己吗？

第二天上班，"烟斗"领导问我，昨天查工具箱，你人哪去了？我理直气壮地说，工具箱有什么好查的。"烟斗"领导严肃地说，这是政治任务。听说你有一个笔记本，"烟斗"领导又和气地说。可边上汪书记，恶狠狠地用眼瞪着我，拿——出——来。我自己的日记为什么要给你看。看你有没有"私"字。我拒交日记，结果得到三个字"写检讨"。

这是我人生第一份检讨，我感到委屈，又想不通。突然，叶挺将军的声音——"为人进出的门紧锁着，为狗爬出的洞敞开着。一个声音高叫着：——爬出来吧，给你自由！"在耳畔响起。我不能屈服地爬出去。堂堂七尺男儿，就这么没有血性。写，我一定要写一个东西，让"烟斗"们看看，我们下放"知青"可不是好欺负的。我要叫"烟斗"们看到标题就难受，还要叫他们说不出来。我用了两天功，将我的怨气、怒气，以及年轻人的血气伴着才气一起聚集在文字中。我将这份特殊的检查"我的自白书"放在"烟斗"的办公桌上后，就悄悄地上班去了。

在班上，班长通知，说"烟斗"领导约我下班后谈心，一定不能走。哼，现在知道要跟我谈心了；我才不怕，自己在心里暗自高兴。我忐忑不安地去赴约。办公室就我和"烟斗"领导。办公桌上放着一本"工作笔记"。"烟斗"领导给我沏上茶，也为自己的烟斗装上烟，然后点上。他语重心长地对我说，看不出来，你还挺有文采。不过，"烟斗"领导把话锋一转，你把我当敌人看可不好。检讨的名字写成"我的自白书"，亏你也想得出来。就你这"检讨"叫哪个领导看了不生气。你不投降，有骨气。还以鲁迅的语气来讽刺我。今天，我就要看看你有多大能耐。你委屈，到底委屈你什么了？心气还不小。"烟斗"领导，又狠狠地划了一根火柴，点燃嘴上的烟斗，然后接着缓缓地说，今天，我们不谈什么检讨、自白书。我要和你谈谈读书。你不要奇怪，我也是一读书人。"烟斗"一边说话，一边又吸着叼着的烟斗，烟斗里星火闪闪，烟雾缕缕。我沉默着，眼睛盯着出烟的"烟斗"。"烟斗"领导略有所思地说，看来你还读了不少书，我还就愿与读书人交往。看来你的委屈还不小，今天我们就好好交一交心吧，你不服，有什么尽管说。我坚持记日记无罪，叫我写检讨也不一定对，这是欺负人，我就是不服。我一边说一边就情不自禁地激动，泪水从眼眶里慢慢涌出，说着说着委屈地哭了。

"烟斗"领导用手拍着我的背说，男儿有泪不轻弹。委屈，我可比你委屈大了。"烟斗"领导放下我的话题，回忆般地叙述，他是从市文联下放到这边远厂矿的。并且是推着两辆板车，从市里走了20多里路，孤单一人到矿上报到的。我不是没有朋友，我不想通知，也不愿连累他们，就一人悄悄地来到了这里。我主动与朋友们断了联系。我能怨谁？来了这么多年，我一边劳动一边改造世界观。再苦再累我也从不放弃读书。"烟斗"领导说着激动起来，移坐到我身边，又装进一些烟丝，放松地自然而然地，点燃他的烟斗。长长地吐了一口气，话语一转对着我说，读书，读中外名著本身就是好事，可有些事也不是像你所想的，也有一些东西你还不懂。你刚入社会，还有许多要学习的东西。只凭骨气、脾气不一定行得通。你应该向你的一些好朋友学习。我知道你们都在传看一本《列宁选集》，这事没错吧！有些事，你们不说我也知道。"烟斗"领导又一边说，一边故意翻动着报纸。

这话使我一惊，这是我们小青年交换书的公开秘密。书表皮是马列，实质都是我们喜欢的世界名著。昨天，我刚从朋友那拿到一本这样的《列宁选集》——《安娜·卡列尼娜》。听到这，我低下了高昂的头。看着他星火闪烁的烟斗，一缕缕飘升起的烟雾，我心中像打翻了五味瓶，说不出是什么滋味。"烟斗"领导的话语，成了连接他和我情感的桥梁。我红着脸对领导说，把"我的自白书"给我吧！领导轻松地说，就放我这，留个纪念吧。不过，你真正的马列书也要读，那里学问深着呢！我用疑问的眼光看着"烟斗"领导。不知怎么我的心扉在"烟斗"领导的语气中渐渐敞开。"烟斗"领导合上桌上的工作笔记本，把它放进抽屉里，然后一边反磕着烟斗，很随意地就将烟斗放进了中山装的右边大口衣袋里。"烟斗"领导又整了整衣袖，吹了吹桌面上的烟灰，平静地说，没书，到我家去拿。走，现在就走。我也不知为什么就自然跟着，随着。

从此，我和这位"烟斗"领导成了好朋友。日记为我打开了一座知识宝库。"烟斗"领导后来公开对文友们说，你们到我家可以看书，但不能把书拿走。我的书只有一人可以拿，那就是代琼。他想看什么，想拿什么书，条子都不要打。我的书房也可以说就是他的书房，任何时间都对他开放。

"烟斗"的话，引起文学青年们的嫉妒。有人说"烟斗"想收你为女婿。你好福气，你和"烟斗"女儿俩在一起，那才叫"天仙配"。一种不求、不欲的心态，总使我与"烟斗"领导之间，保持着一朵花的距离。后来，风言风语越刮越大，我又不想解释，我的登门次数就由密到疏，再由疏到无。直到调动工作也没再去登门。

日记，记住了忘却。时间过去了30多年，"烟斗"领导现在哪里，我也不知道。我怕我亲爱的"烟斗"领导，也像日本团先生一样，"哼着久远的时调走远了"。想到这心里不免发慌起来，我突然决定，明天就去找我的"烟斗"领导，我要向他汇报我的"思想"，要回我的那份"自白书"。

拨响心灵的铃声

凌代琼

一股思念的风从心灵飘过，思念树上朋友的名字被风吹得哗哗直响。瑰丽的话语是虚寒问暖，亲近的表示，还是故意为我表演？我想念距离上、空间上的朋友们。久违的话语和有话对你说的欲望，不知不觉就从心灵抵达到了嘴唇。

唇齿酝酿着心语的味道。我翻动同学通讯录，急切寻找着能互应的名字。就先打给你吧，你幽默的语言和灵动的接洽，总给我一脸的灿烂。让你的气味和激情来松懈我此时的心情吧。感觉支配着动作，电话号码在直觉中旋转。而我感到拨响的是我心灵的密码，每一个数字都代表着一种声音，每一次拨动心灵都为之颤动。热情地向你呼叫，而你却听不见。使我偏爱你的心，从热切中跌向无意识的黑暗。使接近你的感知，淹没在无边无际的苦海当中。

我周身携带的快乐信息，就这样被你的数字转去了大半，嘟、嘟、嘟的铃声又阻塞我对你倾诉流畅的语言。看着拨动过的乳白色的电话号码，一种白色的精神的冷气突然袭击了我的灵魂。我倒吸了一口冷气，脑海中却亮不起你的熟悉的身影。朋友，你在哪里忙碌呀！说会儿话就耽搁你？沉默虽说是身体的思想，但我此时更需要肉体向内心倾诉的言语。

无奈关闭你的形象，停止拨动你那串如铜钥匙的电话号码。过了很长时间，我的脑海才从无意识中浮现出一群活泼的名字。他们构建着我们小城的百姓故事，以自己的身体和体力翻动着每天的日历。血脉中涌动的情感，释放着我心灵的感知。我联姻般地将名字与意念合并在一起，接纳电话那头的你们。

我好想对你说，孤独地写作，独立地思考，已不知不觉走出了我们曾经生活的乐"场"，我已好久没有闻到朋友们熟悉的气息了。上次请客我人在异地，听说你们 OK 还长出了故事。你们等着，我现在就来接通你。看你们还敢……

我的话语和气息开始在数字中舞蹈，可我舞遍了你们的名字，却也没有引来熟悉的蝴蝶。不会又去喝酒了吧？不然我浅表的呼唤里，怎么就飘然有了酒气。眼镜，是否又是你在捣鬼，故意不接我的电话，故意让我在"场"外干着急。你看你们都不接电话不就露馅了。可我知道你们是唱的《同一首歌》。啊，我忽然感到只有现在才是生命真正的所在，你们在时间的彼岸，构建起我现在期盼的全部。那个谁，你要不回电话，我下次见到你就要骂，我看你还玩"寂寞是一种美丽"。轻轻地告诉我，你们在哪里，我真有话对你们说，也真的好想你们。

我静静地坐下，慢慢地抬头，听风说着遥远。熟悉不在身边，一种陌生悄然袭上心来。正如上网时突然掉线，令你无可奈何地摇头。熟悉的人都去了陌生地，或者说，曾经的熟悉正变得陌生。是生存竞争使你们都生活在浪尖上，"赶海""赶场"似的奔波，剥夺了你们快乐的话语。还是官场、职场的竞争因素断开了友情。不拒凡俗地活着，可我们也不能被生活磨蚀得麻木。就是眼前"不堪入目"，我们也不该隔膜了自己。再忙，再烦，再不如意，就是你的生活容纳了诸多不快，电话还是要接听的。不然，怎知谁在呼唤你。

一花一世界，一叶一如来。我现在就拨我们总工程师的电话，看你们还怎么编造。用户正忙，请稍后再拨……此时，暖暖的阳光正照在我的背上，我感到了一丝温暖。可等我再拨，听到的声音是：不在服务区……我茫然了，不知道你们在玩什么？或者真的都很忙，无暇顾及。我将电话号码本扔到办公桌上，想通话的激情又被无声吞没。冷冷的现实，又把我送回到情感的来处。我的思想袅袅如烟，可远方的你就是看不见。

面对窗外不动的树木和流动的人群，我在自问，是时代隔膜了我们，还是四季分离了我们？我们曾一起燃烧过生命能量与青春，但今天连沟通都成了问题。我以我的方式亲近同学、朋友不对吗？难道连一个朋友都感觉不到我的味道吗？连接昨天的你，接通今天的你，是一种生活张望生长的滋味。不会是养德性于淡泊，化沉思于雍文的我，忘记怎样与花花世界中的你们对话了吧？错愕中，被生活的浪拍在沙滩上的感觉与无奈支配着我。

我收回视线，怎么一点也感觉不到你们那里开花的声音。突然，蓝天上滑过一串鸟鸣，鸟鸣的声音又飘落在电话上。拿起电话，不知惊梦何处。话筒里就响起了声音：伙计，想死我了，王？嗯啊，我就是那疙瘩的大老王啊！你咋就想到我了呢！这不，在杂志上看到你的美文，我一激动也就来了呗。我们在电话中侃着、聊着，话如泉水往外涌，愉悦得连时间都忘了。这是一帮纯得如山泉一般的文友。一个名字，就是一个鲜活的脸谱，一串名字，就是笑语一片。刚从网上看到一条消息，四川文友的新书获得了新农村图书奖，应该打个电话祝贺一下。翻出心语般的电话号码，在心里喊了一声……可听到远方的回音是嘟、嘟、嘟的忙音。我在心里自问，都在忙什么？一边说，一边又拨山西的文友电话。近两年他都有文章发在《山西文学》的头条。又是一个义气的哥们。电话通了，传声的是他爱人。回话，人到北京去了。

于是，我手摸着电话在遐想，借助现代工具如藤萝般将自己缠向远方的我们，应该学会怎样用默契和交流，来化解孤寂，温暖自己。流进来，流出去的话语，怎样才能在人们的心里如种子般生根、发芽、开花。需要沟通的年代，日子里没有多余的装点，一种文字就能把自己送回来处。我们呼吸着今天文化的气息，不能忘了触及和感知外面世界。读心音的乐章，听血脉的欢歌，才能自由无羁地言说。

心灵之光照亮了一串有磁场感应的电话号码，血脉转动着一种气息，心灵的秘语正从心房飘出。流动的空气正向远方传递着我的心声。心气拨转磁性的号码，一种通畅的感觉流遍我的全身。我又拿起电话……

那狗的一生

王哲珠

细叔家的老黑狗到外面溜了一圈后，回来就软绵绵地趴下了，对着主人吐了最后一口白沫后，缓缓闭上那双浑浊的老眼，结束了它忠实而平淡无奇的一生。

大概是老黑狗在门口守惯了，它一去，门前那块地儿竟觉得有些空落，仿佛一盆固定在客厅里的生机盎然的盆景，摆久了为人所忽视，一旦打碎了，便让人有些惋惜。何况多年来，老黑狗已成了一把很不错的活锁头，有了它，主人习惯了串门抬脚就走，习惯了出门不必挂心。于是，细叔和细婶商量着，重新买来一条小狗，守在老狗原来的地方。从此，主人渐渐忘了老黑狗，以至它完完全全烟消云散。

新买来的小狗很快被绑在绑过老狗的那根绳子上。圆溜溜的眼睛显得很陌生地乱转着，米白色的小巧的身躯挺灵活地扭动，尾巴神气地高高翘起，全身单单两只小小的倒扣着的耳朵是赤色的，乍一看，还误以为是哪个商店里抱出来的玩具。

初来乍到，它引起了一阵不大不小的"轰动"，让门边的空气很是活泼了一阵子。孩子们好奇地围着它，这个轻轻揪揪它的小耳朵，那个试探地摸摸它圆圆的脑袋，甚至慷慨地摸出兜里的几颗花生米或一两块糖果来逗它喜欢。

也许是刚离了母亲突然来到完全陌生环境的缘故，它的眼里有些惊恐和茫然，对来自另一个世界的招呼和挑逗不大领情，畏缩地向墙角躲闪着，对那些赏赐也只用小鼻子试探地碰了碰。

但毕竟年龄太小吧，它没有过多的多愁善感，很快适应了新环境，眼珠子转动得灵活多了，四只小脚也欢快地踢踏起来，甚至很调皮地向众人汪汪地叫了几声，声音又亮又脆，更添了众人对它的宠爱。看来，它是懂得讨人喜欢的。

因为它两只醒目的赤色耳朵，大家很亲切地称它为赤耳。有了名字，招呼起来便更为亲切，都开始"赤耳""赤耳"地逗弄它。赤耳伶俐，很快清楚并习惯了自己的符号，听到有人招呼，便耸耸耷拉着的耳朵，摇摇它向上翘着的短尾巴。

因为赤耳的小巧可爱，客人来了，总客气地夸奖几句，主人便也适当地谦逊几句，彼此打着哈哈。谈论小狗是最不痛不痒的话题，既不失礼仪，又可在谈话空白时找到话题打发时间。其实，夸奖小狗便是很含蓄地恭维主人的好眼光。

主人闲来无事，赤耳便成了他发泄多余感情的寄托物。细婶定时给赤耳洗澡，这不仅对于赤耳是一种荣幸，对于三岁的小玲和七岁的小锋更是一场难得的游戏。赤耳乖乖巧巧地站在大盆里，任小玲和小锋嘻嘻哈哈朝它泼水。洗得全身水淋淋了，赤耳舒服地打了个激灵，全身颤抖起来，泼出一阵水雾，给小玲和小锋洒了满身满脸的水珠儿，两个孩子兴奋得大呼小叫。细婶便趁机忙自个儿的事，暂时脱了两个孩子的纠缠，为他们找到了玩伴。小巧可爱的赤耳确是孩子们的好玩伴，好玩具。

赤耳全身清洁之后，更是憨态可掬，仿佛白净些的娃儿总是令人多疼惜些。它就像无忧而乖巧的孩童，懂得看人眼色。只要听到主人的脚步声，看到主人的身影，便摇头摆尾，轻轻吠两声表示欢迎，甚至抬起前脚亲亲热热地搭在你的裤脚上，伸长舌头毫不做作地舔一番，以此来表示它的识相。主人心情好了，用脚碰碰它，它干脆脑袋也蹭过来了。要是主人刚好闷着，顺便给它一声怒喝，它也毫不在意，静静地退回去，脾气好得令人惊奇。然而，陌生人只要踏进门边，赤耳便狂吠不止，其势之凶，颇让人脚步犹豫。它以此充分表示了它的忠心和对自个儿守门工作的负责任。这便是赤耳的精明之处了，这一点，是人也不得不佩服的，就仿佛是人的处世之道，总得想法子让自个儿安身立命。但有多少人敢像狗一样表现得如此淋漓尽致呢？

一阵新鲜劲过后，赤耳的存在便像死去的大黑狗一样成了习惯。它依然对每个熟悉的人抱裤腿，摇尾巴，只是，除了孩子，忙碌的大人们不再有耐心亲热地拍拍它的脑瓜，逗弄一阵了。人们渐渐对赤耳的巴结视而不见，漠然而去。有时心里憋着什么气了，还会顺势一脚，把赤耳踢到一边，或是厌烦地怒骂几句。当然，这对于养活了它，给了它一个屋檐的人类来说，真是自然不过。赤耳当然也不会放在心上，在一边发上一阵呆之后，又欢跃起来。当你第二次从门边走过，赤耳已尽抛前嫌，再次对你磨腿蹭脚的。

赤耳不再是新奇之物，小玲和小锋也早已有了新的玩具，赤耳的意外之食便渐渐少了。也是，除了富妇抱在怀里的宠物，谁有闲心整天去逗弄一只看门狗？不过，主人倒还不至于忘了赤耳应有的三餐。赤耳也不挑食，有什么吃什么。这个好习惯给它带来了实实在在的好处，使它在一个月之内就让身体足足扩大了一倍。

细婶不再隔三差五帮赤耳洗澡了，它完完全全成了一只专门看家的狗。寨子里几乎每几家就有这样一条狗，谁也没有资格要求成为宠物。赤耳似也有所察觉，自觉多了份稳重，不再跟一只苍蝇玩上半天了。渐渐地，它米白的身子有些灰，四只脚也脏乎乎的。不过，同院的阿兰还是很喜欢它，从工厂回来，无事之余，兴之所至，偶尔也给赤耳洗个凉水澡，再带它到外面溜溜脚。

赤耳大概因为极少脱离那根绳子，每次脱离绳子，都兴奋得像放风的犯人，直放开脚丫撒野。这时，赤耳便显出少有的敏捷和强壮来，它在草地上奔腾的姿势像极了一匹矫健的小马。但忠实的赤耳毕竟不是马，跑一段后，总停下来向后张望看看阿兰是否跟上来，看看自己是否走对了方向。这也许是它的灵性，也是狗不如马自由奔放的原因吧。

但不管赤耳如何奔腾，很少跑出属于这个寨子的范围，它总是准确地停在算作地界的地方向外寨张望，几十米远，外寨的几只狗正虎视眈眈。不难看出，只要赤耳胆敢踏出一步，将是一场以强压弱的恶战。彼此对视了一会儿，赤耳相当识相地掉头走开，就算它最亲爱的主人在前面招呼着，它也会很明智地保留自己的决定，只站在原地远远观望。在这方面，赤耳似乎充分显示出它明哲保身的智慧。

直到赤耳两个月大，它一直过得风平浪静的，它的生活中除了偶尔一顿意外美餐作为花絮外，最大的事就是看门和长个儿了。看门是它一生的责任所在，亦是价值所在，长个儿却是赤耳自个儿努力的结果了。它不挑食，连糖果都能含得津津有味，为了吃，它有时比孩子还听话。二婶和阿兰母女早上上集子，赤耳便小跑着要一路跟去，赶了几次，它像赖皮的娃儿，回头走了几步又跟上来。二婶蹲下来，说，赤耳，快回去，等一下回来就给你半块烤面包。赤耳听得清清楚楚，立即住了步子，耸耸耳朵，然后转身小跑而去，那脚步因为半块烤面包的鼓舞而变得越加欢快。显然，简单的快乐来得更为真实。

然而，就因为一件很小的事——而对于赤耳来说可能是它一生的转折——赤耳平静的生活有了波澜。那是一个很晴朗的日子，赤耳卧在门边，安静地看着过往的行人。它渐渐感觉到自己用餐的时间越来越近了，因为它听到屋里收拾碗碟的声音了，凭它的经验那些碗碟里剩下的将倒入它面前的槽里。于是，它站起来，因为期待而显得有些兴奋，有些焦躁。要知道，早上似乎是小玲发烧了，以致于主人忘了赤耳的早餐。这时，它希望主人能体谅，午餐多加一些。

细婶端了瓷碗出来时，婆婆说，你忙你的，我来吧。便接了碗，招呼赤耳，把饭扣在槽里。赤耳迫不及待地埋下头，有滋有味地大嚼起来。因为太急，赤耳的姿势可说是站得极不舒服的。槽离得太远，它不得不伸长了脖子，绑着的绳子绷得紧紧的，有半截还缠住了脖子。但赤耳因为嘴里的美味而完全忽略了这些。老张婶推开赤耳的头，拉了拉它的槽子，想让它吃得更舒服一些。但这一刻赤耳误会了，以为老张婶要拉开眼前的食物。不管它平日如何的懂事，它还是一条狗，有什么比嘴里的食物更重要的呢？它野性顿露，张开的嘴巴顺势向前下意识地一挡。这一挡，老张婶的手就出现了一个隐隐的血印子。老张婶当下就惊叫起来，赤耳完全没有意识到发生了什么事，低下头继续享用自己的美餐。其实，赤耳在用餐的时候，便不再是乖巧忠诚的赤耳，而只是一只完完全全的畜生，它有保卫口中之食不受半点侵犯的本性。老张婶大概很难接受这一点，赤耳的大逆不道令她惊讶不已。事后，赤耳对当时的情况大概很难回忆清楚，它记忆里也许只有那顿午餐的美味。但这事对它的影响确确实实是巨大的。

晚上，细叔拖着一身疲乏回来时，老张婶便卷起袖子，把受伤的手伸到儿子眼皮底下——那伤口因为上了红褐色的药而显得更加严重了些——添油加醋地陈说他养的狗是如何的忘恩负义，她去喂食竟遭咬。

也许细叔过于劳累正心情烦躁，也许因为那两天小玲的发烧令他心绪不安。反正细叔听到母亲的申诉后，很夸张地发了怒。他抄起一根旧皮带，红着眼睛冲到赤耳面前，用尽全力抽打起来，那响声听了令人心惊。赤耳愣了愣，肌肉忍不住抽搐起来，随着皮带跳了几跳。没等它弄清怎么回事，第二下、第三下，皮带像雨点般落在它的头上、背上、腿脚上。它疼得绕着绳子乱蹦乱跳，很委屈很不解地尖叫着。尖叫声不是平时威风而响亮的汪汪声，而是从喉咙里发出的吱吱的响声。阿兰听得手上直起鸡皮疙瘩。但这声音似乎把细叔的神经刺激得越加兴奋，打得越加用力，动作越发流畅。

随着赤耳身上的血痕一道道地出现，它的叫声越来越弱，渐渐成了无力的呻吟，终于软软地躺下去。细叔似乎打累了，额头上密密一层汗珠儿，但似乎也打得痛快了，很长地吁了口气，很满足地洗脸去了。

赤耳软绵绵地躺了两天，仿佛一个累极的人，也懒得动一动，任谁招呼它，也只是无力地抬抬眼皮。唯有细叔走过时，它才用力往里缩了缩，显得惶恐而可怜。这两天，赤耳伏在门前除了委屈和不解之外，一定以狗的思维进行了它自己的思想，一定想清楚了一些只有它自己清楚的事儿，一定有了一些改变，它的眼神里多了些说不清的东西。仿佛一个半大的孩子，在经历了一些意想不到的事后，会变得成熟一些。

而细叔在这一场痛打中，仿佛也找到了发泄烦躁的最简单可行的方法，赤耳的生活从此便热闹了些。

大约四五天后，小玲发烧刚退，人有点虚，抓着爸爸的手指，摇摇晃晃地踏出门槛。此时，赤耳也慢慢恢复了，见细叔牵着小玲黑着个脸走出来，竟有些慌乱，腿脚乱踢踏着，匆忙之中竟鲁莽地把小玲结结实实地撞得一屁股坐在地上。小玲当即哇哇大哭起来，这几天她精神状态正不佳，这回泪腺一打开，任谁也哄不住。细叔当下就狠狠踢了赤耳一脚，踢得它打了个翻，嗷嗷地哀叫着。见哄不住小玲，心里的火气又冒了起来，干脆对赤耳拳打脚踢起来。一时，狗的叫声，小玲的哭声，细叔的怒喝声杂成一片，门边那一角又一次不平静起来。

从那时起，赤耳得了个老实狗的名声，甚至是没用的狗。然而，接下来的事却让人们一下子转变了对赤耳的看法。那天，赤耳得了个机会到外面溜达。到了寨外，碰到挑着瓜的张大叔，赤耳竟意外地对他狂吠起来，显出一副很不尊重的架势。也许它在家里憋久了，也找个机会发泄发泄。它当然不至于失态到冲上去咬一口。张大叔却气不过，这狗竟敢对我这同寨人逞威风？当下抽出肩上的扁担，一口气把赤耳赶出老远。

原以为事情就这样过去，赤耳也该吸取教训，变得更加老实。没想到几天后，张大叔从细叔门前走过时，赤耳不声不响地扑了上去，在他的大腿上，狠狠就是一口，连拉带扯咬下血淋淋一块肉。周围的人惊得目瞪口呆，细叔、细婶不得不懊恼地准备了猪肉、鸡蛋上门向张大叔陪不是，并带他去上药。

那一夜，细叔再一次把赤耳打得晕头转向，有幸于阿兰听不下那惨叫声，帮它说了几句话，赤耳才捡回一条命。原来，赤耳只对它认为该妥协的人才妥协。从那以后，寨里人完全改变了对它的看法，一致认为赤耳是只凶狗，遇见它总是厌恶而害怕地闪开。

经历了这几场变故后，赤耳似乎真的变得有些暴躁了，喜欢对人狂吠。它的全身已变得脏乎乎的，加上几次挨打留下的伤痕和乌黑的血迹，连毛色也分辨不出来了，它原来的可爱消失殆尽了，变得有些讨人嫌。

一天，阿兰和她妈上集子，赤耳硬是要跟上去。赶了几次看它走了，赶了一段路，它居然又从草丛里钻出来，怎么也赶不走，黏乎乎的，颇像赖皮的孩子。阿兰她们是要办正事的，被赤耳跟烦了，二婶便大声吆喝了几句，把它赶回家，仍拴在绳子上。等阿兰她们再次踏入家门，不禁目瞪口呆，二婶出门常戴的小斗笠被赤耳撕得粉碎，天女散花般地撒了一地。这小斗笠平日固定靠在门边。二婶一出门便顺手摘了戴上。碰上雷雨天，赤耳还会小心地把这斗笠叼到避雨的地方。今个儿看来是挨了骂不甘心，实行了一个小小的报复，它的心里也是记仇的。这让人又想起它曾偷偷叼走过细叔惩罚它的皮鞭，藏起吆喝过它的客人的鞋子，扯坏过扔它石块的孩子的书包。它以前的天真可爱似乎荡然无存。

后来，细叔改建房子，灰沙水泥杂物堆得插脚的地儿也难找，灰沙满天飞，整日砰砰啪啪吵个不停。赤耳得了这个机会，得以脱离绳子，自由行动，可以一整天到外面闲逛。

然而，细叔细婶忙着装修房子，赤耳的三餐便成为更加无关紧要的事，经常有一顿没一顿，偶尔有人记得了，就扔一点残羹剩饭，遇上事儿忙，谁也不上心，赤耳就有可能饿上一天两天的。这种时候，赤耳就灰灰溜溜地在地上、垃圾上扒扒拉拉、找找嗅嗅的，甚是可怜。不出几天，它身上的骨头很明显地凸出来了。

也许是饿坏了，赤耳后来竟发展到登堂入室地偷窃。它常趁人不备，溜进陌生的家门，拱翻人家的碗盘或拖出一两块肉。然而，赤耳毕竟不比野狗狡猾，十有八九是被人用棍子打得嗷嗷哀叫地跌爬出来，所谓丧家之狗也不过如此吧。

倒是阿兰母女见它可怜，每餐过后喂养自家猫咪时，干脆匀出一份给赤耳。赤耳自然是毫不客气。几天后，它便精明地重认了新主人，用餐时间一到，必准时趴到阿兰家门口，等待着阿兰手里那只破碗放在它面前。

阿兰或二婶出门，它更是穷追不舍，仿佛一条甩也甩不掉的尾巴。任你吆喝、打骂，它只是偶尔停住脚步，你一转身，它又黏乎上来，它有的是时间陪你兜圈子。这时，赤耳看起来不仅是可怜而且是肮脏的了。它似乎掌握了一个真理，一个可以让它活命，乞得食物的真理，就是赖。后来，它竟赖到阿兰的厨房里去了。它跟阿兰的猫咪一样，蜷在炉灶前面，不时拱拱这，窜窜那，弄得厨房里凌乱不堪。阿兰嫌它身上有异味，毛皮又脏乎乎的，赶它出去。它倒趴下不动了，任你用脚踢，用鞭子抽，它就是稳如泰山。那赖功，真到了炉火纯青的地步了。

然而，赤耳对外来的客人却出奇的凶，似乎格外有尊严了。轻则对之狂吠，重则扑上去迅速地扯上一口，仿佛为自个儿的不平和委屈找到了最好的发泄方式。它看周围世界的眼光和心理，到这个时候也许已有些变态。

赤耳不正常的行为和心态在一天夜里发挥到了极点，并最终招致了它的灭顶之灾。

已是晚上十点多了，寨里人大部分已钻了被窝，巷子黑得不见五指。细叔的两个朋友却在这个时候来拜访他，在门口就被赤耳牢牢地堵住了。赤耳本来已经在那个角落里半眯上了眼睛。两个突如其来的黑影让它如触电一般跃了起来，对着两个黑影又急又响地狂吠起来，边吠边跳跃着挣扎。本来，这是赤耳的职责所在，也是它忠实的最好表现。然而，今个儿它是太死心眼了，固执得有些奇怪。细叔和他父亲全赶来了，一边吆喝，一边要把客人迎进去。平日，只要主人一吆喝，赤耳便知来者是客，自然会退守一边，尽职便成，不会管不该管之事，今个儿却不管细叔怎样拉扯和吆喝，赤耳就是不依，吠得更加厉害，甚至几次挣脱了细叔的手，作势要向客人扑去，弄得主人和客人都尴尬至极。

最后，是细叔父子合力拉住了赤耳，再加上狠狠的几踢，客人才得以怯怯地贴着门边进去，赤耳竟还不甘心，作势要硬冲进去。细叔交代父亲把赤耳拉开，自个儿陪客人去了。

远远地还听见赤耳在巷子里的狂吠和老叔的几声怒骂。

客人走后，老叔翻开衣袖，血淋淋的一个牙印子。细叔本来积蓄着的怒火一下子被父亲手上那道血印子煽得旺旺的，顺手抄起脚边一把铲沙用的大铁锹，对着赤耳啪啪啪落下去。赤耳边躲边意外地对细叔汪汪吠起来，仿佛在抗议。这可是从来没有过的，这更激起细叔的"斗志"，铁锹扬得更高。敢对我吠！再吠！再吠！细叔的怒喝似乎在为铁锹伴着节奏。赤耳的声音在这节奏中渐渐变成了半吼半尖叫。突然，没了声音，低头一看，一锹击中了它的头颅，它已软绵绵瘫在血泊里，四只脚无力地抽搐着。

一时间，院子里静极了，有种说不出的氛围沉默着。细叔扔下铁锹，用一根长长的铁钩勾住赤耳项上的带子，拖到寨外去。

随着一声沉闷的声响，赤耳已落在一个黑乎乎的大洞里了，黑夜里只听见回声闷闷绕了一会儿就静寂下来。

那时，赤耳也许还挣扎了那么几下，但这只是猜测，第二天，人们看到的只是一只僵硬的爬满苍蝇的死狗，这并无稀奇之处。它四五个月的生命就那样划上了句号，不用多久，在人们心里所引起的些许惆怅会慢慢消失，直到全无痕迹。

乡村电影

曹　秀

小时候看电影都在电影院里看，学校包场，每场不过几分钱。可是有时来了外国电影，包场也看不到，于是只有想方设法潜入电影院。记得有一次看朝鲜电影《卖花姑娘》，学校不包场，我们几个同学就悄悄从厕所钻进去，弄得浑身上下都有味。可是看电影的兴趣不减，只要有好电影，弄不着票，我们就采取这种办法。多年后我们长大了，仍旧像从前一样悄悄躲藏着，直到当了知青在乡下看露天电影，这才发生了许多有趣故事。最初看电影不像在电影院里，因为城里有电影院，学校又经常包场，学生只要交了钱买了票，就可以坐在椅子上舒服地看。学生时代过去了，电影却给我留下了深刻印象。

下乡后看电影，就发现与众不同，比如电影屏幕是一块镶着黑边的白布，四角有眼，穿上绳子，往木杆上一挂，一个精巧的屏幕就出现了。当时感到惊奇，这样的电影能看吗？而且偏偏需要天黑，天不黑不能放电影，白天放电影屏幕上看不清。有一次，当电影放到一半时，不知为什么，屏幕忽然断裂，观众急得叫喊起来。这时，我恰巧看见队部的墙壁是白的，于是我对放电影的人说，就在墙壁上演吧。有人问这样行吗？我说行，屏幕是白的，墙壁也是白的，没有问题。放映员看看我，看看屏幕，照着做了，果然，放映时效果不错。对此，乡亲们说我头脑聪明，其实我也是看见墙壁灵机一动。

　　在乡村看电影，有时需要一个好身体，因为拥挤的人群有时会把人挤得没地方站脚。一片空地，一群人，围着屏幕看着，看到高潮处便有人叫喊，惊天动地，连狗也要叫几声。由于我身体素质好，劳动也是一流的，所以我看电影时一般都是站着，电影放多长时间我就跟着站多长时间。这样既方便了自己，也方便了别人，还可以随时随地换地方。有的老人站累了找地方休息，可是回来时便没有他们的位置了，想看电影只能另外再找地方。不过也有聪明的人，事先打听好在什么地方放电影，提前在放电影的地方放个小椅子，或砖瓦木棒草帽等，以示这地方被占有了。还有的人屏幕一挂起来，他们就不离开，一直等到电影结束。然而有时这办法也不起作用，因为占地方时常发生殴打现象，直到电影放映时才不再争夺。电影里面的故事吸引他们不再殴打，有时受到感动还主动让步，甚至让出已经占有的地方，于是看电影成了人们交流和谦让的最好形式。有人以前闹矛盾，在看电影时也会主动放弃，起码是为了不影响别人看电影。

　　现在的电视节目五彩缤纷，想看什么就有什么，可是我还是喜欢在乡下看电影，因为在乡下看电影纯朴自然，富有人情味。最近几年我在报刊上经常看见有人为农村放电影，更让人敬佩的是他们分文不收，这是何等精神，何等气概。很多年不在乡下看电影了，现在想看一场乡村电影也不是容易的，别说没有了电影屏幕，就是有也失去了原先的味道。然而乡下的那些岁月还是让人怀念的，尤其是看电影时的拥挤和发生的趣事，这是一段艰苦而又甜蜜的往事，的确让人怀念。

走在黄昏的路上

曹　秀

　　走在黄昏的路上，我忽然想起了过去，想起了当知青的一段生活。也许是过去当过几天知青，所以喜欢到农村去，尤其是喜欢在黄昏时走在泥土的乡间小路上，这时的我心静如水，这时的我什么也不想，一心一意走着，一心一意欣赏着，一心一意感受着。夕阳西下，晚霞满天，渐浓渐暗的天空飘浮着数不清的云彩，有的可以变成龙，有的可以变成凤凰，还有的让人再三留恋，这些景色让我无限憧憬。

　　也许在城里住的时间太久了，讨厌了那里的生活，讨厌了水泥楼房，讨厌了城里喧哗的闹市，于是就想来农村走走，回顾往日的岁月，以此平静内心的喧闹。走在黄昏的路上，我总是产生一些灵感，产生一些从来没有过的感受，看见在山坡上吃草的牛羊，看见扛着锄头回家吃晚饭的乡亲，还有他们身上背着的各种花草般的柴禾，我的心里说不清是一种什么样的滋味。是羡慕还是赞颂？是欢喜还是回顾？总而言之，这样的乡村生活我已经许久没有看见过了，现在想来还有一丝淡淡的伤感。记得当知青时，我不止一次重复地走在这黄昏的路上，那时看什么都没有诗意，每天的印象就是一个字：累。

　　那时看什么都有疲于奔命的感觉，一天到晚没精打采。如今许多年过去

女孩最喜爱的哲理美文

后才发现乡村生活是如此的美丽，连那些动物都有一种归家的感觉，现在我走在黄昏的路上心里就有了感受，就有了回顾。牛羊吃着吃着就开始往回走了，它们知道主人每天这时是需要往回走的，那些牛羊轻轻移动着，如同一片片云彩缓缓飘移；那些牛羊走在回家的路上时，嘴角还有小草的香气，让人见了不由不生出许多羡慕。于是我想起一本书里说过的话：心中有大爱，再苦也是甜。走在黄昏的路上，心里莫名其妙地产生一种思索，如果说知青岁月值得回顾，现在我们应当干什么。然而这时脑海里并不是寂静如水的，总是浮现着半截江山，乡下现在有了手扶拖拉机，还有小四轮拖拉机，姑娘小伙驾驶着这些铁牛，心花怒放地行驶在寂静的山路上，惹得大人小孩不停地张望，直到他们回到各自家里后才渐渐安静，接下来就是家家吃饭的香气席卷村庄。鱼香肉味充满空气中，害得一些狗汪汪狂叫，黄昏的寂静便被狗的狂叫划破了。

农村人吃饭也是有许多特点的，通常是站着吃饭，极少像城里摆个桌子吃饭，还有的人边吃边走访着，不知不觉就走进了另外一家门里，看见人家吃什么也不客气拿来就吃，这种风俗城里少见，这种游动的饭碗只有在农村才能看见。城里人吃饭常常是将门关得紧紧的，农村人则不同，他们看见来了人往往习惯问一句你吃了吗，没吃在这里吃点，虽然简单的问话但让人听了心里温暖。饭后并没有人睡觉，劳力们都在想着明天的活动，为明天做准备。年轻人聚集在一起开始学习农业知识，有学林业的，有学养鱼的，还有人学种蔬菜大棚的，什么也不学的人就看电视，他们躲在屋子里一看就是大半夜。

在乡下走路与在城里不同，乡下的路坑坑洼洼，很不平坦。城里的路，平坦如镜，走过去心里舒畅。现在走在黄昏的路上，我的眼神总是不够用，看得见的山水在我的视野中渐渐消失，看不见的小草绿树早已安静地进入了梦乡。草有情知道四季，人岂能没有感受？过去的生活让人忘不掉，至今回顾起来心里依然沸腾。年复一年的生活，日复一日的劳苦，使我对这种乡村有些向往了，一想来就感到陶醉。只不过我是在城里，再也不能参加劳动了，再也不能体验当年的知青岁月了，然而农民的生活我还是深有同感的。

如同眼下的黄昏，并不是所有人都有这种闲情逸致，有的人还要接着劳动，还要伴随黄昏把明天的工作安排妥当，如果安排不好他们一夜都不能入睡。农民就是这样辛苦，你看见山水美丽，他看见风景如画，可有谁看见了农民的汗水？有谁看见了劳动者的生活？走在黄昏的路上，我看见的不止这些，还有清澈的天空，还有寂静的山林，还有浓厚的夜色。于是我看到了一种变化，世界也进入了静止，小虫小鸟停止吵闹，整个山乡寂静极了。沸腾的黄昏在忙碌中走进了夜色，走进了迷茫，疲于奔命的乡亲们在寂静中睡着了，在这条路上充满了雾气，还有跟随而来的无边黑暗。

岁月的河流

曹　秀

如果说岁月是一条河流，尚阳堡就是一块石头，被岁月的河流冲刷着，越冲越光滑，越冲越美丽，放出异彩，震撼千秋。我就是在这种氛围中来到这里寻找当年的辉煌，寻找昔日的风采，然而岁月的河流实在是太长太久远了，数不清的历史真迹被岁月的河流冲刷没了，有的只是一些有关名人的传说而已。其实我们来这里考察是为了寻找历史，寻找当年与这里有关的人物故事的。然而现实毕竟是现实，历史毕竟是历史，尚阳堡再有名也是在岁月的河流中被冲刷着，而且还将延续着。为此我想到人的生命实在是太短暂了，即使活了百年也不过是历史的一个瞬间，剩余的还是那些被岁月淘汰的记忆，还有数不清的回顾。可是谁能回顾我们呢，是历史吗？当我们走在充满幻想的路途时，我们的心激情澎湃，我们的血沸腾着，我们为自己生存在当代感到了自豪，于是这里留下了一串思索。

关于尚阳湖的故事已经消失了许多年，数不清的历史名人被埋没着，他们如同石头一样沉在水底。然而历史潮流仍旧滚滚向前，冲击着沉睡了千年的往事，把我们的思绪掀了起来，于是有关尚阳湖的故事又被当代人重新记起。尚阳湖是辽北的一座小城，说起来它只有一个区大小，然而它的作用却比一座城市还大。也许是它历史悠久，又是当年皇帝流放大臣的地方，因此提起来至今都有许多人对照着说出许多故事，连我这样对历史不感兴趣的人也情不自禁地写出几篇文章，为的是给历史一个纪念。我是在一个早晨来到这里的，当我看见太阳的光辉在这里铺成金黄时，我真的兴奋了。想不到一个小小的尚阳堡如此有名，居然使那些著名作家在此写出许多佳作。那些佳作让我怦然心动，于是鬼使神差来到这里，顺河而行，越往上走越感受深切，这哪里是尚阳堡，分明是一条河流，一条岁月的河流。

这条河已经流淌了上千年，冲刷了数不清的污泥浊水，也冲破了历史阻碍，然而面对这样的河流，我敬佩不已。不管岁月发生了多少变化，这条河流依旧不变，尽管拐弯抹角，还有沙滩，毕竟闯过了难关成为现在有名的城区。站在岁月河流的岸边，眼望滚滚红尘，发现了许多名人在此匆忙走过。他们在干什么？是为历史讨说法？还是为自己讨说法？飞逝的河流叹息着，无法说服眼前的人们，任由他们匆忙而去。

尚阳堡我以前多次来过，从小至大来的次数数不清了，然而现在来感受却不同。从前来这里是为了摘水果搞鱼虾，现在来这里是为了凭吊古代战场，至今还有数不清的硝烟在此飞舞，让我们向往。这里是最早的边关，也是中国长城最北的烽火台遗址，在这里可以寻找到古代故事，也可以找到名人事迹，也许这才是真正吸引我们的地方。

顺河而走，越走越感觉历史在延伸，越走越感到当年的境地还在。岁月的河流在滚动着，于是我的心也在滚动。每往前走一步，我都感到脚步在放开，不知不觉加快了走路的速度，期望着自己对这里能够有一个了解。曾几何时，我对这里的一切了如指掌，可是当我走进这水流旁边的时候，我忽然发现自己并不了解这里，这里似乎变得很陌生。尚阳堡如同一个沧桑老人，在岁月的间隔中朝我们慢慢走来，在他的背后是一个丰富多彩的辉煌世界，在这样的地方走，心情别提有多兴奋。虽然我不是历史研究者，但我对岁月的河流有自己的见解，一个人不论职务高低，只要他对这里有意识，钟情，我们就应当给他们一个机会，让他们在此发挥作用。好像那些被流放的犯人一样，不论以前是什么职位，到了这里就有用，到了这里就算是重新活过一回了。尚阳堡在岁月的河流中越来越清澈了，过去如此，现在如此，将来仍旧如此。在如此漫长的岁月里，有关尚阳湖的故事依旧在传说中延续着，吸引我们向往着改善着。也许有一天，我们会与古人见面，说些可敬可爱的话，或写出秀丽的文章。只有那些朋友仍旧与我们同行，同行在天地间，同行在岁月里。

夏天想冬天的事

曹 秀

炎热夏季，我来到一条小河旁边，迎面一股潮湿的凉爽空气熏染着我，促使我站在河边思索着。不知为什么，当我看着这些潮湿的空气时，我忽然想起了冬天，想起了在严寒下冰冻的河流，我浑身抖动，似乎又回到了遥远的岁月。三十年前，我下乡插队的小村子就是一个冰雪严寒的世界，每年冬天都有几场大雪落满山沟。鸽子笼似的茅屋带给我们片刻安宁，那些劳累和苦难在一夜间顿时消失，如果有幸站在知青小屋，你可以看到远处的山坡一片雪白，偶尔有野兽从窗前跑过，便有知青操起猎枪追赶。运气好能得到野兽，运气不好毛也没有，有时还要受苦，摔得鼻青脸肿。为什么野兽这样多，原因是这里有一条小河，凡是从此经过的野兽都想在小河里喝水，所以小河就成了我们的记忆。

冬天的山里什么也没有，除了大雪还是大雪，漫山遍野没有青菜，唯独这野兽是改善伙食的最好来源。当然还有鱼，印象最深的就是那条流淌不息的小河，夏天洪水泛滥，冬天冰冻三尺，在冰上走路总有人摔跤，总有人受伤，也总有人骂骂咧咧，可是他们仍旧继续赶路。冰冻的河流很长，最显眼的就是岸边的所有石头，每块都有雪花覆盖，厚厚的，光光的，白白的，看不出一丝污染和疤痕，只有数不清的白色和闪亮的冰花在成长，也许这就是冰冻的河流给予我的最原始的印象。

我枯燥的心听雪山轻轻诉说，那些数不清的雪霰似飘带飘飘然而过。我惴惴不安地走在冰冻的河流上，为了寻找细丝一样的河流我溯源而上，来到小河旁边静静观看。看河流倒转，看岸上雪白，就是在这里每天都有太阳从河面升起，傍晚从河面落下，留下数不清的晚霞。为此我感慨千万，小河如此，人也是如此。

一晃三十年过去，小河依旧，我心依旧，见到小河时我仍然欣喜若狂，情不自禁地扑向小河，扑向冰雪纯洁的原野。虽然是冰雪严寒的季节，但我的心依然热切，捧着呼呼冒气的冰水品尝着，然后纵身跳入河里洗涤着满身疲惫，还有多年的忧伤。

冰冻的河流，静寂的山庄，对于这些我记忆犹新。冬天来临，河流开始了一年里最大的冰冻，先是岸边的河流在结冰，伴随着白色的亮光一点点扩大。这些冰冻在严寒下形成数不清的冰花，亮亮地开放在沿河两岸。远看似乎是一条镶嵌着银白色泽的彩霞，飘扬着向前向前，走在路上心也飘舞着，脚步不知不觉轻松起来，然而每往前走一步心都悬在了嗓子眼儿上，我小心翼翼地走着走着。当两岸亮亮的冰花盖住飘舞的彩霞时，整条河流都被冬天的严寒冻结成了一条白色的路，如平台似的光滑。

下雪时，山庄寂静，如果谁有兴致站在高处恰巧能看到所有风景，远处山坡上白白的是雪，黑暗的是一片片树木，偶然有一两只鸟尖叫着掠过天空，消失在茫茫的道路旁。知青们就是在这样的雪山上打仗，争夺不朽的爱情。在白雪覆盖的路上，黄糊糊的是车辙，移动的小黑点是人，山村在寂静中沸腾着，于是有了暖意，有了炊烟，有了家的感觉，还有幸福时刻。三十年后，当我再次走在这条冰河时，不知为什么我心里忽然产生了说不清的感受，也许时间太久了让我一时无法认出眼下的河流，无法再次与河流亲近，总觉得三十年前发生的事如同昨天，往日的岁月仿佛就在眼前。那时我还年轻，十七八岁，转眼我已年近半百，生命无期，如同在夏季里我想冰冻一样，心愿总是与现实两样。

春天的烙印

崔东浩

四季中最使我刻骨铭心的是春天。春天给我的烙印是饥饿。

从记事起到我高中毕业，饥饿的阴影一直在我头上盘旋，挥之不去，望之胆寒，这期间的感觉只有一个：饥肠辘辘。

糠菜半年粮，其他季节都好对付，唯有春天青黄不接的日子难熬。此时生产队分的粮食已经所剩无几，菜也没有，花籽面、高粱面、红薯干和红薯渣是饭桌上的常客，买返销粮能吃上一点玉米面就是上品，麦子面极少吃，总不敢有那奢望。上小学时，回家放下书包第一件事就是搬着凳子看屋梁上吊着的竹篮里有什么吃的。家里没有，就和同伴到外边去找，此时地里除了麦苗和树木，自然没有可吃的，于是就在村子里转悠。有一次竟在一户人家挂在树上的红萝卜缨子中发现了美食。年前收拾红萝卜时，用刀切下的萝卜根蒂，经过几个月晾晒，甜津津的。于是，每天下学后不回家，找萝卜缨子，整个村子都被我们三个小伙伴找了个遍。

上中学时，家里的日子仍没有改观。早晨上学时喝两碗稀饭，走不到三里路肚子就咕咕叫，便拿出作午饭的两个饼子，一小块一小块地掰着吃，有时走不到学校，就把午饭也装进了肚子。等到吃午饭时，便找个向阳的地方躺着，下午回家时几乎连走路的力气都没有了。那会儿提倡开门办学，整天就盼着到附近村劳动，因为干活多少无所谓，可以敞开肚子大吃一顿。

最困难要数 1980 年的春天，当时母亲已经病入膏肓，治病花费了许多钱，使本来就拮据的家雪上加霜。那年大年初一全家连一顿饺子也没有吃，下午父亲就把我送到了学校。走时带的布袋里玉米面菜团子（这是过年准备的），经过二十五里土路的颠簸，到学校时候都成了散沙。

我每天早晨从学生食堂买二两稀饭，捧两把菜团子搅和后吃下。中午则用半碗热水泡一泡，班主任周老师了解我的情况后，把我的助学金由四块提为六块（全班最高四块钱），我才每月能买上三四块钱的菜票。馋得厉害的时候，就狠狠心买五分或一毛钱的菜。学生食堂大多是水煮菜，上面漂着几星油花，到宿舍后我便很精心地享用这半碗菜，先把饼子掰成小块泡在菜里，吃完第一个饼子后，再就着菜慢慢吃第二个饼子，吃完菜后冲半碗热水，作汤喝，其时这汤也就是水，只是心理上还是汤的感觉。

最使我伤心的是在这年的春末，五十三岁的母亲带着一生的辛劳和无限的遗憾匆匆辞别了人世。母亲入土后，穿过即将成熟的麦田，我怀着近乎悲壮的心情回到了学校，开始了一个多月的高考冲刺。那时只有一个想法，我一定要考上学，因为在当时这是我摆脱饥饿的唯一选择。后来高考成绩公布，学校通知我去填写志愿时，我跪在母亲坟前痛哭了一场，因为这迟到的喜讯母亲没有亲眼看到。

都说往事如烟，可饥饿的阴霾始终缭绕在我对春天的记忆里，使我不敢忘记那曾经的过去。

女孩最喜爱的哲理美文

伤感一生

李 全

这是一个老掉牙的爱情故事。主人公也绝没有想到因他的一封信而使她痛不欲生，从而也使他在心里埋葬了他的爱情，也在这时，他开始了他的伤感一生。

那是他在某故事刊物上刊登的一则寄语。纵然他是一个被人称为作家的青年，也没有想到他的那则寄语是一句双关语的寄语。因为他原想多交些朋友，当然也包括异性朋友。然而这句话却给他带来意想不到的结果——他收到的几十封信全是那些处在青春萌动时期的异性朋友写来的。这是他始料未及的。他千挑万挑地挑了一封最不起眼、又十分唠叨的信件，回了一封信。当然那女孩子的唠叨本来就使人有一种婆婆妈妈的感觉，而他觉得她就是一个十分惹人注意的人。于是他在女孩子再次回信后，按照女孩子的电话号码第一次给女孩子打电话。电话那头女孩子柔柔的话语，令他感到他的这一生没有她，就没法度过。

有人说，爱情是甜蜜的，特别是初恋的成功与否会影响这个人的一生。他非常相信这句话。可是他并没有理解这句话的含义。因为他觉得那种飘渺的恋情不可能天长地久，更不能连面都没有见就谈那种风花雪夜的感情，飘渺得令人难以置信，所以他决定考验她。于是他按照她的要求用相反的方式回了一封信，他说他只有 150CM 高，满脸的大麻子，大人叫他小老头，小孩子叫他爷爷。他也想出各种理由拒绝邮寄他的照片，而她却邮来了她的照片。她是那样的美丽、大方，既有青春活力感，又庄重。他感觉到他这一生中没有了她，他的生活将会失去人生中最辉煌的色彩。故事本来到这里就该有个结尾了。可他又别出心裁耍了个花招，又回了一封无关痛痒的信，并编造了一个美丽的谎言说他只是一个令人讨厌的家伙。他此时也知道她在等待他的充满诗情画意的情书。而他没有想到他这封无关痛痒的回信竟会变成一把锋利的匕首，刺在她的心房上……

当晚，他就接到女孩子打来的传呼，而他又忙着他的事务，许久才回电话。听到电话那头女孩子那种凄惨的声音，他才感觉到事态变得非常严重。他想安慰她，可话一到嘴边，又变成了油腔滑调：他说他的儿子已经十五岁了。她在电话那端听着，许久才应了一声。他想笑，可没有笑出声来。他更没有想到他又在她的伤口上撒了一把盐。

女孩子在她伤心欲绝的时候还是说了声"再见"，慢慢地等待他，希望他说出一句让她有所安慰或有所寄托的话。而他并没有说，就急匆匆地先挂了电话。

他至今也还不知道就因他的这一句玩笑，他一生的幸福都断送了。而他的伤感也就在这时在他的心头产生。

有时，一个人的爱并不是在考验中得到的。如果没有他的那个玩笑，他的幸福也许就从那时开始了。可惜他犯了错。

至今，他虽然连肠子都悔青了，可他仍然没有向女孩子道歉的意思。他只能用他的写作的口气来解释。当他坐在电脑旁时，绞尽脑汁也没有把所有的汉字排列或组合成一段通顺的话语。因为他根本不知道爱一个人是不需要任何理由的，就像她爱他一样。爱情也像一个人的眼睛一样，不能掺一点沙子。他以前没有明白这个道理，现在明白了，已经太晚了。

他写这个故事时，已经泪流满面。也许你会问，你怎么知道他会流泪？

那么，我告诉你，故事中的那个主人公就是我。

女孩最喜爱的哲理美文

秋天的白荷花

李 全

深秋。天上下起了这一年少有的绵绵细雨。

青儿和紫儿在她们开张第一天的花店里忙着她们的生意。不知为什么，这一天，她们的生意特别好。因此，青儿和紫儿都在忙碌中露出了喜悦的微笑。

青儿和紫儿原来都是从老家来这儿打工的，吃过不少苦，却没有挣到钱。青儿刚来这儿时，就被一个老板看中了，那老板死活都要青儿做他的二奶。青儿被逼得急了，就砍了那个老板一刀。结果青儿被判了两年的有期徒刑，是紫儿把她给保了出来，紫儿也是来这儿打工的。可紫儿与青儿不同，她打工可以说是一帆风顺，没有遇到过什么大风大浪。可紫儿不想一辈子就这样打工，可是出了门不打工又能怎样呢？那天，紫儿在无聊时，看到了关于青儿的报道，决定把青儿保释出来。青儿出来后，心情仍然很不平静，紫儿就出钱开了这间花店，目的是让青儿重新认识自我。青儿就向紫儿提出一个要求，就是专卖白荷花。因为白荷花不但纯洁，还具有出淤泥而不染的特性。其实，青儿还有一层意思就是她们所卖的花是别的花店所不能比拟的，也就是说她也有这种特性。

正当她俩快要关店时，来了一位长得不很漂亮的女孩子，站在门外，满脸忧郁的神情，两眼都没有光彩。紫儿看到后，有些心酸。青儿却大声对那个女孩子说，她们店已经打烊了，不再做生意了，让女孩子到别的店里去。

女孩子没有马上离开，怯生生地说："我……我……我知道……你们下班了，可……我想买一束白荷花，一束野生的白荷花。"

"你是来买花的?"紫儿说，"我们今天是开张第一天，现在你是最后一个买主，我半卖半送给你。"

"不行，不能卖给她。"青儿有些生气了，把那女孩子推开，就要关门。紫儿弄不清是怎么回事，那女孩子也怔怔地站在那里不知所措。

"都是我的错。谢谢你的好意，我不该来这里买花。"许久，女孩子终于流着眼泪说话了。女孩子说完转身就走了。看着那女孩子在绵绵的秋雨中远去的影子，紫儿像感觉到了这秋天的雨迟迟不来的原因一样：不来就不来，一来就会无休止地下个不停，下得让人心痛，让人心烦。

看到那女孩子在雨中渐渐变小，最后消失不见了……紫儿才收回目光追青儿去了。

第二天，绵绵的细雨仍然下个不停。紫儿和青儿刚开店门，那女孩子又来了，青儿就烦了，要不是在大清早，她肯定会骂那女孩子。可青儿还是忍住了，让那女孩子到别的店里去买，这城里又不只她们一家花店。紫儿有些看不过去了，就对青儿说："青儿，我们本来就是卖花的，我们还是卖给她吧。"

"不行。"青儿说，"我们的生意又不是不好，即使不好，我们也可以卖给另外的买主。"

女孩子无可奈何地走了，走得很凄凉。青儿笑了，笑得也很惨淡。紫儿弄不懂是怎么一回事，觉得青儿有些不近人情，怎么老是与这个女孩子过不去。做生意就是讲究人缘，如果这样做生意，迟早会关门的，就旁敲侧击地问青儿是怎么回事。可青儿总是保持沉默。

几天后，紫儿看到青儿流泪不止，悄悄地捧了一束白荷花去了一个地方。紫儿关了店门悄悄地跟了去，在一座公墓前她看到青儿把白荷花放到一个碑前。待青儿离开后，紫儿看到上面有一张小照片，照片上的遗像正是那天来买花的女孩子。旁边立有一块小牌子：亲妹花儿之灵位。落款是：姐，青儿。

原来那女孩子是青儿的妹妹。紫儿正在纳闷时，青儿却来到紫儿身边，说："你已经知道了。她不该这么早就走的，可她却走了不该走的路。"原来，青儿妹妹花儿出去打工时也做了别人的二奶，青儿为了她，也差点成了别人的二奶……

后来，青儿和紫儿的花店里放的全是白荷花，并取名："秋天的白荷花店"。

郊野漫步·雨中行

曲 直

五月二十一日下午，天空灰暗，小雨淅沥，几天来的炎热荡然洗去，使人清爽，使人骤感神采奕奕。郊野漫游——雨中行，一时兴起。

我刚出门，一阵清风裹着雨丝迎面扑来，骤感天气稍凉，于是又加了一件单衣，拿了雨伞，钻进斜斜的雨帘，顿时，伞顶跳珠，水雾弥漫，嗒嗒作响，拨人心弦。

郊野公园"人上人"字形牌楼还没彻底竣工，只有后面几个字——郊野公园。躲在屋檐下的保安员自顾不暇，我打着雨伞径直而入。前面，雨幕中几棵挺拔的苍松显得葱郁迷蒙，在其掩映下的一尊白石倒是愈加醒目，上书："东升八家郊野公园"八个遒劲的阴刻大字。由此右拐，欣赏着路边雨丝轻涤的各色花草，不知何时天色灰暗了许多，左转右拐，忽然，一座大山横亘眼前。千峰跳珠，碎玉生烟，层峦叠嶂，云雾缭绕，沟壑溪水似淙淙有声，我怔忡一下，立刻缓过神来，心里说，昔日曾几次前来，这里不就是一尊巨石吗？此刻，怎么会有如此的幻境呢？我前走几步，仍见壁立巨石，渗渗淌水。后退几步，看上一刻钟，仍然是峰峦叠嶂，沟壑溪流。

于是，我寻思"林暗草惊风，将军夜引弓。平明寻白羽，没在石棱中。"与此有异曲同工之妙。细雨斜斜在天地间，偶尔在眼前斜落下一道道晶莹的白线。一个人踏着石板上缓缓流淌的雨水，雾蒙蒙的林间偶尔闻及一两声鸟鸣，细雨轻打树叶的"沙沙"声、轻敲雨伞的"嗒嗒"声，还有枝叶上滴落的水珠，偶尔打在雨伞上发出"嘭嘭"的响声。这一切，给人一种僻静幽深之感，在此空旷迷蒙、天地一色的境界里，让人有如漫步天街一般。

我走在郊野林间缓缓淌水的石板路上，道边有数米新近开拓的花草种植带，开着黄的、蓝的，以及叫不上名的各色花朵。再开外是一棵棵的槐树、杨树和柳树，最北边是一片灰蒙蒙的黑松林。这一片一片的树林，有的粗壮高大，有的瘦骨嶙峋，有的奄奄一息。

据说，多年前，有一位园艺大师看了这片树林，说树木较稠，不可能同时长大成材，他建议偏施水肥，先让一部分树木快速成材，腾出空间，然后再促使大部分树木成材。多年过去了，园艺大师的设想没能彻底实现。一部分树木长大了，遗憾的是大多数树木，到现在还没长大，他们被其他大树所荫蔽，上不见天日，下不得水肥，长得瘦骨嶙峋，唯有些许绿叶尚可表明他还是一棵活树。不过，对于这些大可不必伤感，据有关专家通过八千株树木抽查，非常科学地推算出，以树株计算，平均单位面积出材量仍属全国第一。令人不解的是，平均数的第一，于那些只配做柴烧的枯木，究竟意味着什么？

我打着雨伞，一个人在漫无边际的林间石板路上漫步，雨渐渐下得紧了许多，雨点打在眼前的石板路上，溅起片片蒙蒙水雾，道旁的黄金条开放着灿若繁星的黄花，紫荆梅开放着一串串紫红色的花朵，花心里隐现着星星点点洁白的花蕊。林木下都种植着各种各样的花草，雨幕中显得格外精神而又鲜艳。路边栽种的泡桐，大多已长出了新叶。偶尔见有的泡桐树上横插着一个灰嘟噜的瓶子，开始，以为是刁孩子所为，慢慢见得多了，见所有插瓶子的泡桐树，都还没有生出新叶，我寻思良久，茅塞顿开，"呵呵！"这是给挣扎在死亡线上的泡桐实行救济。

天色愈加暗淡，天地间唯有一片雨打树叶"沙沙"的声响。此时此刻，偌大的园林，潇潇暮雨，唯我一人独享，这是何等的惬意啊！我沿着林间石板小道兜了一大圈，又回到那尊巨石前面，近看如层峦叠嶂的石刻，远看仍若纵观的"千峰叠嶂"的山势，气势雄浑，溪水流淌。

我面对着气势雄壮的巨石，慢慢地向后退去，默默地欣赏着暮雨苍茫中，层峦叠嶂的幻化山景。退着，退着，一不留神，蹲在了身后的石台上，回头

女孩最喜爱的哲理美文

见东北角的小木屋旁边有一块字牌，我走近看时，见字牌上写着：松石宿好。

入口广场苍松迎客，佳木繁荫，豁然开朗。缤纷花草丛中立一巨石，似浮云、似腾海、又似蟠龙卧壁。苍劲而不失安详，雄奇而蕴含古朴。《左传》："宿，犹安也。""宿"不仅指安娱，亦代表天上星宿，松、石皆为美好星宿的象征，松石宿好体现了和谐和精美。

看了这面字牌，我沉思片刻，这花草丛中的巨石，却怎么也看不出浮云、腾海与蟠龙卧壁的意象来。这"松石宿好"倒是让我联想到黄山之巅的"迎客松"和"泰山顶上一青松"，那是一种坚贞不屈的和谐。要说这"花草丛中立一巨石"高低相称，刚柔相济，恰如花海朝岱，群星捧月，的确很美！但，细细品味，似乎尚有些许欠缺，想来倒是人工雕琢之气太浓，倘若脱离人工扶持，能自然生存才更美。

心存志远

四元钱成就的人生梦想

刘清山

少年时代的他虽然长相平平，但拙外慧中，能说会唱，多才多艺，经常参与乡里的文艺表演。有一年来乡里招兵的人看中了他的表演天分，动员他去当兵。能够成为一名军人是他梦寐以求的事，但乡里并不舍得放他走，许诺日后给他提干，以便留住他。但他的心早已随着梦想飞走。结果，他幸运地参军入伍，并且当的是他想都不敢想的海军。

在部队里，他踏实能干，肯吃苦，朴实憨厚的性格加上爱钻研的精神，让他与战友们相处融洽，让他在工作岗位上如鱼得水。旧的梦想一旦实现，马上又有了更宏大的理想，他想成为一名舰长。但蔚蓝色的梦想被裁军的大桨划破，虽然他在部队上表现出色，但仍然逃脱不了退伍的命运。

此时，他已经26岁，想起过往的军事名人在这个年龄早已功成名就，而他却一无所有，不免意志消沉、心灰意冷。一日，与一名战友在青岛街头闲逛，他恰巧看到了北京广播学院张贴的招生广告。战友动员他报名试试，他看到报名费需要4元钱，便打消了报名的念头。战友拍了拍他的肩膀：我先替你垫上报名费，考上了钱还给我，考不上，损失算我的！没抱多大希望的他忐忑不安地报名参加了考试，结果出乎他自己的预料，他顺利通过了一试、二试、三试，成为了北广学院的一名新生。事后他才知道，这次招生在华东区只录取了他一个人。如果早知道这次考试只有一个录取名额，他想，就是打死他，他也不敢报名。

从北广学院导演系毕业的他被分配到中央电视台文艺部工作。恰逢《三国演义》正在录制，他跑去给这部后来引起广泛赞誉的电视剧做摄影工作。在拍摄赵云大战长坂坡这个镜头时，因为刻意追求逼真的武打效果，在近距离的拍摄过程中，他被饰演赵云的演员刺了个人仰马翻，差点身受重伤。

1995年，作为电视台记者和客串主持人，他跟随北极科考队首次来到了北极。在北极的雪地上，他兴奋异常！第一次看到北极剪切带，冰雪相互挤压，发出"吱吱呜呜"的声响，他感觉特别新鲜，跑过去拿着摄像机狂拍不止。听到身后的美国向导焦急地向他呼喊，他慌忙向回跑，急速地跑了几百米后，回身望去，他惊恐地发现，身后有一个篮球场那样大的冰面倾斜着插进了海水里。如果他跑得慢，真的掉进海水里，没等淹死，就会先被冻死了。大难不死未必就会有后福，紧接着科考队又与大本营失去了联系，由于身处北极危险丛生的剪切带区，生命随时会有瞬间倾覆的可能，所以每一名队员都心情沉重地写下了遗书。

万幸的是，经过两天两夜的煎熬和摸索，他们成功绕出了充满死亡恐怖气息的剪切带，与大本营重新取得了联系。当时有一个镜头记录了他的狼狈不堪：全身裹着厚厚防寒服的他，胡子上挂着"雾凇"和冰凌，他拿着麦克风对着镜头说，马上就要到五一了，北京的天气应该是春暖花开，有二十多度，非常舒适！而我们这里却是天寒地冻。有时我感觉自己太不容易了，真的不想干了，想回家……说着说着一个大男人竟然哽咽起来。也正是此次科考，经历九死一生的他带回了许多珍贵的摄影资料。

几年后，中央电视台设立了一档《梦想剧场》栏目，由于找到的几个主持人字正腔圆的风格与这个栏目娱乐为主的宗旨并不适合，领导让当导演的他试试。歪打正着的他从此从后台走向前台，因为语言诙谐幽默，《梦想剧场》的收视率一直居高不下。后来，他又来到了《星光大道》的舞台上，他的主持风格越来越受到观众的欢迎与认可，他的名字——毕福剑开始响彻大江南北。在2009年的春节联欢晚会上，毕福剑与赵本山、小沈阳合作表演的《不差钱》获得观众评选的最受欢迎的春晚节目语言类一等奖。

曾经我和一些观众一样，认为毕福剑的相貌和言行都土得掉渣，普通话也不标准，认为他的成功是偶然的，有太多幸运的成分。但在了解了他的经历以后，不由得对他肃然起敬。毕福剑的故事告诉我们：成功是失败的积累，成功从来就没有捷径！

女孩最喜爱的哲理美文

转身后的华丽

刘清山

上个世纪七十年代中期，她出生于英国伦敦一个戏剧之家，她的父母和叔叔都是小有名气的舞台剧演员，在这种艺术氛围浸淫、熏陶下，她自小就对舞台演出充满了憧憬与渴望。

热爱是最好的老师，天使般的面容加上强烈的表演欲望，让她在年纪很小时就参与了舞台剧的演出，并引起了广泛关注。为了获得更多的演出机会，她萌生了进军电视剧和电影行业的想法。

二十岁那一年，她被好莱坞著名华裔导演李安相中，幸运地参演了《理智与情感》，首次在大制作中亮相，就得到了影评家和观众的好评和赞誉。

两年后，她获得了扬名世界的机会，她和美国青年男演员迪卡普里奥共同主演了史诗大片《泰坦尼克号》，《泰坦尼克号》的巨大成功捧红了在此之前名不见经传的两位年轻主演。迪卡普里奥由此成为美国青年的偶像，进入了好莱坞一线男星的行列。她——凯特·温斯莱特也由此成为亿万男影迷的梦中情人。

在迪卡普里奥开始陆续接拍大片，并大红大紫的时候，温斯莱特却在星途一片大好的时候，出人意料地选择了隐退。她悄然返回英国，开始从事独立电影的拍摄，并很快结婚生子，做起了普通的家庭妇女。

在外界一片惋惜和遗憾声中，芳华正艳的温斯莱特沉寂了整整十年。在大家都快要忘掉这位在一片"燕瘦"女星中而显得格外特别的"环肥"美人时，她上演了"王者归来"的好戏，因在家庭题材影片《革命之路》中成功扮演了一名对现状不满的家庭主妇而在 2009 年初摘得金球奖最佳女主角奖，之后又凭借在影片《生死朗读》中扮演的汉娜一角毫无悬念地获得了第 81 届奥斯卡最佳女主角奖，成为当年金球奖和奥斯卡的双料影后。

集万千宠爱于一身的温斯莱特并没有被头顶的光环冲昏头脑，她依然保持着谦逊、淡定的生活姿态。看淡荣誉的人，最终获得了巨大的奖赏；沉寂迷恋于平凡人生中的人，最终成为了生活中真正的主角。

一生都在奔跑

刘清山

有一位坦桑尼亚老人曾经参加了 2008 年北京奥运年的倒计时晚会，并且参与了在北京拍摄的奥运歌曲《英雄》的 MV。事实上，这位老人在奥运赛场上没有获得过任何奖牌，但直到现在，他所到之处仍受到英雄般的追捧，他就是赫赫有名的奥运英雄阿赫瓦里。

1968 年墨西哥奥运会马拉松比赛赛场，阿赫瓦里在途中意外受伤，经过简单包扎后，他忍着伤痛，踉踉跄跄地继续比赛，直到晚上 19 时，他才跌跌撞撞地跑进了主会场。此时，比赛已经结束了一个多小时，赛场上只剩下场地工作人员和即将离去的观众。望着腿缠绷带、步履蹒跚的阿赫瓦里，现场一片寂静，短暂的沉默后，赛场上响起了热烈而又经久不息的掌声。阿赫瓦里最终以 4 小时 30 分跑完了全程，他在夜幕的映衬下，一瘸一拐地跑进体育场这一场景成为奥运史上经典的一幕。赛后，有人问他：为什么在受伤后还不放弃比赛？他说出了奥运史上最朴实也最震撼人心的话："我的祖国，把我从 7000 英里外送到这里，不是让我开始比赛，而是要我完成比赛。"

1992 年巴塞罗那奥运会上，又诞生了一位不是冠军的英雄。在 400 米半决赛上，英国选手雷德蒙德排在第五道，而大名鼎鼎的刘易斯排在第三道。比赛开始后，状态出色的雷德蒙德取得领先地位，在离终点只剩下不到 200

米时，全力冲刺几乎铁定要进决赛的他突然右腿肌肉拉伤，摔倒在跑道上。看台上他的父亲和医务人员立即冲了过去，冀望奥运夺牌的雷德蒙德非常失望，泪水顺着脸颊滴到跑道上。就在所有人都认为雷德蒙德将结束比赛时，雷德蒙德却做出了一个令大家惊愕的举动，他拒绝了担架，慢慢爬起来，忍着巨痛，在父亲的搀扶下，单脚一点点向终点跳去。

全场观众为他的拼搏精神深深震动，观众席上山呼海啸般为他加油助威，临近终点，父亲放手让儿子自己完成了比赛。许多观众泪流满面，此刻，人们忘记了冠军是谁，只记得雷德蒙德这个名字。

阿赫瓦里和雷德蒙德都没有在奥运会上夺取过任何奖牌，但他们所表现出的奥运精神远比奖牌更熠熠生辉。如今的阿赫瓦里生活在一个小村庄里，村里没有电视和电话，有人问他对自己的生活是否满意，他这样回答，我对生活毫无怨言，因为我永远在奔跑。而如今的雷德蒙德是一位励志演讲家，他用自己的故事去感染青少年，他经常演讲的题目是：向冠军冲刺！

生命中的雨露和阳光

刘清山

美国电影《美丽人生》我看了不下五遍。每一次观看我都会心潮澎湃、热泪盈眶。影片讲述了二战集中营中的一个感人故事。故事中的父亲其貌不扬，甚至看起来有一点滑稽。但他面对残酷人生始终保持乐观的人生态度，这深深打动了每一位观众的心。他用善意的谎言把充斥血腥暴力的集中营变成了孩子的游乐园。故事最后，他被纳粹德军押解枪毙时，还向躲在暗处少不更事的儿子扮鬼脸。在那一刻，相信每一位观众都会认定生命中最重要的就是乐观的生活态度。拥有了乐观积极的生活态度，就会为自己和周围的人营造出一个美丽的人生。

听朋友讲到过这样一个故事：战争中，一名士兵为了大部队的前进，脚踩雷区，被炸飞了双脚。部队首长亲自到军区医院看望他，并要把全军最高的荣誉勋章奖给他。这时他说话了：我是无意中踏入雷区的，我根本配不上这枚勋章。首长沉默良久：你此时诚实的勇气，甚至超过了踏入雷区的勇气，这枚勋章你受之无愧！那一刻，我和朋友认定生命中最重要的就是诚实。

去年秋天，由于忙于工作，缺少锻炼，我病倒了。在头痛欲裂、呕吐得撕心裂肺的时候。我甚至有了愿意拿自己拥有的一切来交换健康的想法。当裹挟着药物的生理盐水静静地、源源不断地流入我体内，病痛一点点消退之时，我对生命中健康的重要性有了切身的、刻骨铭心的体会。

生命之于人生，就好比自然界之于草木。健康是我们赖以生长的阳光。乐观、诚实、恪守游戏规则是滋润我们的雨露。有了雨露的滋润，生命之旅的路旁就会处处开满鲜花，漫漫人生就会变得生动鲜活、绚烂多彩、充满希望！

另一种视角

凌代琼

为了通达、感知存在，我总情不自禁地举头，让"看"展开在一种姿态之中。对于这种姿态的解读，我的回答是秉性。但我也不知道这秉性来自哪里。回看少小照片，全家十几口人也就我兄弟俩，在历史中伸着呆鹅一样的脖子。照片至今还回响着摄影师在黑色幕布里发出的闷话，两个小孩将头低一点，低一点，再低一点的话语。

可能是受苏联电影的影响，女人都挺着胸脯走路，男人都昂着头走向远方。我也就片面地记住了一句话，人不能低下高贵的头。领会成了模仿，行动成了一种抵达，日子就勾连成记忆。眼的方向，也就显露出心灵的隐藏。可我无法解释我的兄长，只能套用天性。

抬头看天，低头看路，我虽不能全理会，但也总是以不同的姿态展示我的抬而不是低。我为看到一片美云而高兴，我为看到一颗流星而自慰。只是抬头看天，就得少问脚下之路，那么想脚下之事，也就不能如愿。抬头看到的又都是过眼烟云，遥远而不可即。收眼之时，往往现实又不能如意。以人短暂的生命去察天，我一双小眼哪能读懂那么多天上语言。天上滞留、漂流的物象，成了我抬头的问号。在自以为抵达了某种领会中，封闭加深了。无根基状态的举头，将我抛弃在语言的现世里。

试图接近天高云淡的地方。尘世里的聒噪，形形色色花花绿绿的现实，使眩目的我从抬头的寻找，落到低位的现实之中。在野的文明，本土的文化，重新构建着我人性的洞察力。非历史的方式，使我达到了一种新话语之中。姿态能吸取词语生成，也能随语境改变。我放弃昨天抬头看到的空洞和旧话语，在低下的状态中，重新传达一种生活的态度。也就像摄影师所说，低一点，低一点，再低一点。在变位、变姿的过程中，眼睛改变了我的话语，领会成为了一种联络。从前的诘问和触动，都被带回到现实之中。一种姿态的改变，使我在伸展与束缚中，知道了存在的距离。凌乱的日子并不都精彩，精彩的生活也并不都在别处。平静才是生活，才是低下头的原因。

人生渐渐苏醒，自有了地气后，生命也显示了活力，眼睛看人和物也清晰起来。现实的生活，也就构成了我的真实人间。熟识的世界，平常的日子，重新网络着我的视野。其实，身边万象就是风景，生活的每一处都可当经典来读。美没有距离，就看你怎样抵达。地气、暖流充盈着我，情绪变得恬静了，平和了。"僵硬"已从低头中消失，走路也没有了跌跌撞撞的现象了。我还从流动中学会了"让位"，在低态中懂得了生活中的"空隙运动"。低下头还使我看到了我与社会与别人间的距离。最是那一低头的温柔，对我来说意味着一种命运的陈述。

生活中有许多姿态可变、可改，人可泛泛闲听，也可追随、领会。也许就那么低一点，低一点，再低一点，就低出另一种视角，低出一种新的人生，低出一个你都不知道的生活，和你不觉的明天。有人说这是生存的高和低，也许你并没有在意抬头与低头之间这个距离，那就好奇一把，动作一下，让一种新的液体流动在你的心中。在一种丧失与到来之中，展示你的生活，使其变得美丽如何？

女孩最喜爱的哲理美文

成仙

高建新

人们戏说男人一生就是为了三样"东西"：金钱、女人、地位，如果摆脱了这三样，就能超脱、成仙。今天我要给朋友们讲一个关于成仙的故事，有志者不妨一试，但不提倡模仿。

有两个年轻小生，共投佛门，做了和尚，并结拜为兄弟。一天，两人商议去山中寺庙修炼身心，欲超凡脱俗，成为佛仙。

哥俩一路风尘，不知走了多少路，过了几顶桥，翻了几座山，才行至山脚下面，这时忽见一个孩子和一个少妇在新坟前哭泣。那少妇仅有十七八岁，花容月貌，姿色不凡，怀抱幼子，楚楚动人。

师兄见了这般景象，对师弟说："他们如此悲伤，往后何以生计？咱俩留下别上山啦！白天种田，晚上念经，抚养母子，不也乐乎？"

师弟道："当初我们对天发誓修身成仙，如今你见到女人就动了心，还是落了俗套，没得出息！你不上山我上！"一气之下，挥袖而去，分道扬镳了。

从此，师兄白天帮母子种粮种菜，夜头拨珠念佛，白天三人吃在一起，晚上独自睡在柴屋。如此，两家三口，倒也丰衣足食。

直至孩子长到十六岁，和尚思忖，孩子已长大成人，母子也能自食其力了。又想，与师弟分手十几年，也不知他修炼得如何了，何不寻他相会，一道修身？于是，便对妇人道："孩子他娘，我在此烦了你家十来年，今朝我也要走咧，反正你们现在日子也过得转了，你们母子自保重吧！"妇人见和尚说得坚决，欲留留不住，欲劝劝不得，心中难言，只好在屋前目送他上了山……

和尚会见师弟心切，日夜兼程，直奔山顶寺中。师弟究底是否已经成仙？据长者称："酒、色、财不屑者，佛仙也！"过去兄弟同道时，师弟早过了"酒关"，还有二关，未知能否过得了。

来到庙门，和尚化身一个妙龄小姐，佯装进庙烧香，那时天色已晚，"小姐"找到师弟，口称要借宿。师弟认不出师兄，师兄倒看得真切。只见师弟拱手让坐，彬彬有礼，又随手空出一间厢房来，安顿"小姐"过夜。师兄故意不闩门，一夜过去，师弟并无非礼之举。师兄看他能过"色关"，十分欣喜。

次日清晨，"小姐"在梳妆时，故意把一枚金手镯掉在桌上，便告辞了。师弟等客走后，发觉小姐遗漏之物，且金光耀眼，不禁贪欲上心，将那物收藏起来。再说"小姐"，走了一程，又故意折回身来，来到房门口，见手镯不翼而飞，便向师弟说明来由，问有无东西掉于房中，师弟不慌不忙道："小姐你一走，我就来打扫房间，未曾看到有何物事。""小姐"听罢，嫣然而笑，摇身一变，现出了师兄的原形。师弟见了，方知师兄考他，吃惊不小，满面通红。

两个和尚各叙了别后之情。师弟道："哥哥之举，才令我知晓那修身养心并非全在庙中，小弟自愧莫如。"师兄道："老弟，炼就身心，所谓炉火纯青，不在外功，而在内心。人生于世，酒、色、财乃身外之物，万不可刻意追求。"

"哥哥，如此看来，我还要修炼多少年？"师弟问道。

"起码十八年，还要看你是否思无杂念，真心归佛……"师兄笑答。

这两个和尚，就是如今我国众多寺庙里常见的普贤、文殊佛像，只因他们修炼功夫有深有浅，所以庙中普贤兄坐白象，居东，为上手；文殊弟仅能骑青狮，居西，为下手。如此，用以教化敬香者也。

孤雁倦飞的天空

高建新

我相信你"真的飞累了",我理解你"飞累"的真正原因,那就是,你丢了指南针。

我的学生,一个漂亮清秀的农村女孩,我知道你的天真灿烂的笑容藏着许多许多美丽的梦,也许是你自己的原因误入迷途,一不留神脱离了"雁行"而队伍远去,你就蓦然变成了一只孤雁。于是,你成了一只迷途的小鸟,在天空中徘徊,在宇宙中游荡,在风雨中飘摇,在雷电中煎熬,在霜雪中祈祷,你知道苍穹有多大?你能不累吗?

可怜的孩子!

其实,丢了指南针又有什么,那只不过是一件工具,你完全可以凭感觉一直向南飞行,因为,那里有金色的阳光。假如遇上阴霾迷雾笼罩,你完全可以进行暂时的降落,在草地上休憩一下,在小河边喝口清水,在海滩上欣赏一番美景……任何人任何时候总是有许多选择,"车到山前必有路,船到桥头自然直",待太阳出来了,你再重新起飞,也不迟啊!

再说啦,你一定要"勇往直前"吗?有时候,"激流勇退"也许是不错的选择,这不跟打仗一个理儿?倘若不喜欢那一片树林,你完全可以另找一块,在那里,也许能遇上一个你喜欢的伴,你说是不是?

　　向前走走，回头看看，这是一种哲学，也是一种艺术。你一味埋头冲刺不辨方向，不思休憩，不吃不喝，如此，就会带来可怕的后果，这个后果就是，你可能变成一头怪兽。

　　对于一头迷失的羔羊，对于一只掉队的鸟儿，你没错也有错，你希望你的女儿将来能谅解，这个，不太可能！

　　月有阴晴圆缺，在同一时间和空间里，总有人或置身白昼，或置身黑夜；或置身明媚春光，或置身严寒霜雪……

　　孤独的倦鸟，希望你一路走好，不要忘记我的告诫，注意休憩，保重自己。你是一只"衣食有余，精神迷失"的雁，可怜可悲的孤雁苦雁。亲爱的孩子，你的孤苦，有别人的不是，也有自己的错。

　　救救迷失方向的小鸟！救救我们自己！

女孩最喜爱的哲理美文

不灭的灯

崔东浩

（一）

冷清的月光又将我瘦小的身影投放到村东柳树下。幽幽鬼火徜徉在空旷的田野里，牵着我好奇混沌的目光，以及那一点可怜的希望。

一团火向我移过来，还蹒跚着一个佝偻的身影。我接过姥爷手中的灯笼，边往前走，边啃着带有姥爷体温和旱烟味的玉米饼子，香甜盈口。

我总是在这夜色中期待着这灯笼从那个村移来，能给我辘辘饥肠带来一点安慰；又总是在这夜色中伴着这灯笼向那个村走去。

"你娘是累病的，拉扯你们几个不容易呀！"姥爷止步，感叹着，接过我手中的灯笼。

不管有无月光，姥爷总是提着那盏用旧玻璃瓶自制的灯笼，每天步行二里路来看病重的母亲。他每天来，坐在我母亲一侧，默默吸一阵子旱烟，说几句宽心话，蹒跚而来又蹒跚而去，这似乎成了他晚年生活的一部分。后来我才知道，我唯一的舅舅少年早逝，不久姥娘也随之而去，我母亲又重病在身，对于上了年纪的人来说，内心该是如何孤独和痛苦啊！后来他也病倒了。

（二）

村里人捎来信儿说母亲想我，让我回家看看，我信以为真，又有某种预感，但因高考在即，脑袋里除了书本，无暇顾及其他。到了村南，父亲迎面从自行车上下来，我问了一句母亲的病，父亲嘴唇颤抖了一阵，终于扭过头说："你娘想见见你，她……挺好！"我疯一样跑回去。

门楣上的白纸和人们奇异的表情告诉我，我不敢想的事情终于发生了。漆黑的棺材冲门而放，那无疑是母亲最后的归宿，我迫不及待地掀开棺材，母亲安详地躺在里面，嘴角微微上翘，像是带着一生的满足和遗憾静静地睡了，这时候哥哥告诉我，母亲在弥留之际还念叨着我，怕影响我考试，不让打扰我。我一下子瘫倒在地。棺材前的长明灯静静地燃着。

（三）

姥爷躺在黑洞洞的东屋里，那灯笼就放在炕桌上。他吃力地打听着我母亲的病情，我极力避开话题，拿出点心让他吃，他推开："我不吃，给你娘拿回去吃吧！"我鼻子一酸，眼泪几乎流下来，便说我母亲吃不完。其实我母亲已去世两年多了。我不愿哄姥爷，又不得不哄，以使他在未知的企盼中度过自己的风烛残年。临走，姥爷对我说："让你娘别惦记我，等我病好了再去看她！"我的泪无声地流了下来，幸好光线暗，姥爷没看出来。

一晃十几年过去了。参加工作后，我离开了家乡，后来成了家，有了自己的儿子。每当夜晚我站在楼窗前俯瞰那点点街灯，我时常想起姥爷那盏昏黄的灯笼。偶然一天，姥爷那盏灯笼牵动了我的情愫，使我把姥爷、母亲和我、儿子连结起来，才明白：原来这感情之灯人人心头都有，只是时明时暗罢了。正是因为这感情之灯，人世间才充满了情和爱；愿这灯永远闪烁在人们心头，尽管它时明时暗。

那盏永远不灭的灯啊！

画月亮

王哲珠

女孩的日子一直水波不惊，时光像漫肩的黑发悄然而泻。一天一天，女孩似不自主的磨子转呀转，渐渐忘了曾为落花流水叹息，曾因彩蝶双飞迷醉。在一日三餐的轨道里忘了悲，甚至忘了喜。女孩觉得自己是个稻草人，空荡荡地随风摇摆，于是女孩狠狠哭了一场。

一个月光如水的晚上，女孩注意到久违的月亮，坦坦荡荡悬在苍穹中，光彩照人，女孩平静的心冲动起来。久久凝视后，用画笔笨拙地画下那晚的月亮。她画得如此认真，直到月落时分才不舍地掷下画笔，对着那并不高明的作品久久凝视。依着暖暖的被窝，女孩有种从未有过的满足与充实，那晚她梦里全是月亮，从小到大，从小山村到现在的城市，月儿原来一路都伴她走过来。

从此，女孩空荡的心里便多了一个月儿。她画了很多月儿，玉盘一般晶莹透亮的，象牙一般精致玲珑的，朦胧的，清澈的，高悬天空的，半挂树梢的……渐渐地，月在她手下成了有生命的精灵，成了女孩最好的寄托。一样如水的日子，竟有了那么多渴盼，那么多欣喜。每画完一张，都有一种成就感和价值感。女孩的日子在画月中一天天美丽起来。多么好，现在一起床就怀着一个美好的希望，希望在这新的一天将画出更美的月儿。

后来，女孩成了一个特别的画家，因为她所画的千百个无以伦比的月。那些月亮，或凄美，或高洁，或含蓄，扣人心弦。人们突然发现千百年来苦苦寻求，沧海桑田，魅力不减的美丽风景一直就在身边。

错失的窗

黄南军

　　一个小女孩趴在窗台上，看窗外的人正埋葬她心爱的小狗，不禁泪流满面，悲恸不已。她的外祖父见状，连忙引她到另一个窗口，让她欣赏他的玫瑰花园，果然小女孩的心情顿时明朗。老人托起外孙女的下巴说："孩子，你开错了窗户。"

　　大自然对每个人都是一样的，在同一片蓝天下，我们共同呼吸和生存，为什么人与人会不同呢？关键在于我们怎样去思考，当然在特定的时候我们还要转移自己的情绪，让自己快乐起来，而不是一味地消沉和痛苦，这样会适得其反。

　　在伸手不见五指的夜晚，我想每个人都有类似的经历，感觉后面总有个影子在追随，你走得快，他也跟得快，反之亦然。实际上你大可不必这样恐惧，这只是来源于自身，这只是一种光学的原理而已。我记得有一次走夜路，在漆黑的夜晚，由于我上学的地方很远，而且回到小山村要经过一片坟地，虽然我不相信有鬼，可还是觉得有点惧怕，这个时候我就想起我不去想它，我一路放歌，自我陶醉其中，在静静的夜空找到了一丝心灵的安慰，感觉有人在和我说话，感觉到很多人在聆听我的旋律，在路途中我感觉一点也不紧张。

打开心灵的窗户，让明净的光亮渗透进来，而不是每天痛苦流连，郁郁寡欢，这样生活会有什么意义呢？我记得有这样一个故事，在一所医院里，有两个病人去看同一位医生，有一个病人患的是癌症，另外一个只是在咽喉的部位长了一个良性肿瘤，由于不小心病历相互调换了，结果医生把相反的结果告诉了对方。那个没有得癌症的病人回到家，整天唉声叹气，茶饭不思，精神状态已经跌入了低谷，不到半年的时间就死了；而那个得了癌症的病人，因为感觉自己只是普通的良性肿瘤，非常高兴，每天积极地锻炼加上药物治疗，居然康复了。在不同的心境和环境下所出现的这样的结果，实在是令人可怜复可叹的。

人的一生就是矛盾的一生，也是痛苦与快乐交织的一生。每个人的处世态度、人生观价值观不同，直接导致不同的人生模式，那么如何才能使自己的情绪好起来呢？虽然我们不可能一下子改变自己、改变环境，但是可以调节自身不朝痛苦的深渊走去，可以学会淡忘，珍爱自己和身边的亲人、朋友。就是身临绝境，我们也要学会坦然面对，生有何苦，死有何哀，当年老体弱，百病缠身，离去未必不是最好的解脱。

我有一个同事的亲戚，他的儿子读大学，回来过暑假的时候，去大河边洗澡不幸淹死了。这不幸突如其来，让家里人无法承受，结果母亲悲痛欲绝，神魂颠倒，在他儿子走了半年后，也静静地随他儿子永远地走了。诚然我们哀叹那位大学生的不幸，可事情已经发生了，已经无法挽回，那么作为生者我们就要好好地活下去。假如那位母亲能振作起来，随着时光流逝慢慢去淡忘那份心的伤痛，想着曾经和她儿子在一起的美好场景，那一丝片刻的快乐回味也许会成为一剂良药，支撑着她活下去。人的一生实则是失去亲人的过程，我们只要心存感谢，在一起共度的时光是快乐的，温馨的，不管时光长短，在彼此的心中都会化作永恒的印记。虽然我们无法真正融入每个人的世界，就是亲密的爱人以及父母，孩子也一样，他们都会有自己的生活，但我们要虔诚地开启心灵的窗户，去照亮别人，影响自己，使自己在人生的残梦里多点回味的空间，而不要开错了窗户，将阴冷潮湿、黑暗笼罩自己，使自己在痛苦与无聊中度过。

当我们无法走出暗淡的空间，我们可以换一个环境，远离曾经的伤痛，去开创新的生活；无法改变环境的时候，我们只有改变自身，要相信一切都会好起来的，也要相信人生本来就是充满遗憾的旅程，要珍惜现在所拥有的，让自己多点感悟和感动！

打开窗，开对窗，收藏起你心中的窗帘，让清新，让清凉，让温暖融入你的空间。不信你看看窗外的世界是多么的美好，那新生命的绿，现在以后都一样充满着绿色和光亮的！

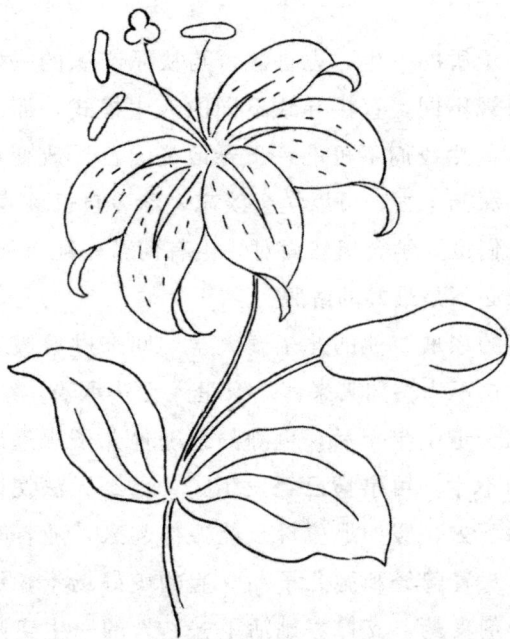

人生的位置

黄南军

你会有你的位置吗？会有的，只要奔走在红尘中，你一定会找寻到属于你的一片小小的天地，融入你擅长的角色，在流动的舞台上舞蹈你精彩的瞬间。在其中，你会常常忧郁，也会迷惘，更会失落和徘徊。舞台空了，人走了，留下你在你的位置上沉思。喧哗过后，一切尽皆平静，也许是你的心已经疲惫，也许是你厌倦了你时常扮演的角色，也许是你被角色淡忘，难以融入其中。当你挥一挥手，告别这舞台，告别曾经眷恋的家园，远走的时候，你才发现你正走向深层的孤独，彷徨在悠长的轨道上，来去都好似没有方向。

停留，犹豫地旋转你的心弦，在无望与挣扎中回到起点，一次次的选择，一场场的谢幕，舞台刚刚搭建，来不及去思索，就已经成为陌路，只能看着别人在为自己演戏，那都是别人的风采，不是自己的。

我时常想起幼小的时候去偷偷看电影的情景，虽然一个查票的走廊上有一个我熟悉的叔叔，但我每次只能当他值班的时候，而且还是星期天的时候去看，难得有这样的际遇，可我又不忍偷偷地窜进去，我很想堂而皇之地高昂着头进去，我不能藐视自己的，看到他在门口值班，我笑嘻嘻地喊着，亲切地问候着，挥一挥手我就进去了，可进去之后，就有种忐忑不安的情绪笼罩在我的周围，我担心影院的叔叔阿姨去查票，那会压榨我的小得可怜可叹的自尊。我刚刚占着好像属于我的位置，只听到有人说，这个位置是我的，你让开。我满面羞涩，不知所措地从位置上溜走了，就这样我像无头苍蝇一样到处躲藏，那是黑的忧郁与恐慌，因不能对号入座而茫然。我只能呆在深深的充满愈加黑暗与僻静的角落里暂且偷安，但心中举棋不定。望着流动的观众，流动的荧幕色彩，我感觉不到光亮，也很难感觉到那剧中人的悲喜与缠绵……我觉得我的不安和心灵的骚动来源于不能真正去拥有人生的票卷，不能真正地立足于自己的空间。难道就没有一片属于自我的空间让我去欣赏，让我静静地靠在硬座上，软垫上，真皮沙发上？

当我以后和我的家人步入高级影厅，买上我久违的票卷，紧紧地握在手里，打开它交给查票员检查时，我感到安全和稳定，感到心中已经很踏实。我轻松愉快地步入影院，找到我们的位置，没有人去惊扰，也没有人去问，我们全家人忘情在剧中的山水中，风景里，人物里……温暖和谐宁静在我的心扉云集，我有了自我的天地，那是一个不大不小的人生坐标、位置，我高高地抬起头。

我们有时不得不变换着自己的位置，难以舍弃，难以释怀，难以分别曾经流连的环境，留恋亲人和朋友！可在现实里我们发觉空间越来越小，位置也越来越不稳定，想去坐，却坐在了地上，想去修理，却已经陈旧老化，已经没有了实际的用途，没有了自我，没有了安全，没有了温馨。有的只是自惭形秽的心在无人的黑暗中悄悄地哭泣，深深地歉疚，深厚的情感成了一片空白，举头仰望，充满着瑰玮，充满着诡秘，充满着悬崖叠嶂的起伏，那是一座风屏，阻隔着你。在心神向往的那一方，我们能找到自己的位置吗？

我们在奔走着，我们小心地拥有着自身的位置，倍感珍惜，我们担心失去它，遗失它，因此我们不断地去维护，在强装着坚强，强装着欢笑，在人海中变幻着我们的情绪，交织着我们的动感地带，在双重人性的面孔里游离。突然间你发现已经不是你了，好像又回到了年少的时候，好像成了一个垂垂老者，故弄深沉与玄虚，并且有时还要去刻意保留彼此的距离，你的美不容许别人去践踏去分享，你有你的方向，你有你的尊严和独立，你也会有你的高楼，唯有你与自己在凝听……

我有一个同学，家境非常贫困，从小就失去了父亲，孤儿寡母在艰难的岁月里走过了十多年，也许是穷人家的孩子从小就懂得自立，我这个同学的哥哥虽然因为家里贫穷没有钱再去念书，但他很聪明，而且少年老成。他对他弟弟说，弟弟，家里虽然条件不好，但这是暂时的，我一定要努力找到属于自己的位置，多挣点钱，供你读书，母亲这么多年也很累，很憔悴的，我不忍心，不甘心自己就这样给自己定型，现在我们虽然位置很小，你看世界还是很大的，总会有容我的地方，我们总会开创自己美好的前景。之后我听我这同学说，他在菜市场摆起了地摊，做起了小买卖，开始他新的人生征途。

经过一段时间经营，终于小有收获，在市场里找到了一个固定的小门面，做起了服装生意。由于为人和善，衣服进价低廉、质量好，回头客越来越多。几年过去，生意越做越大，后来我还去过他的大服装超市去买衣服，看到了很多衣裳，都是名牌的，我为他感到高兴，为他能有今天的位置而庆幸，我想这是他用很多的心血代价换来的。我想他以后会有更大的空间和位置装点他美丽的殿堂，我相信他们一家的生活会更美好……我真心地祝愿他们。

人在江湖，身不由己，但我们都在追求美好的事业和高尚的生活情趣，也许偶尔也会暗自伤心。在伤感中在矛盾中你会更多地融入时代的大潮里，将潮湿的心慢慢晾干，将青春与激情的火焰喷发，大胆地追求，大胆地释放你人性的真、美，你人格的魅力，你会发现你的位置越来越高，越来越牢固，你的色彩已经融进你驻足停留的风景里了。

人生的位置在不停地运转着，今天居庙堂，明天却退隐山林，承前启后，然终归每个人都会拥有自己的位置，就像常青藤一样，在攀缘着……在高山上，在围墙上，在荒园，在戈壁沙漠，在不被人记得的每一片角落，你都会欣欣向荣地像美丽的花瓣一样点缀自己的美的天地。虽然有天我会由辉煌走向沉寂的山谷，但我会拥有大山的气势，大山的丰厚，大山的根系，我会永远置身于大地的怀抱，从而我的灵魂得以安居。

女孩最喜爱的哲理美文

路在远方

黄南军

世界上的路很多，然真正平坦的路却不多见。人生，更多的是一种进取、不断地跋涉的过程。在其中，我们被周围环境、气候，以及自己心境的变迁所影响，但我们从来没有停止过，一直向前，奔向远方。在未知的路途上有我们的感动，有我们的激情，有我们的欢欣，还有我们的成就感。

从儿时的蹒跚学步到暮年的踽踽独行，我们拥有永远也走不完的路。也许有一天你会环绕地走回来，经过，却好像不曾相识！带着你的好奇，你的神秘的怀想，你去追寻，想驻足却不能，因为你还有千万条路去走，你也不知道走到何时才是尽头，才是你幸福的终点。远方，成为你一生摇曳的梦幻，成为你在理想与现实的轨迹里奔波流连的空间。徜徉其中，你化作一个个驿站，让那奔走在红尘，散淡于风中的花月夜，那轻敲灵窗的灵动的心波随着时光隧道穿越，装饰你的窗楣！

鲁迅先生曾经说过，世界上本没有路，走的人多了也便成了路。中华五千年，从古代的羊肠小道到现今的乡镇水泥公路，县道、省道、国道，以及飞速发展的一级公路，高速公路，路越变越宽。在中国星罗棋布的道路交通网中，首尾相连，迢迢万里的道路都通向北京，都通向致富的康庄大道。世界进一步展现在我们的前面，路途也在不断地延伸，不断地缩短相互之间的距离，为我们在成功的道路上架起一座座互通心灵的桥梁。我喜欢流连城市的风景，也更喜欢流连那通向遥远归途的每一个心中梦萦的地方，也喜欢站在立交桥上欣赏来去的车辆，因为那里面承载着我行动的方向。我的脚步随着时代发展的洪流走向远方。在我的心中，有宏伟壮观的天安门，有清心自然的额尔古拉河，有昆仑山，喜马拉雅山……这一切一切美妙的风景都在我的眼前浮现，前方的每一条平坦的旅途，不正是我追寻的足迹吗？

时代的车轮在不停地运转着，在和谐的中国致富奔小康的路途上，我们都曾经走过一段不平常的路，那是一条弯弯曲曲的心路。你曾有过的迷惘与困惑，曾有过的痛苦与煎熬，都写在你人生的每一个驿站的墙上，如今想起令人感叹万分。

周奇是我高中时代的同学，由于家境非常贫困，他读书的时候非常刻苦用功，无奈家里经济条件实在太差，只好打消了继续深造的念头。我曾经问过他，你以后要怎么办，难道就回到你穷山僻壤的小山村吗？你以后的路在哪里？他低拉着脑袋，告诉我说，我的路在远方，我相信我前面的路会好走的，你知道吗？我很喜欢服装装饰设计，虽然我不能真正去大学读书，但我想通过培训班的学习来弥补我在这方面的短缺与不足，我通过一年两年三年，甚至更长的时间投入在这方面，我会有所收获的。高中毕业之后，我们各奔前程，有时会想起他来，想起他对自我的肯定以及对事业的执著与追求。这么多年过去了，相信他一定会有所发展，后来找到以前的同学才知道，他现在在广东东莞的一个工业区里面自己办了一家服装厂，而且听我同学介绍，很多衣服都是周奇亲自指导设计的。我很高兴也很激动，想不到他终于能实现自我的夙愿。我很想见到他，不知道他还是不是以前那个模样。

终于有一天我有机会去了一趟广东，我迫不及待地与他联系，周奇同学，我现在在广东。是吗？那你到我这里来啊，我们已经10多年没有见面了，你还好吗？其实我很想我们二中59班的所有同学，你告诉我你的位置，我现在就用车接你。好，好！那我等你。见到周奇，我发觉他还是以前那个样子，戴着一副高度近视眼镜，一头少年老成的花白头发，只是发现他现在发福了，眼神更加敏锐了。我看着他，他也注视着我，我们紧紧地拥抱在一起，我说这条路很长啊，我们见面都等待了10多年。是啊！我也很想念你们，这么多年，一个人在陌生的异乡打拼也不是很容易。我真切地点点头，我说，你现在发达了啊，比我们这些所谓的工薪阶层好多了，你看我到现在还不敢买小车，可听说你早就买了的，呵呵！不要这样说，我们永远是同学，是兄弟，我能有今天要感谢的人太多了，特别是要感谢我们这个时代，我们这个国家，给我们一个自由、宽松、健康、和谐、市场平等、人人平等的环境，使我摆脱了以前自卑的心理。刚来这里的时候，我曾经卖过小菜，拾过破烂，其实也没有什么，没有什么怕丑，我只担心我的目标不能实现，我知道我现在的磨炼是为了以后更好地实现我的目标，就像我人生的路一样，我的路在远方，我的路是滋生在千万条崎岖路径中的坦途，那条路很遥远，是需要用我毕生的心血和汗水浇灌、耕耘，一步一个足迹，一步一个新的人生驿站，别看我现在站得高，其实和你一样，真的！我真的太平凡太渺小了，甚至很多时候想见见同学都是很难的事，因为我们都有很长的路要走，都在远方，那是我们的辉煌，那是我们光明的人生梦境。

路在远方，以后的路还会很长，很遥远，就像我们生命的常青树一样，焕发着火一样的激情与色彩。我们的国家也一样，在永不停息地延续着我们生命的旅途，在维护着，修筑着，装饰着，勾画着我们美好的心灵蓝图。在遥远的彼岸，在我们远方圣洁的殿堂里，千千万万人海汇聚成一条路，奔走在同一条路上，远方那里是我们心驰向往的灵魂乐园，是我们的首都北京，那里有我们相互传诵的歌谣，有我们永远也无法用心言表的感动！

走在渔歌唱晚的夜里，我看到了星光，我看到了远方永不消失的灯塔，也看到人海中每一个人幸福的甜蜜与欢颜。我徜徉沉醉在光与影的中央，那是我一生所追随的方向，那是我们心中永恒的光明！

没有机会也要努力

曹 秀

朋友们经常跟我诉苦说他怀才不遇，当了很久的官也不见提拔，我几乎也是同感，因为这些年来我也是怀才不遇。然而细细总结一下越来越感受到这种想法不对头，如果说我们没有机会发展自己而怨声载道是正常心理状态的话，那么我们可不可以创造机会呢？创造一个让你我都奋发图强的机会呢？是的，年轻人都才华横溢、踌躇满志，有人想当官，有人想写作，有人想当科学家，有人想当艺术家，然而由于社会变革，不是你想干什么就干什么，于是造成了分工分红的矛盾。

有的人闯荡一番后渐渐力不从心，渐渐感到自己的努力与当初的理想相差甚远或背道而驰，于是就说自己怀才不遇。有的人眼看就要成功了，可是由于努力不足功亏一篑。这种想法我也曾经有过，甚至恨过许多人，尤其是对于那些什么也不是而比我有权力的人更是看不起，其实这是自己小瞧自己。

在社会中生存，谁也不是生来就有机会，就那些科学家而言，他们生来就有机会发明创造吗？不是，他们也是经历了艰苦卓绝的努力才得到了实验室，他们也是力争上游才创造了属于自己的一份家业，他们从来没有等待机会或者说等待什么人来指点，而是一切从实际出发勇于探索，最终取得了成功。

　　其实说白了，机会就是一种愿望，能否抓紧机会就看你能否利用机会，能否利用机会来实现自己的理想和愿望，这就是有些人能成功有些人不能成功的关键。机会随时都有，不要等别人给你机会，机会就在你的生活中，我不知道其他人如何看待这样的问题，我只想谈谈自己的想法，现在的人绝大多数对自己的缺陷不反思，而只是怨天恨地，好像这世界他们应当是主宰。

　　其实生活中的小事不是没有大的道理，所有的成功都由数不清的细节组成，不然就没有"细节就是成功"那句名言了。作为人，要珍惜自己的生命，一切从小处着眼，不要总是三心二意，遇事就以为自己是冤屈的。

　　社会之大，生命之短，这是严峻的现实；如何度过生命中最有价值的时期，这是关键。有些人在认真等待，有些人在认真创造，有的人等待一辈子什么也没留下，有的人创造了价值同时也创造了自己。

　　在我看来，人生虽短，只要踏踏实实，机会时刻都有。这就如同写作一样，只有勤勤恳恳埋头苦干才能写出精彩之作，只有不断抓紧生命，不肯放弃任何机会，才能写出群众叫好的文章。写作如此，人生也是如此。

尘缘若梦

难舍尘缘

常大利

父亲病逝已十多年了，而今岳父又追他而去。

父亲曾当过兵，经过战争的炮火硝烟；当过警察，也破过众多大案；当过工厂的工会主席、保卫科长等职，为事业默默奉献。他一生平凡而又普通，他爱自己的工作、家庭、儿女。由于多年奔波在外，吃不好睡不好，他患了胃溃疡、胆结石，到后来一发作就疼得大汗淋漓，头撞墙，但稍好一些他还是去工作。那次父亲感到胃痛难忍，而且长时间不见好转，到医院诊断已是癌症晚期，从大夫的话中我们知道，他的生命已无法挽救，不久将离开人世。但父亲并不知这些，认为自己是胃病，回来仍然是坚持工作，直到有天倒在床上再也没有起来。父亲热爱生活、热爱生命。他一生清贫，平日是位正直刚烈的人，无论遇到多大的危难从没流过一滴泪。然而，在他不久即将离去时的一个夜晚，室内只有他和母亲，他却流泪了，他是对自己没有走完的路感到惋惜，同时，也是对美好生活和家庭的温馨感到眷恋。他走时还不到56周岁。

去年，岳父突然得了脑梗塞，虽经医院抢救，从此却不能言语了，卧床不起已是十个月，一切都靠人护理。加之他有前列腺炎、心脏病，用了多种药，最终仍是没有挽回他的生命。在最后能勉强喝进几滴水时，也就是他的生命即将完结之时，他虽不能言语，却紧紧地握住妻子的手、儿女的手、孙女的手，眼睛流着泪，他心里也许是明白的。他知道自己将要离开人世，去往另一个世界，但他仍在眷恋自己的家庭、妻子儿女，眷恋着这虽是世事艰难却是充满欢乐的尘世。据医生说，他本应早几日就离开人世了，就是由于太留恋家人而不舍离去。也许他的尘缘未了，也许他对家人还有众多的嘱托和希望，也许他因不能表达而感到遗憾。

岳父是位高中退休老师，几十年的教育生涯，也曾用辛劳的汗水浇灌出众多鲜艳芬芳的桃李。他一生正直而又忠诚，遇到危难和不愉快的事不愿表达，总是独自默默地承受着，他也是一位普通而平凡的人，去世时71岁。

两位老人去了，我们永远怀念他们。他们在去世之前都是眷恋尘缘的，尽管生活的磨难太多，他们仍是热爱生活；尽管家庭清贫，他们仍是爱自己的家庭。这就是一种深情，一种永远的情感。由此，让我们活着的人，更加珍惜生活的每一天，珍惜生命的每一天，走好滚滚红尘的每一步吧。

镜中缘

黄南军

心如明镜，晶莹透亮，镜中的世界我们经常去穿梭，在物我两忘的境地里，在物是人非的情景中，来来回回地徘徊着。有时真愿穿透灵性的空间去找寻另一个自我的存在，有时真愿可爱的伊人重新再现在面前，用心地审视和欣赏。在拥抱自然的岁月里，我们都在追求着心中的真，心中的美，心中的善。

也许你会不经意地每天在梳妆台前仔细地照看，每天欣赏自己，自我陶醉，你真正地发现着自己，认识着自己，你的喜乐与悲哀在你明净的眼眸中闪现，这就是我吗，这就是我的自然，这就是我所欣赏的我的存在吗？在悄悄的日子里，你洗刷着昨日的伤痕，你填满着今天的芳香，亮丽你虚空的影线，镜子中的世界太清澈透明，在纷繁复杂的红尘中，感觉到返璞归真的自然，感觉到真实的生动与心的灵动。也许你很难穿越，也许你无法走进真正的魔幻般的清纯镜子里，现实空间有一个自我宣泄，自我吐露，自我凝望的空间，恍惚间你好像走进，却又离你是那么的遥远。在理想与现实的边缘你走向更广漠的世界中，在真实与虚幻中好像总有个真心的影子在生命中追随着你！那是我心中的旋律，是我的爱恋，是我的真情，是心中另外的我的存在！

人生如梦，当你不小心发现自己已经走过了人生美好的时光，当在镜中去看的时候，你才知道自己脸上已经布满了重重的皱纹，已经把人世间的沧桑写在了脸上。不敢去相信，不敢去真正地凝望，在自我的情怀里，你一直都是那样的年轻，充满活力，充满着青春的色彩。有时真想自欺欺人，不去观看，将镜子存放在冷冷的柜子里，宁愿胡子爬满树梢，宁愿脸上沾染着灰尘。你可爱的头发在张扬着你的个性，在风中，在雨中，在柔柔的波里，你却视而不见，也好像无视世人的存在，独自逍遥你的舞动，走向更深的时间长河中！

暂时的逃避，短暂的停留也许能容忍，可是当我们真实地永远长久下去，却是很难去维持的，因为我们要时时地发现自己，找寻自己身上所存留的隐晦的灰尘，我们看不见自己，在有的时候我们甚至很难知道我是谁！我真正的位置在哪里！我要怎么做，怎样去得到我所真正想得到的一切！在迷惘中错落着，在失败中反悔着，也许应该去修正自己，不想看，只能说明你是不愿意去看待自己的缺点，不愿意使自己更加可爱、美丽！在矛盾中，在困惑里，你不甘心地斜视着，透着亮光找一丝影动的色彩，然后在光与影中又渐渐消失！

看不到自己，找寻不到自己，就连自己的脚步也无法分辨，就已经走向了人生的冬季！人生就好像是一条大河，我们冒昧地投石，投进了这条河里，在大河的两岸我们都会被眼前映入你视线的美景所陶醉、迷恋。你驾着风帆在一江之水，踏寻着，在波光艳影中，在绿的世界里你尽情地领略着前行中的人生风光，一眼望去，前面未必是险滩，一江水就像羞涩的女孩子半遮着脸含蓄着心中的一丝涟漪，平静，没有一点起伏，你忘乎所以，自己都无法知道自己所处的人生位置，料想不到的是平湖过后将会有大的波浪。你悠闲地摇曳着你心中的船橹，在飘飘然中好像直上云霄，你好像有了飞翔的翅膀，找到了感觉，却不知道前面的水流是越来越急促，你慌不择路，拼命地驾驶着船橹，可水流越来越急，越来越猛，你无法去掌控人生方向，在惊叹与哀怨中随着急流跌入了深深的悬崖里！

我们要学会照镜子，不光在镜中能照到自己，而且还能照到别人。也许人生就是一面镜子，只是我们一般不想真正地融入其中，不真心感念那份悠长与枯涩，还有苦痛。在乎我的眼前，在乎自我的享受，像一叶飘萍，飘然在天地间，在浪漫中去感受花前月下的风情，在得失面前更多地在乎眼前的荣辱，在名利面前矫揉做作，故弄玄虚，全然不识真心的滋味！

我们每天在洗涤着自身，在冲刷着身上的污垢。在清凉的世界中，我们在寻找着人生的芳香与自然，在镜子般明净的影射下，在捕捉生活的七彩阳光，可也不要由于镜子过于清晰照人，而将自己的渺小时时地牵挂在心头，那反而会成为你生活的一种负担，那就适得其反了！在我们小县城就有这样一位知识分子，由于她早年生活在省城，在知青的年代她下放到了乡下，因为有文化，结果被留用当了一位教师。可她有个癖好，就是特别爱好清洁，甚至有点洁癖，身上看不到一点灰尘，而且一天要换两三套衣服，家里总是一尘不染，还有一点就是喜欢照镜子，而且经常望着镜子里面的自己沉思。当时很多人都不知道她会想些什么，做工作也好，社交也好、非常认真、仔细，但不圆滑，很古板，也许是她很难在真我与虚我中来回转换，也许她太真实吧！我很难说清楚！人在生活中就像是一部长长的电影胶片舒展着，每一个片段都是真实的存在，你的影像与生动的形象藏留在胶片中，藏留在回味里，一旦踏进或者摔破，也许人生的画卷也将走到了尽头。但不管怎样，我们还是喜欢去走近，去每天展现自我的风采！

我们每天生活在影像中，我们在相互感动着，在投入的瞬间，在明净的双眼里，在镜子中，反射出你和我，我们相互看到了彼此，是那样的光亮，是那样的和谐，你的美真实地留在我心里，我的美沉淀在你的柔波里！

镜子不会随着时代的远行而渐渐泯灭，反而会随着时代文明的进步更加留在了人们的面前，随着信息化数字化时代的到来，那一个又一个图像，那一个又一个影像的传递，通过电脑、通过卫星的传输，连接着你和我，你中有更多的我，我中有更深远的你，在大自然中，在广阔的空间，那不正是一面面镜子吗？相信未来的世界会更加生动，会更加真实，会更加让人感动！

迟到的婚姻

黄南军

我很欣慰堂弟就快要步入婚姻的殿堂，徜徉爱的港湾去和心爱的人扬帆，这是堂弟梦寐以求的幸事，虽然有点迟，但人生美好的事情总是这样，不是来得太早，就是太迟，也许我堂弟他比较冷静和理性，所以才在深秋的季节里采摘心中的硕果。

堂弟今年31，身材修长，带着一副近视镜，书卷气十足，但并不影响他独有的个性和魅力。他从小就很聪明，很顺利地考上了名牌大学，大学毕业之后，在一家行政事业单位做了一名公务员。去年我听他说被提拔为科级干部，我很高兴，为他的事业、仕途，还有他以后美好的前景庆幸着。可唯一让我牵挂的就是还没有找女朋友。他总是说，不着急，不要太着急，草率行事容易出错，错了再去修改就麻烦了，这不像我挑选一件衣服，穿旧了就可以去扔的，这可是人，牵扯得太多，而且结婚了，相处不好，要去离婚，终究不是件快乐的事情，毕竟相互都投入了一些时间和精力，还有最重要的情感。我想也是的，也就没有再去追问。

其实堂弟为什么还没有找女朋友是有原因的，首先是我那个堂姐在结婚几年后就突然离婚了，我想对他多少是有影响的，特别是他姐姐离婚后，形影单吊，憔悴了许多，生了一个孩子也只是他姐姐带着，孤儿寡母的残缺的家庭。作为我，有时真不愿意看见这样的事情发生在我堂姐的身上，可我又能给予什么呢，只有去安慰和开导她以后能有第二个春天出现在她的爱情里。可世事难料，况且我堂姐的心事很难摸透，有时连她自己都很矛盾，堂弟看到这样的情景，我想他的心情会比我更沉重，也更复杂。在学业上、事业上，可以通过自己的拼搏得到应该得到的结果，可婚姻不同，就是再努力，性格再温和、善解人意，也是需要有彼此心灵的碰撞，还有心与心的交融，那多难呀！对于一介书生的堂弟，好像在研究一项科研课题，研究来研究去，却没有找到头绪，找到攻克课题的良方，所以他干脆不去想这件事情，一切随缘，总会有个结果的。

他喜欢音乐，在他的房间里可以看到一大堆 DVD 碟片，一些经典影片和歌曲，在他那里都能找到。有时看到他带着数码相机去郊外漫步，留下一段段流连的片段，他在风光里，风景在他的缩影里，成了一个又一个美好的印象。打开相册，一切美的风景的影像扑面而来，是那样的鲜活，灵动。我想他是快乐的，但快乐中只有他一个人去陪伴他，未免还是有点人生的残缺。

有次听他告诉我，他单位的一个男同事又离婚了，没有别的，就为一点点鸡毛蒜皮的小事而劳燕分飞，说是性格不和谐，志趣不相投，还有不喜欢做家务事，相互抱怨，男的一气之下，甩出一声"离婚"，竟然轻松地就离了。我堂弟可不是很超脱、很现代派的人士，在感情上是有点传统和守旧，他希望找一个贤妻良母加一点点事业型的，希望她从一而终。我想在现代这社会这种想法有点不现实了，我觉得真的到了该分手的时候，不分手也是无奈之举，还不如离得干净，来个彻底的革命和新生活的再定位，我觉得我堂弟生活在梦幻里，希望他美梦成真。

我建议他还是大胆地尝试，要去行动，不要等着别人找你来，那样的概率是很低的。他犹豫了一会儿说：你知道我这人自尊心、面子观念很强，看见异性我都脸红。我说这有什么可怕的，谈恋爱可是正大光明的事情，男大当婚，女大当嫁嘛！脸皮厚点，耐心足点，心热诚点，对人真实点就可以了。我堂弟似懂非懂地应允着。我说：明年我要吃你的喜糖啊！不管你采取什么措施，你一定要给我找到啊！我要好好地为你庆贺。他开怀大笑！会有的！会有的！明年等着瞧啊！

今年春天我就踏上火车来到了异乡去寻求新的发展，但我经常想起我的堂弟还有他对我的承诺，我想他会有所计划和行动了。听说在今年春季别人给他介绍了一个，可相看两都厌，找不到一点点感觉。我觉得很奇怪，要那么多感觉干什么，婚姻又不是每天花前月下，而是去真实地生活，只要能适应就是好的，可他不愿意这样委屈自己，我都弄糊涂了，都不知道他到底是对还是错了！

时间过得真快，一转眼就到了秋季，我由于工作繁忙，有几个月没有和他联系，不知道他现在是否找到了心上人，马上就要进入冬季，会没有生机的啊！我一个人自言自语地说着，我给他打一个电话，他告诉我，他找到了一个医院的医生，也是大学本科毕业，也许是我弟弟特别注重文化层次的门第高低，特别强调，声音拉得好长。我说好呀，长得怎么样，漂亮吗？还可以！和我一样也是戴一副眼镜，我呵呵地笑了起来，我说以后假如生孩子就会有第三个戴眼镜的了！他说：没有那么严重吧！我不去管她的，她对我很好，和我一样喜欢看书，玩电脑，听歌……性格我也很喜欢，很文静、温柔的。我会心地笑了，那就好！那就好！那你什么时候结婚？今年元旦啊，我想你能来哦！你对我一直非常关心，我很想你能当我的伴郎，站在我旁边我会有胆量。呵呵，你这怕什么，结婚还要我去陪吗？我停顿着，接着告诉他，有时间我一定去陪你！给你们留影，为你们新生活喝彩啊！

他的婚期马上就要到了，可我还远在异乡在为生活而奔波，心中不免有种淡淡的愁绪，为我，更为我堂弟！为我曾经对他说过的话，我一定会回去的！可我很难回去！人生只有一次婚姻，在心的感觉里，我觉得对不起他，惭愧自己不能亲身体验和感受那份甜蜜的快乐，但令我欣慰的是，他能走出自我空间，走向围城，我想他不应该畏惧婚姻。人嘛，不要受周围环境和人牵绊，每个人都会有自己的活法，都会有自己的婚姻观和人生观！人不能一味地强调婚姻生活中悲凉和冰冻的色彩，而应该渲染婚姻美好的一面和暖暖的色调，无限扩展自己的情感天地，不能因为一个人的悲哀而诠释所有人的痛苦。我堂弟终于变得明智起来，不再为前尘往事而踌躇不前，不再为自己在婚姻面前的不自信而退却！他现在虽然迟到了，但他以后的婚姻会是幸福的，是充满无限爱的。

人生经常迟到，但只要不晚，只要能去弥补，就不算晚。我希望人们都带着希望，带着真诚，带着理性的心智去走好人生的每一段路！迟到的婚姻会是圆满的！

脂粉狼烟

崔东浩

有一部电影叫《战争让女人走开》，似乎战争就是男人之间的事情。其实，战争从未让女人走开过。

原以为"花姑娘的有"是日本鬼子在中国的发明，翻开史书一瞧，早在两千年前咱中国人刘敬就有了这个创意。

河西走廊的苍凉掩遮不住红蓝花诱人的艳丽。红蓝花叶是匈奴人眼中的至美，他们把这种植物制成染料，让衣裳的亮色成为大漠中飞动的彩虹；把这种植物制成胭脂，让女人成为草原上奔跑的花朵。

红蓝花寄托了匈奴人对美的渴望，胭脂在匈奴人心中是美的代名词。他们把生长红蓝花的山称为胭脂山，把他们头领单于的妻子——部族最美的女人称为阏氏（胭脂的谐音）。

冒顿是爱美的匈奴人中的一个，他是匈奴单于头曼的儿子。

冒顿有资格爱美，因为他就是将来部族的单于，是大漠和草原未来的最高主宰。冒顿和他的美人在草原上嬉戏追逐时的那份恩爱，衣食男女们羡慕得眼珠子发红，青草都羡慕地抻着脖子，野风想按都按不住，牛羊都不忍心啃带花的青草，坚硬的阳光像激动的火苗一样跳着，粗犷的歌声也缠绵得跑了调儿。微风春色，羊群白云，冒顿憧憬在与自己一样年轻气盛的部族的未来；爱河畅游，女人陶醉在冒顿雄性勃勃的男儿柔情之中。

北风卷地，八月飞雪，塞北的天是多变的。乌云划碎了如血的残阳，也让冒顿的单于梦阴云密布。他被父亲和后母逼上了绝路，如同被猎人追赶的狼一样红着眼在悬崖边寻找着退路和反扑的办法。

反扑就要有反扑的资本，在父亲的眼皮下，他忍气吞声，不动声色地悄悄蓄积力量。为训练一支绝对忠诚自己的队伍，他发明了一种带响的箭——鸣镝，并向部下宣布"鸣镝所射而不悉射者，斩之"，以此来检视部下对自己忠诚程度。

打猎时冒顿以鸣镝射猎物，凡不跟随他一起射的一律斩首。在训练中他把鸣镝射向自己心爱的战马，凡不射战马者一律斩首。后来他把鸣镝射向自己宠爱的妻子时，部下都惊呆了，他们犹豫着，弓箭在手中颤抖，他们不明白：这女人究竟有什么过错，刚才两人还亲亲热热，怎么一转身妻子就成了丈夫射杀的目标？可是女人的痛苦挣扎并没有从冒顿阴冷的眼光里得到半点怜惜，因为此时冒顿眼中只有血红的两个字：权力。在冒顿刀一样的目光逼视下，大多数部下的盲从战胜了人性的理智，箭软绵绵地射向了那至死都不知为什么成为丈夫靶子的女人，而那几个良知未泯没有动手的也同那女人一样成了冒顿的刀下鬼。青草和牛羊都惊恐地低下了头，草丛里远远观望的狼，吓得一溜烟窜了。

滴血的忠诚带来的是狼性的残忍，当冒顿把鸣镝射向他父亲心爱的战马时，部下都毫不犹豫地随之一齐发射。最终，冒顿的鸣镝射向了自己的父亲。他一步一个血印地走向了单于的位子。

战争是流血的政治，政治是不流血的战争。权力是政客们的终极目标，在不能用和平手段获取的情况下，流血和战争便是最基本的手段，即使最心爱的女人也是他们手中摧毁目标的武器。

冒顿毕竟是一个有头脑的部族首领，面对东西两边强敌的夹击，匈奴这匹夹在中间的瘦狼随时都有可能被吃掉，他表现出了政治家的成熟。东胡不断挑衅，先派使者索取头曼时的千里马，接着又派使者提出欲得单于一阏氏，对此侮辱性的无理要求，群臣皆怒，要求出击，冒顿却理智地说服了大家，向东胡送"千里马"，接着又送"阏氏"，以此麻痹敌人，赢得了养生休息的机会。

在大漠的风沙和草原的水草磨砺强壮了筋骨之后，这匹北方狼便不再满足于现状的盘踞，按捺不住欲望的冲动，从大漠深处一跃而起，挟着飕飕冷风，东破东胡，西击月氏，南并楼兰，北服丁令。一时马蹄声碎，狼烟四起，东边的辽河冲刷着匈奴的战刀，西边的葱岭烙上了匈奴的铁蹄，北边的贝加尔湖有匈奴战马的倒影，南边的长城响起匈奴的阵阵马嘶。

在征服中体味着血腥的快感，在杀戮中流连着刀光剑影的乐趣，他们掠夺资源，掠夺财物，掠夺女人，掠夺已成为他们的一种生活方式。他们没有心思坐下来琢磨用于教化臣民的文字，除了胡笳，鲜血成了他们装扮内心世界的精神胭脂。大漠草原的广袤助长了野性，寒风冷月刺激了双眼永远饥饿的贼光，柔弱的汉家美女和区区长城又怎能融化和阻挡那已肆虐的心？

这是遍地狼烟、弱肉强食的时代，贪婪和野性成了人和狼的共性。至少这个时代的争霸者们是这样。

战国七雄由诸侯而称王称霸，哪个不是靠别人的血肉来扩张自己的胃口？秦始皇吞并了六国，唇边的鲜血还未擦去，北边的匈奴就虎视眈眈地盯上了他那还没有消化下去的肚子。

长城阻挡了匈奴的一时骚扰，却没能阻挡住秦始皇子孙江山梦的破灭。秦朝的暴政把人逼成了狼，陈胜吴广揭竿而起的呐喊，为刘邦项羽吹响了汉楚争雄的前奏。刘邦用狼性的狡黠，战胜了项羽狼性的野蛮。可当刘邦踌躇满志地挥师北上时，才真正知道了匈奴这匹北方狼的剽悍。

匈奴铁骑个个膘肥体壮，四十万大军按马的毛色一队队分列排开，威风凛凛，势不可挡。而刘邦这个堂堂的汉朝皇帝，却没有力量为自己配备四匹一色的四驾车，他的将相大臣只能乘坐牛车。三十万汉军在白登山被围困了七天，刘邦一举踏平胡马的信心一下子变成了胆战心惊的阵阵冷汗。实力的悬殊，使刘邦不得不另谋退兵之计，派人暗中以厚礼贿赂冒顿单于的阏氏，女人的枕边风才使刘邦躲过了致命的一劫。

于是大臣刘敬的和亲政策便成了汉朝对匈奴强盛的一种柔性杀伤。刘敬的如意算盘是：汉皇把公主嫁给匈奴单于为阏氏，公主生了孩子就是匈奴将来的单于，这样汉匈一家亲，当单于的外甥就不会给汉朝皇帝的姥爷找事儿。

国力凋蔽也真为难了刘敬的一片苦心。于是，女人就成了冷兵器时代的热兵器。

　　长城默默注视着人间的纷争，大雁默默穿梭着季节的冷暖。长城内外的汉匈也在岁月轮回中此消彼长。雄才大略的汉武帝刘彻韬光养晦十三年后，汉朝的金戈铁马终于理直气壮地越过了长城，卫青和霍去病像两把尖刀在匈奴盘踞的大漠和草原上所向披靡，封礼狼居胥山，禅礼姑衍山，汉军大旗在大漠和草原深处猎猎飞扬。遁逃的匈奴在风雪中长吁短叹：亡我祁连山，使我六畜不蕃息；失我胭脂山，使我嫁妇无颜色。

　　这是一个思想和行为极其矛盾的部族：一方面追求生活追求美，另一方面又自觉不自觉地破坏生活破坏美。然而，无论胜利还是失败，女人总是绕不开的话题，南弱北强时，汉廷主动以和亲作为退敌的手段；南强北弱时，匈奴被动地请求和亲作为向汉廷妥协的筹码。双方都明白，血缘往往比地缘更能让人心靠近，女人是天然的溶合剂。

　　于是，在汉将李陵战败被俘后，匈奴单于将自己女儿的美丽青春编成一道金箍咒，使这个曾令匈奴人闻之胆寒的"飞将军"李广的孙子，乖乖成了匈奴进攻汉军的急先锋，如果李陵听了后来唐人"但使龙城飞将在，不教胡马度阴山"的诗句，不知该如何面对他英雄一世的爷爷。后来汉将李广利也战败被俘，匈奴单于亦以女妻之，官之以位，以同样的手段化解了刀兵相见的敌视。

　　石榴裙裹碎英雄心，女人胜过刀枪箭。在这一手上，汉廷和匈奴都运用得娴熟。然而，并非英雄都过不去美人关，张骞两次出使西域两次被匈奴拘押，第二次长达十三年之久，即使已在匈奴娶妻生子，可他仍不忘自己的使命。苏武出使匈奴被拘押，严辞美女官禄利诱，十九年受尽折磨，可他矢志不渝，即使风雪中牧羊北海，仍持节望归。可见，女人并非万能武器，摧毁气节和信念才是真正的杀手锏。

　　和亲是政治联姻，形式往往大于内容。汉高祖刘邦为赢得喘息机会，曾依刘敬的建议，打算把长女鲁元嫁给冒顿单于以和亲，可遭到吕后的阻拦，说为什么把我的女儿弃之匈奴？最后只好找了个皇室女子冒名顶替了事。在汉朝与异族和亲的十三个女子中，没有几个是真正的皇帝公主。

　　王昭君虽然身为宫女，可她在十三个和亲的女子中是很另类的一个。说她另类，是因为其他十二位都是极不情愿地走上了和亲之路，而她是主动提出来到匈奴和亲的。再则，这次和亲双方重视程度都超过了以往。

作为众多美女中的一个，王昭君原本也是汉皇金笼中的一个玩偶。然而，宫庭幽深，美女如云，王昭君别说享受做女人的权利，就连当玩偶的机会都没有，仅是深宫中一个寂寞的花瓶，是呼韩邪给她带来了机会。

因争单于之位，呼韩邪与其兄反目为仇，他明智地臣服在了汉元帝面前，自然，请求和亲成为呼韩邪攀附汉廷的一个重要条件。王昭君抓住了机会。

这是一次非同寻常的和亲，是匈奴主动归附后真正意义上的和亲，虽然和亲的女子不是公主，汉元帝也极为重视。也许在他眼里，走掉一个宫女如丢掉一件衣裳无足轻重，他重视的是和亲的形式以及这种形式带来的政治利益。再说汉元帝以前从没注意过王昭君的存在。可当王昭君泪面悲戚地向他告别时，汉元帝还是惊呆了，他后悔不该让如此姣美的女人离开自己，去伺候一个已臣服自己的男人，可这已是不可更改的既定事实。

钟鼓阵阵，琴笛悠扬。在虚掷青春的宫门，王昭君顾影徘徊；在呼韩邪热辣辣的目光中，王昭君告别了生她养她的故土，款款走向迎亲的车队；在汉元帝懊悔贪恋的目光中，王昭君随辚辚车队把长安街头的繁华喧嚣稀释在了塞北天高云淡的苍凉之中。男耕女织的田园风光在泪眼模糊中渐渐远去，风吹草低见牛羊的空旷志忐着王昭君的心。自此，深宫的寂寞变成了草原穹庐的孤独，锦服鼎食变成了裘衣畜肉。

月光下，南飞的大雁常常捎去王昭君无奈的乡思；长城南，北飘的云朵常常在草原上落下父母和亲人的相思泪。草原、长城、父母，这是王昭君思绪的轨迹；汉廷、长城、单于，这是王昭君所处的现实。她既是汉家女儿，又是匈奴单于的妻子，她把汉朝的农耕文明与匈奴的游牧文化融合成了一道桥梁，使长城南北分庭抗礼的风雨雪霜化作了祥和的宁静彩云，所以千百年来，王昭君的那座青冢是草原上最灿烂的花朵。

从公元前三世纪的战国时代，到公元五世纪的魏晋南北朝，那个以胭脂血红为主色调的部族消失了，长城内外大漠南北八百年的狼烟也早已消散。从赵武灵王胡服骑射的文化交融，到公元505年以后，冒顿单于的后代、匈奴人刘渊宣布自己是汉高祖刘邦的后代，建国号为汉，八百年的分分合合，给历史留下了沉重丰厚的一页，留给了我们太多的思考和感叹。

蓝天白云、羊群奔马、牧歌炊烟、大漠落日，本是诗情的意象组合，可历史偏偏在这里搞了一个小把戏，导演了一场兄弟恩怨纠葛的大戏。历尽劫波兄弟在，相逢一笑泯恩仇，当历史把这八百年的人间话剧收起来的时候，长城依然巍立，大漠依然雄浑，草原依然辽阔，红蓝花仍然艳丽，人们依然记得秦始皇、汉武帝、霍去病、苏武，依然记得冒顿、呼韩邪。可对于女人，除了昭君出塞、文姬归汉之外，那些有名的或无名的女人，那些有幸的或无辜的女人，无论是汉朝的还是匈奴的，无论是充当内部争斗的牺牲品，还是充当部族间政治联姻的交易品，她们为世间流血纷争所付出的一切，有谁还记得？

狼烟和胡笳声都已远去，胭脂是否还是那抹血红的单调？

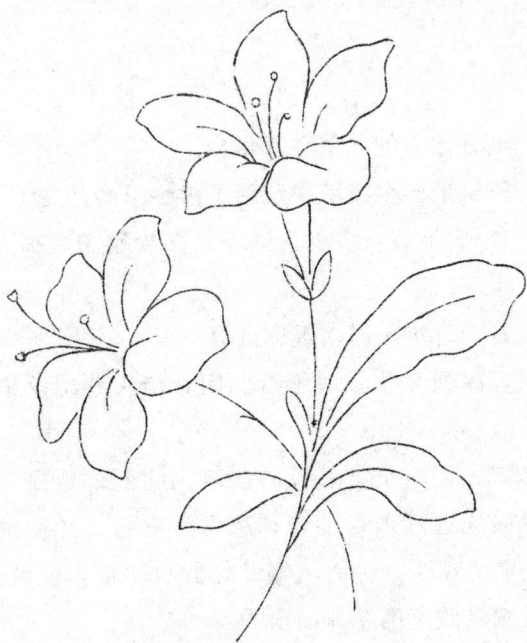

看破红尘的女子

曲　直

零八！零八！刻骨铭心的二零零八年！

年初的冻雪，压倒了多少线塔，践踏了多少早春的花。

年中的"5·12"大地震，多少人遇难，多少稚子成孤儿。九州同悲，苍天垂泪。

年末的金融风暴，百年一遇，震惊世界！

似乎一夜之间，深圳无数公司纷纷倒闭，街头巷尾议论纷纷，一时成为人们关注的焦点。

了尘原名花如雪，了尘是她心仪的法名。此刻，她提一笪箩斗，拿一扫把，在郊野公园里漫无边际地走动着，忽见月夜梅雪片似的飘落。草坪上花朵喜人。又见周围游人稀少，一时觉得此处倒也僻静，便悄悄地坐在条凳上，仰望着枝梢间啾啾嬉鸟践落的花片而出神。

一年来，她一路蹒跚，在这震惊世界的风风雨雨中跌撞而来，不知有多少故事缘她而起，也许，这一切一切将尘封于她花季女孩的心底。这一切，偶尔也会毫无由来地被某种物象所激活，倏忽间浮现在她的脑海。

起初，她无以窥觑周围诸多大龄男女的心地；也难以理解周围那么多游手好闲无所事事的人。为什么不奋发拼搏活出个人样来呢？于是她专科毕业后，感觉工作难找，又花费一年多的时间，取得五项上岗资格证书。

在这世相萎靡，淫声茧耳的氤氲里，像她这样未曾随波逐流的女孩，可谓是出类拔萃。她初次求职，就被一家公司聘为文员，她很自豪，心底充满了成就感与自信心。在此后的一段日子里，她常常有意出现在她心仪的男孩面前，尽量表现得谈吐优雅，恬淡端庄，以引起他们的关注，骨子里倒希冀心仪男孩能青睐于自己。然后是汽车，楼房，尽情享受天伦之乐，她常常这样想得如醉如痴，面生红晕。

她似乎整天忙得不亦乐乎，其实也就是常常随公司老总出入宾馆饭店，洽谈和签订各种协议，有时不过是记录会议精神或起草实施什么决策文件。

一天下午，老总带她一起去一家宾馆与一外商洽谈业务，下午三点多还迟迟不见外商的影子，老总与她聊起公司的事情，老总绕来拐去阐明了自己的观点，意思是，半年来为雪灾和地震灾区捐款八十万元，公司做出了应有的贡献，在本市也有了一定的知名度，但是这些钱要骑驴扛布袋——都得使点劲。羊毛还要出在羊身上，公司上下都要打紧，对以往所有绩效不达标的员工，统统给予加倍处罚。花如雪听了暗暗不平，委婉地对老总说，那样是否担心有些员工承受不了而辞职？老总不以为然地说南方公司纷纷倒闭，还愁没人吗？三条腿的蛤蟆不易找，两条腿的活人有的是！然后对她说，公司很器重你，也希望你做好这份工作，要以公司利益为重，必要时，要不惜牺牲个人一切！老总说这话的时候，诡秘地注视着她面部表情的细微变化。

老总突然用异样的目光望着她，以超常的关爱问起花如雪的个人情感及家庭情况。花如雪见老总今日神色有异，她的第一感觉就是要有所防范，不可疏忽大意，有必要以大话压他一下，使他不可妄生非分之念。于是她对老总说：我爸爸是一个性情暴烈、血气方刚的人，搬迁楼房那会儿，说让我们家再添二十万元钱，爸爸找他们说：我在平房里住得挺好，有家有院的，比楼房还宽敞，比住楼房强多了，凭什么要我添钱啊，还讲不讲理了？要不，我还住我的平房，要钱没有，要命有一条，你们就看着办吧？

那管事的吓得急忙给爸爸递烟说，你不要乱来啊！你的意见可以写成材料汇报上去，大家再研究一下嘛。

老总给花如雪的茶杯里倒了一些水，微笑着点点头，等她说下去。

花如雪说声："谢谢!"又接着说，后来爸爸让我写了两句话递上去，这事就结了。她说着看看老总，见老总面有疑色。她又接着说，我的朋友，人们都说他英俊潇洒，处事果断，他在公安局做事，是他舅舅把他拉扯进去的，至于他舅舅是干什么的，他从来都不说。老总听得两眼发直。看得出他贪婪的目光，如同猎豹看到猎物一般垂涎欲滴，进而表现出丢失猎物的无奈与失望。

从此老总对她像变了一个人似的，看她做什么都不顺眼，有错没错找茬训斥她。老总以为她总有一天会屈服，会主动向他示好，没想到，几天后，花如雪当着所有公司领导的面，上交了辞职书。这使公司老总茫然无措，不得不在辞呈上签字。

两天后，花如雪与爸爸去公司索取工资，老总始终没敢露面，人事科长一条一条给她清算，哪一样工作做得不恰当，哪一篇报告写错了几个字，或是用词不当等等等等，扣除各项罚款之后，一个月零三天，只剩下三十六元钱，最后人事科长深表同情地摇摇头无奈地说，会计还不在，钱——下个礼拜才能领！

花如雪很客气地告辞科长，再没回去要钱。

后来，花如雪又供职于一家超市模式的药店，客人自己挑选药物。由于人手少，难以顾及全面。像那些清凉油，凡士林之类的抹手油及其他一些小包装药物，经常发生丢失现象，药店雇员就经常挨罚。花如雪挨罚后，向药店老板建议给那些易丢失药品的药柜加锁。因老板不予采纳而辞职。

在之后的一些日子里，她常常闭门不出，父母也不再催促她出门求职。在家里只是做做饭，洗洗衣，帮父母做一些家务。有时看看电视，上上网，聊聊天，可那些她心仪的男孩常常隐身回避，手机也常常处于关机状态，这使她心情一直郁郁不乐。后来她感到腹部阵发性疼痛逐渐加重，经医院确诊是胆结石症，而进行了胆囊切除手术。在家休养数月后恢复健康，但自我感觉不如从前，腹部尚有闷胀之感。

再后来，在他们小区附近又开了一家药店，花如雪得知后，去药店把自己的情况一说，年轻的药店老板答应她立刻上班。药店不大，开始就她一个人，后来又来了两个女雇员，其中有一个也是药剂师，三十五岁，有一个男孩才四岁，爱人是研究生，在科学院工作，月薪四千多元。他们家也在附近，是刚买不久的楼房，一百多平米，每月要付两千多元的贷款，爷爷奶奶从乡下搬来给他们看孩子，除了一家人的花费，所剩无几，孩子马上又要上学。男人白天上班，晚上给人做家庭教师。两个人紧抓紧挠地过日子。她很在意这份工作，娘家妈妈生病，住在北医三院，她都没时间去看护，她问老板礼拜天是否休息？老板说没有礼拜天。于是她给姐姐发短信，说自己礼拜天不能过去，两个手抓着手机，半天发不过去。小老板白她一眼说上班期间不要随便打手机！

有一次中午不能回家吃饭，要公婆送两个人的饭菜过来，她要花如雪一起吃。送来的是白水煮面条、炒圆白菜。她不好意思地对花如雪说，俺们家这贷款二十多年才能还清，到那时我就成了五十多岁的老太婆了，这房子就如压在身上的一座大山。我们家很少吃肉，菜都是买收摊的，成堆撮。言外之意是不要嫌弃她们家的饭菜。

黄鼠狼专拉病鸡，一连两天出现对不上号的单据，老板要她们三个雇员赔偿，花如雪不同意，她坚持说，本来是三联单，怎么会出现一联单呢？咱们今天都不要回家，把货清点一下，看问题到底出在哪里？老板拗不过她，只好作罢。后来又出现了一张百元假钞，她们都说没收百元大钞。花如雪说你们都没收，那就是我收的了！那以后怎么办？收银，要专人负责！老板不同意。花如雪说乱收银不成，乱收银这工作没法干。老板说没法干就不干呗！不干就不干，花如雪说罢，拂袖而去。

她在家闲散半年之久。有一天她在网上看到乡里的郊野公园招清洁工，她对妈妈说我想去郊野公园当清洁工？

妈妈问他是否当真，人家要问你一个大学生打扫卫生，可不可惜？

她说前几天你没看电视吗，研究生卖猪肉，人家哈佛大学毕业的还开出租车呢，有什么可惜的呢？再说了，你看我那同事，在药店的林姐，她说她现在三十五岁，到还清贷款的时候，就快六十岁了。这些年，孩子老人都不用钱了？你说像她这样，这一生还有幸福吗？

妈妈又问她对以后的前途有什么打算？

她说，我在家闲散多日，前前后后都想过了，我想一个人了此一生！以前，我常恨我爷爷，亏他也当过村官，干了一辈子，什么也没给置下。你看人家现在的村官，谁家不是好几套房，谁家的孩子不是坐着，喝着茶水拿高薪。有时我真后悔怎么就生在你们家里？你们没有能耐，干嘛还把我带到这个世界上来呢？其实，这些天我也想明白了，人生无法选择。当初，你们也不可能看不到今天的局面，可我却能看到明天会更难。眼下的大学生比你们那个时代的初中生还多。高科技的发展，岗位越来越少，工作更加难找。凭能力，其实我不如你们，凭吃苦，我更不如你们，凭身体健康状况，我更加不如你们！我自己都养活不了自己，还能养活别人吗？再说了，你看眼下有多少人闹离婚，吵吵闹闹的，精神上受多大的影响啊！闹一次离婚，恐怕一辈子都不会幸福，哪有一个人生活舒服自在啊。

爸爸听着，一直吸烟，半天自言自语地说了一句，还真是怀念过去的穷日子！虽说穷点，可心里舒服啊！

妈妈说，你这想法就如陈晓倩一样——要出家了？

她说这与陈晓倩不同，这是介于红尘与佛门之间的第三条道路，它是游离于二者之间的一门——可称之为"浮门"吧！我也弄个"浮门"门主当当。这"浮门"可最大限度地规避人生益处与劣迹。

妈妈说：那就对社会不图什么回报吗？

"哈哈哈！哈哈哈！"她把眼泪都笑了出来，好大一会儿才有气无力地说：妈妈真逗，像我们这些人还图回报社会？只怕是还没有回报社会的资格呢？你看咱们周围，有几个人是身体没病的，起码有三分之一的人患有疾病，心理疾病还不算数。我们这些人与社会格格不入，其实就是社会的累赘，这个群体最好自消自灭了，这就是对社会最大的回报。

妈妈听了，半天，默默无语。

爸爸听了，半天，无语默默。

楼观台问道

史飞翔

我是一个早熟的人，天生忧郁，少年老成。很小的时候我就产生出一种人生的幻灭和虚无。特别是二十八岁以后，这种感觉就愈发变得强烈了。差不多每隔一段时间就要发生一次。每次持续时间少则一两天，多则五六七八天。有段时间我忽然间对《道德经》产生了浓厚的兴趣。于是买来不同版本的《道德经》日夜研读。读着、读着，我就有了一种欲望——想去楼观台看看。

于是，在一个春天行将结束的时候，在几位朋友的陪同下我来到了楼观台。我原想着楼观台一定是庄严肃穆、高大巍峨，既有历史的遗迹也有文化的积淀。可是等我真正来到楼观台的时候，我却多少有些失落。眼前的楼观台与它"天下道林张本之地"的地位实在不相称。刚到山门，就有一大群人围上来推销香蜡纸表，加之商贩导游着实扫兴。进入景区，沿途的石阶之上爬满了行讨的乞丐，每行几步就有一个，多得你都打发不过来。好端端的一个道教圣地却成了乞丐的天堂，老子若在世不知作何感想？

大凡对传统文化情有独钟的人，无一不向往楼观台。楼观台是老子当年的说经之地。据传，周康王时，天文星象学家尹喜为函谷关关令，于终南山中结草为楼，每日登草楼观星望气。一日忽见紫气东来，吉星西行，他预感必有圣人经过此关，于是守候关中。不久一位老者身披五彩云衣，骑青牛而至，原来是老子西游入秦。尹喜忙把老子请到楼观，执弟子礼，请其讲经著书。老子在楼南的高岗上为尹喜讲授《道德经》五千言，然后飘然而去。传说今天楼观台的说经台就是当年老子讲经之处。为了亲身体会一下"道"的玄妙，我登上了说经台。

刚到门口抬头就望见三个烫金大字"说经台"，乃长安画派主要创始人石鲁手书。进得门内有一整面墙壁是用瓷片砌成，内容是孔子问礼于老子。孔子问礼于老子是中国历史上的一件大事。之所以说它是大事是因为孔子问礼于老子其实是两种文化——儒家文化和道家文化的一次对话。关于这次对话，《史记》是这样记载的：孔子适周，将问礼于老子。老子曰："子所言者，其人与骨皆已朽矣，独其言在耳。且君子得其时则驾，不得其时则蓬累而行。吾闻之，良贾深藏若虚，君子盛德容貌若愚。去子之骄气与多欲，态色与淫志，是皆无益于子之身。吾所以告子，若是而已。"孔子去，谓弟子曰："鸟，吾知其能飞；鱼，吾知其能游；兽，吾知其能走。走者可以为罔，游者可以为纶，飞者可以为矰。至于龙，吾不能知其乘风云而上天。吾今日见老子，其犹龙邪！"由司马迁的记载我们不难看出孔子与老子的这次对话其实是不愉快的，是"道不同，不相为谋"。这与其说是两种学说的不同，不如说是两种人生观的根本对立。孔子少时贫贱，一心入仕；老子做过周守藏室之史，博览群书，深谙兴衰存亡之道，故能清虚自守，无为而治。

不知何故，我在夜读老子的时候常常会脊背发凉，阴森森的冷。我觉得老子的思想太可怕了。别的不说，光是一句"我有三宝，持而宝之：一曰慈，二曰俭，三曰不敢为天下先"。就足以让我们琢磨一辈子了。打个比方，如果说孔子是一轮太阳的话，那么老子就是月亮。一个炽热，一个阴冷。孔子给人的感觉是通体透明，浑身上下洋溢着一种欢畅亮丽的人格；而老子则是云遮雾罩，深不可测。我以为老子思想恰恰代表了中国人思想中最深、最冷、最阴晦的那一部分。和老子相比，孔子充其量只能说是一个涉世未深的毛头小伙子。这从他和老子的谈话就能看出。老子不愧是"中国哲学之父"，他一眼就看出了孔子一生之命运。他临行前送给孔子的那段话，一语中的，入木三分。可惜的是，孔子当时未能接受。只是到了晚年的时候，在遭遇了一生的坎坷之后，孔子这才想起老子的先见之明。仔细想想，孔子和老子其实正好代表了中国人心灵中的两端。中国人得势时都是孔子，摩拳擦掌、积极入仕；不得意时都是老子，退隐林下、寄情山水。孔子和老子只不过是一个人一生中的不同阶段而已。

说经台前院，有两个对峙的小亭，八卦悬顶，两亭下竖立石碑一通，碑上刻的元代大书法家赵孟頫隶书"上善池"三字，取意《道德经》："上善若水，水利万物而不争……"亭侧有一石砌小池，池水清洌，终年不涸。池内有游人观客为祈祷福禄而抛下的小钱币若干。我在"上善池"旁留了一张照片后匆匆离去。

说经台虽说由前院、老山门、碑廊、灵官殿、老子祠、斗姥殿、修道院、救苦殿等八部分组成。但在我看来，八部之中除老子祠外，其余皆不足观。老子祠三字系已故中国佛教协会会长赵朴初居士所题。老子祠大门内东西两侧立有两组道德经碑石，颇值一提。东侧一组为唐代楷书镌刻的"楼观正本《道德经》"；西侧一组为元朝高文举古篆书（梅花篆字）"古老子"，具有很高的历史和艺术价值。除此外，说经台另有楼、堂、阁计146间；金石文物60多件；名人字画30余幅。其中有唐武德年间欧阳询书《大唐宗圣观记》碑，宋代大书法家米芾书"第一山"碑等珍贵文物。

立于说经台上，举目北望，800里秦川尽收眼底。遂想起苏轼的那首《授经台》："剑舞有人通草圣，海山无事化琴工。此台一览秦川小，不待传经意已空。"世人言：不学道，不足以处世。不识道，不足以经商。不得道，不足以为官。那么什么又是"道"呢？"道"是老子思想体系的核心。《老子》全书81章，直接论及"道"的就有37章，"道"字先后出现了74次。"道可道，非常道。名可名，非常名。无名天地之始，有名万物之母。故常无，欲以观其妙；常有，欲以观其徼。此两者，同出而异名，同谓之玄。玄之又玄，众妙之门。（《老子》第一章）有物混成，先天地生。寂兮寥兮，独立而不改，周行而不殆，可以为天地母。吾不知其名，强字之曰道。（《老子》第二十一章）道生一，一生二，二生三，三生万物。万物负阴而抱阳，冲气以为和。（《老子》第四十二章）"在老子看来，道，是无象不包，无形不显，无景不呈，无色不备。阅读《道德经》，我的体会是老子的"道"，大体包含了两层意思：一是指精神性的宇宙本体；二是指客观规律性。我不知道我对"道"的这种理解是否正确，但是有一点是肯定的，那就是——说经台加深了我对

"道"的认识和理解。

　　走下说经台，便到宗圣宫。宗圣宫位于说经台北一公里处，原为尹喜观星望气的草楼观遗址。唐武德三年（公元 620 年），高祖李渊亲至楼观拜谒老子，诏改楼观为"宗圣观"。宗圣宫内建有三清殿、文始殿、紫云楼三座楼殿。楼殿我倒没怎么在意，我在意的是院内的那一幅幅充满禅机的楹联：道生一一生二二生三三生万物，人法地地法天天法道道法自然；玄音高远华岳接天，大道澄明川流归海；俯仰天地游目骋怀信可乐也，感悟古今临风畅咏岂不快哉；地邻太乙须知在上有仙都，门对终南莫向此中求捷径……宗圣宫内有古树名木数十棵，尤其是传说的周代所植直径三米的古银杏树以及系牛柏、三鹰柏等 10 棵古柏树，其中古银杏树相传为老子亲手栽植。

　　参观完宗圣宫，我的楼观之行便划上了句号。游览结束了，然而我的思想并没有停止。我在想：老子和他所开创的道家文化何以能历千年而不衰，不但不衰而且还深入到了每一个中国人，尤其是文化人的心灵和骨髓中？英国科学家李约瑟曾说："中国人的特性中有很多吸引人的地方，都来自道家的传统。中国如果没有道家，就像一棵大树没有根一样。"同样，鲁迅先生也说过："中国根底全在道教，以此读史，有许多问题可以迎刃而解。"记得楼观台有一巨石上刻："老子天下第一。"想想的确如此，有了老子思想，中华文化不仅增加了广度、深度，而且也增加了韧性。老子永远是老子。

善卷洞随想

凌代琼

　　金秋的太阳，与我们一起精神地走进宜兴善卷洞大门。左边，螺岩山正晨气升腾，右边，一水塘静卧在翠谷之中。山野清淡的况味，正暗度着宜兴的方言俚语。我徜徉在明亮、灵秀的山水小道上，也可以说，走在无数人抱有奇思妙想，跋涉、探询华夏"隐士"源头的路上。善卷就曾隐居在小路尽的山洞里，我是顺着书的线索走到这里，没想到还未进洞，就被此山此水迷离，浪漫的风又柔情地亲吻着我。一路林荫随想着，一仙风道骨的形象挡住了去路。导游指点，石雕就是善卷洞主人——善卷。他手拿当时的农具——耒耜，身披葛布披风，目光炯炯，自然而然，立在他自我的天地里。他生活在4000年前的尧帝、舜帝时期，是位"得道高士"，是当时社会公认的大智者，"德行达智"十分突出的人物。以至尧要以他为师，舜要让天下于他。他回答："我生于宇宙之中，冬穿皮衣，夏穿葛布，春种秋收，有劳有逸，日出而作，日落而息，逍遥于天地之间，心满意足，我要天下干什么？可悲啊，你太不了解我了。"善卷因此离开北方，隐居在此山洞里，过着隐逸、自由的日子。

　　这是中华上古筚路蓝缕的一位开拓者，他的精神高度是我等智慧无法猜想的。我们只有凭借着历史漏下的一点声音和文字的余火，来拼凑今天我们以为的，实质上是不成样子的形象。导游话音落地，我就收回思想，向善卷石像深深地鞠躬，口中大声说，善卷，我敬佩你，你称得上是中国第一隐士。导游看着我对善卷的礼仪，抬手一指路边树说，它叫小叶银缕梅，被称为原始社会活化石。我看着并不高大，却岁数老得惊人的树，马上想到这还有个那个时代生活的"见证人"，生态保护得真好。导游前行了几步接着说，再看水塘对面，那里曾发现过野人。我在心理暗语，好一个善卷，4000年前就隐藏在人道不通，密林深谷，野人出没的地方，怪不得尧帝、舜帝都找不到你。善卷怎样遁隐，也就给奇门玄府增添了一层神秘。

善卷洞几千年如一日地静护着善卷隐居的日子。当我踏上这寻洞的石阶，开启智慧的心门，开始将心与洞内外一切碰撞时，在洞口就已闻到善卷生活的气息了。几弯几步，忽见一瀑布挂眼，水声盈耳。瀑布映照着霞光中的岚气，将清逸、淡雅纳入洞穴，也将不尽的水语归隐到山的肚皮里。这里的山水能用体语解释着"隐"和"道"，这使我的心情不免由忧郁转为小悦。那个久远的年代禅让的气息，以善卷为代表的追求心灵开悟的精神，早已渗透到溶洞内外的草木之中。山、树、水、草的和谐昭示着生命的精神。在洞口我不仅感觉到了丰富负离子的味道，从山间回荡的渺声中，我感到有一种东西在轻轻飘荡，微风中还嗅到了一种人文的馨香。

喀斯特溶洞形成于100多万年前，全洞面积5000平方米，游程800米，共有三层，分上、中、下、水四洞。洞洞相通，层层相连，洞中有河，河可通舟，溶洞就像一幢水边石雕大楼。目触洞体，一股凉气、隐风就迎接了我。

一种潮湿渗透着毛孔，更有隐士的气味。站在中洞大厅"狮象大场"中，我有一种莫名的激动。并非看到钟乳石像什么，也并非洞口有狮、象把门。我深知，现在就走到4000多年前善卷走过的地方。当年的他是赤足行走，还是穿着什么？我们一无所知。看着洞体，时间遮挡了我寻找的目光。我只能在时间这头想象。4000年前的他，要勇敢地拒绝尧、舜统领的天下，必须要解除个体生命一切的羁绊。没有天高云淡的气象，是无法达到"天地与共生，而万物与我为一"的忘我境界的。心灵与自然裸露地接触着，感觉着上古"隐"与"道"营造的"气场"，我以今天人的思维和心态，哪能猜想出善卷遁入洞穴，不被人知的自由自在的生活呢？

在悠闲地翻阅善卷洞时，我将它视为是上古人留给我们拜读的一部物体大书。洞穴的每一处都应该有那个时代的回音和标记。我这里敲敲,那里听听,可历史的那头都是沉默。暗风幽幽飘来,就是没有回音。我即兴叫了一声,洞穴不仅录下,声音还像蝙蝠一样在洞内来回飞蹿,引得众人尖叫一片,声音碰撞震颤。还是我的道行不深,肉体凡胎无法达到"隐"和"遁"的境界,只能用现代人的审美来感觉了。导游引我们到"欲界仙都"四个字下说,这四个字就是"人间天堂"的意思,现在就请大家上天堂一游。

抬眼观洞顶,水雾布满山洞,钟乳石滴水叮咚。我在这"天堂"又开始想象善卷怎样从北方出发,过河、过江归隐在这里。当隐士不是人人都能,是要具备基本的自给自足条件的。从有关资料和研究看,善卷身心都具备,善与膳实通用,上古有"膳夫"一职,其能做美味可口的食物。善卷长于缮缀衣裳卷布而得名,故受到尧、舜的器重。

大家往这边看,刚才还是含苞待放的荷花,现在到了水里已竞相开放了。导游的话又引起我思索。荷,遇水而放。人的生命因"隐"而静、而洁吗?善卷的生命之花,又怎样在这里开放?吃野果,喝山泉,穿破衣,睡山洞。与林泉为伴,与孤独为伍。弃平原之尘埃,而取深山之烟霞……我不敢再想下去。因为原始生命状态,还有豺狼虎豹等等野兽,是非我等所能想象的。在洞穴里,善卷怎样开启智慧,心隐山林呢?山洞里没有留下善卷生命的迹痕,只能感觉到他曾呼吸过的潮湿的空气。手摸洞体,一种透心凉顺着血液爬到心里。穿暖吃饱,生活在房子里的我,已很难体验到"隐士"的昨天了。

我走进不了善卷生活的时代,也无法借他生活的地和气,来制住我心中杂念这条"毒龙"。生活在俗尘中的我,虽有生命遗传的密码,也无法破译像"善卷"这样高洁之人的行为。我的思想游走着。导游手指平台中间又开口,《智取威虎山》电影就在此取镜。座山雕的虎皮宝座就在这中间。电视连续剧《西游记》中的猪八戒就被拴在旁边的石柱上。还有电影、电视……在话语中我有点欣慰,早有人闻到野味,感觉到这里的气息了。借景抒发着自己心中的感想,也悄悄释放着自己心灵的秘语。一个美丽、安静之地,也就这样在心语中热闹起来。就在我联想之时,人群喧哗起来,影视最能吸引眼球,应该将每部影视剧处标出。语言刺激我像个孩子,高声抢话,要拍就拍善卷同时代人,像许由、子州支父、石户之农者。他们都是尧、舜时期的大隐者。尧、瞬都要让天下与他们,而他们都以各种理由推辞,遁入山林隐身,形成了中国第一批隐士。许由是谁？就是那个恶闻其声，用颍水洗耳的人。此洞添加这些气节高雅，不肯同流合污、和光同尘的真君子，将大大增加洞穴的文化含量。这里的善卷不仅是"隐士"文化的代表，还是上古"禅让"人物的代表。这里应该不是"影视"拍摄基地。可以试想一下，如果这四个人中的一位，接受了尧或舜的"禅让"，那中国的"禅让史"就要改写。中华天人和谐的思想就会得到发扬光大，尊重自然，德行大智的思想将深入人心，或许就不会出现"禹"的变节。中国真正的"禅让制"应该从他们开始算起，也与此洞有关。导游说，我会将你们的意见反映到领导那去。"天堂"人不能久留，大家还是到下面去观赏。

循石阶盘旋而下，过四重石乳滴成的奇幻景门就到了下洞。上洞高大宽敞，下洞流水潺潺。导游用手电筒光示，石壁上有象形的扁豆、丝瓜、玉米和辣椒。我马上想到，这是暗示，下洞是当时的生活区。雪地炊烟应该从这里升起，不洁之物又随水流去。我看着瀑布遐想，细小的水分子在我耳边湿语。水幕上飞珠串串，这里晚上就是"明月松间照，清泉石上流"的景色。孕育过善卷的水体，已流入历史的洞穴。眼前哗哗的山语，流淌着一种愉悦。瀑布用它的"道"体验流水的快乐。这能说是水的"涅槃"吗？

水飞到眉梢，湿，滋润着灵魂。面对瀑布飞雨的善卷，在弥漫的雨雾中想到了什么？他是听到了自然呼唤他的声音，还是感觉到了一般人不觉的审美。用"大隐"的体语，向后人述说着生命的风景，让后人仰望、眺望都感吃力。我现在就在善卷立过的响水边，只是欣赏飞流直下的景致，就是连接不起上古充满诗意的日子。我想着，水飞着。突然感到身后有人在隐隐看着我，这就是感觉中的善卷吧！

我感觉善卷的灵魂一直没有离开这里，几千年来就在这里的空气中自由地游荡。或许他在以他的方式，促进我们后来人心灵觉醒。在感觉中，我们不只是咀嚼那些早已风干的往事，而且要从物语中，读到一种精神，以此完善我们的生活，突破色、权、利的包围，清除毒化的思想，修炼我们的生命，还原"人之初，性本善"的本性。虽然"禅让"社会离我们已十分遥远，但人回归自然，追求完美的心是相通的。我以五谷杂粮喂养的思想，来幻想"道"高士，未免有点不自量。但善卷将生命融会在山水之间，与山水相互存活的理念，是值得"环保主义"者借鉴的。

导游引着我们去乘舟体验"船在水中游，桨朝洞天撑"的地下河幽境。游程120米的水路虽短，却有探秘的味道。当年善卷第一次涉水探路，走在幽暗当中是什么感受？打着火把，还是移木水中？我们已不能知晓。但有一点我敢肯定，当他也如我们过压顶的天穹，陡峭的悬崖，几钻几转，眼前豁然开朗时，心情一定非常激动。隐秘、暗度、洞开，他一定在忽见到后洞天时，感慨万千地闻着天外天的鸟语花香，对这片山水的爱，也一定达到梦幻、迷恋的程度。在滴水乱弹，半洞清水协奏中，我穿越几千年的岁月，又见到今天的生活之光。弃舟登岸，回到了现实生活之中。出洞。回望。再亲近一下洞府，用心再触摸一下愉悦的身心"天堂"。善卷生活时代高洁的社会风尚，美丽的谦和、自由、和谐、互敬，也是我向往的"天堂"。善卷的隐让，并不是一走了之，而是将心智献给了尧、舜。尧的重用"科技专家"，"克明俊德，以亲九族；百姓昭明，协和万邦"的德治模式，与善卷的"德行达智"有一定的关系。善卷之所以为后人景仰，一是"让王不受天下"；二是开启民智，实施教化。而并非是"精神逃逸"。所以说，"隐逸文化"是中国传统文化中一个不可忽视的内容。

我久久地向善卷洞行回首礼。今晚回家或许我会作梦。因为我还有许多话语要与善卷交流，他是怎样感觉到历史不可扭转的力量而隐居的，怎样由隐定而引发智慧，定慧结合，从而达到成"道"的境界的。隔着4000多年的喊杀和炮火，再加上红尘滚滚的噪音，就凭善卷洞发给我的物语"短信"，是无法品咂出上古人文气息真味的。

女孩最喜爱的哲理美文

桥梁，或者我的缓慢表达

才 苟

河道不深，城镇也不大，造一座近一里路长的桥，自然不会设计成斜拉索，这叫我的一个希望落空了。听说要造桥，我天天站在河堤上远眺，这该是多么壮观的建筑，高高的桥墩，碗口粗细的钢绳从桥墩上披挂下来，牢牢地将桥面牵住。我总是想入非非，我站在河堤上的时候，桥梁工程的图纸都还没有出来，只有几个操外地口音的人，戴着眼镜，在河的对岸支着一个相机架，大眼瞄小眼，黑乎乎的镜头，不知道河这边的我是否藏好，被他们找出来了？我害怕极了，没干什么坏事，只是认了一回河堤为床，自由地眺望和想象一会儿，妨碍他们遥测了？

我连滚带爬，一溜烟地逃回了家。吃午饭的时候我还在想，担心他们找来了，即使是柴门外的风吹草动。我小心翼翼地躲进柴房。柴房有一扇木制小窗户，大小跟牢房的探视窗口差不多，位置很高，窗外被沙滩挤满，沙砾相互摩擦，声音好听，像一场热闹的争吵，滚烫的空气漾在河床里，跟我不相干似的。搬来一只小木凳，徐徐涌入的河风从窗户的阑珊间吹到我的小脸蛋上，吹成了一个冰凉的馒头。我看见的世界真大，这一片大世界里将要修筑一座斜拉索桥。我看见的人儿真小，几片白色背影，在阳光里就像几件晾晒在户外的白衬衫。又是那只黑乎乎的镜头，背对着我时，他们通过它望见的就是刚刚他们离开的地方。

我在想，说不定，就是刚才我从河这边冒出来的头影帮他们找准了支点，那么，这时河那边要是站着一个和我一样皮肤白皙，头发黝黑的小男孩就好了。

夏天的炎热一点都没有衰减。造桥的事情被搁置，那几个穿白衬衫戴眼镜的人失踪了，我也被搁置在一小片窗口的景色当中，我又回到了一个"沿河"的称谓当中，一所简易的小瓦房当中。门前屋后的河柳，永远是副瘦长的体形，站在风中。河流在某种意义上是和风有关的，止不住的风，乱七八糟地吹，河柳的长势就随了一年中最常见的风向，它们长得越来越像村庄上的哥哥姐姐们了，哥哥姐姐们都消失在河那边的公路上，一路颠簸而来的客车，窗玻璃和车体碰撞的动静比马达发出来的声音还要响，长长的汽笛是毫无道理的，只是在证明一种工具和一个地址的存在。车站，对，车站就是路的尽头的意思，就是停有一辆车、挤着些行旅和像河柳一样长势的人。离开时灰尘从车轮底下涌起来。灰尘起来得太是时候了，叫人看不清前途，叫那些舍不得离开的哭泣也变得混乱和不名出处。我懒洋洋地活在年幼的时光当中，我不奢望有一种叫做"理想"的东西降临在我的生活和岁月里。

不对，我还是有理想的。我的理想就是规划中的桥梁早一天架起来。那些戴眼镜的人离开之后，我的这种念头一天比一天强烈，像夏天的空气一样膨胀着。高耸的桥塔，披挂下来的斜拉钢索，灰色的桥面。水泥和钢筋的混合物，跟城市里散发着同一种气味。

哥哥姐姐丢失了之后，我觉得自己是向着太阳的人中间最接近太阳的，那些在柳林里玩得快疯掉的小屁孩子们，没有一个知道和理解太阳是怎样毫不吝啬地照在我的身上，所以也没有成天和他们搅在一起的必要。也会在学校和家之间的小路上来来回回，但是我知道我每天要和老师见上一面的理由，唯一的理由是去学会水泥和钢筋的"1＋1"的关系，还有"沿河村＋大桥＝?"。我甚至开始担心起修桥会颠覆沿河的原有面貌，于是不愿意再呆在柴房的窗口后面，做一个慢慢变凉的馒头，我要记下沿河现在的样子。

我穿着打满补丁的衣服。其中的一块补丁在我跑起来的时候随风招展，它似乎要告诉我,幸福离我有多远?我甚至被它的说法激怒了,我该是怎样的自由?时间在我的有着个体经验的自由中快速流失,我找不到它们了,只有那一块块补丁,让流失的光阴一大段一小段地走回到我身体的表面。

沿河村的房子坐落得跟我身上的补丁一样。有些屋顶上小瓦是新盖上去的,颜色是灰的,是别人新裁的卡基中山装剩下来的布头的颜色;大多数是黑的,那种黑有着陈腐的松软的质地,更久远吧——手工纺纱浸在黑色染缸的结果——事实上大多数黑色的小瓦上早已覆满烟囱里落下的烟尘。烟火味道是我最熟悉的,快变成我性格的底色了,就是那些活跃的烟火人家,用力地挤在一起,用不上力的地方只有空旷,跟我衣衫的背后差不多。

沿河村没有足够的粮食填饱我饥饿的胃。饥饿,是肌体内的一种语言,多是精神上的不满足。想来米饭是有的,一日三餐,炊烟缭绕,定不会出现吃了上餐没下餐的状况,只是蔬菜的汤汁里泛滥起的几朵油花,用筷子搅和两下就不见了,粗纤维,吃过会腹胀,不得消停。我太喜欢在这个小小村落中来回逡巡了,歪歪斜斜的河柳,没长出几分生气,我看不顺眼,居然还有黄雀之类歇息于此,螳螂和蝉陪着玩游戏。有段歇后语说:螳螂捕蝉——黄雀在后。我游手好闲,对学习、前途毫无规划,面对黄雀的阴谋,我快发疯了,使劲地摇晃那些河柳,地上顿时落满声音和修长的柳叶。这样做的时候,好像把自己也安慰了。然而,没过多久,也就是将自己在河床滚烫的沙砾中埋起来的时候,肚子叽叽咕咕地叫起来。我若是习得更多的字以及描写,最应该去做的事情就是把这种声音记写下来,那是种奇怪的声音,记下了就相当于用身体写作吧。

河水片刻不停地流淌,带走了时间。秋天的河床袒露出更多的沙滩,它有着秋天最普遍的颜色,渐冷的荒草和庄稼看起来不是疏远而是融合,一大片金黄色,将人的脸膛也浸染了。河边突然堆满了人,戴塑料安全帽子,然后是各种车辆以及机械。一块大招牌被支起来,招牌其实比我们想象中的巨大,可以作为一场隆重的开幕式的背景。某个只能听得见黄狗在柳树里狂吠的下午,炮仗轰鸣,它具有颠覆的能量,并且以这样的力度昭示沿河的民众,和沿河沉睡多年的民众赖以生存的土地。我这里说的土地,并不是物质上的土和地,而是流传在一些神话小说中的神——相对应的是那些方向不明的道路，任意一个路口，在沿河村这个远离城市的乡下村庄的路口，造了好几座土地庙，它们才是沿河村民心目中的神。大桥的生命就是诞于那个漫不经心的下午。

我不得不提到，其实这条河上早就有了桥。行人、手推车和牲口都可以通过这座桥输送到河的对岸。我从来不认为它是严格意义上的桥，它单薄瘦弱的样子就像是风雨中晃荡的秋千。如果可以，我宁愿选择在沙滩上徒步，奔跑，一只手擎着脱掉的外衣，踩着水抵达对岸而不是扶着长满铁锈的桥栏，提心吊胆地从桥面上经过。小桥的沿河侧树有一块两米来高的石碑，刻满捐款修桥的人的名字，这再一次颠覆了我对石碑的认识：某某老大人（妇人）之墓，有可能的生卒年份等等。那块碑上挤满了人名和数字，满满的，很容易让人联想起铁锹、锄头、手推车等开辟的热闹而混乱的场面，很久远了，场面的细节模糊得像一片云，停留在历史的空中。后来有一个喝过酒骑摩托车经过小桥的年轻人，一头撞在桥墩上，鲜血洒在那些名字和数目上，染红了石碑模糊了字迹。

我不是一个不怀好意的历史杜撰者。幼稚的小人儿，像一只苍蝇，在大桥工地现场追逐着声音、汗臭，甚至血腥。那些戴蓝色或者红色塑料头盔的工人们发现苍蝇是赶不走的，就随了它，好在偌大的工地有一两只苍蝇是可以被忽略的，也忽略不了的，有一件大事情终于发生了。沿河村作为一个整体，发狂，耗资千万的工程竟然没有为沿河村创造一个，哪怕是一个就业的名额。善良的沿河人被几个头皮跟脖子像金黄色粗大项链一般闪闪发光的年轻人组织起来，"占领"了车辆、生产资料和水。水中巨大而敦厚的桥墩矗立，塑料头盔像退潮裸露出来的海螺，被人拾去……最终解决的办法，大桥工程部以采购沿河村沙子的名义，稳定了人心使工程得以继续。事件仿佛和我无关似的，我没有足够的社会经验去判断事件的责任追究。我觉得这个社会还是很复杂的，超过了我参与其中的能力，我又躲起来，透过一只巴掌大的窗口打量事件的全貌。柴房内是冰凉的，柴房外的天空是那么遥远和强大，我只要走出去，就会被这种遥远和强大击倒。我再一次从柴房出来的时候，天空是澄明的，河水是清澈的，一些笨重的机械伸出长长的臂膀，桥面一段一段地向前推进，我在铺陈好的桥面向河中撒尿，鱼儿在不远处跃出水面，它们大概是想看看，秋天是否在下雨，它们的家园被改变成什么样子了。

　　大桥，终于没有以我眺望的斜拉索的形式出现，我的眺望变成了遥远的城市。沿河村，我的家园，在一座气势同样恢弘的大桥边变成了一条街道。客车从街道上鱼贯出入。我想，成长是谁也阻拦不了的，我的未来或者就在某一辆突然停下来的客车上。

记忆，像一枚落叶

才 苟

不知道从谁的书里拾起一句话，是卡夫卡说的，我的耳廓一面粗糙，一面光滑，它多汁，像一枚叶子。记得不够详尽，也许原文想表达的意思在我的引用中，已经发生了某些蜕变，变得面目全非也未可知。记忆就是这种东西，还不如一根烂笔头。有一天我看见普里什文描叙的俄罗斯北方，我告诉自己，应该记住，普里什文写作之背景在俄罗斯北方；又有梭罗的思想起源在瓦尔登湖，我又记下了——连连续续，我在笔记本中记下了，远在湘西的沈从文，近在武汉的池莉；北岛把诗歌带去了美国，余华的《兄弟》已经是韩文第三次再版。种种，然而"记"乃言已，这无疑是一个相当重要的注脚，当一个人也需要用记的方式给自己的童年和青春留下符号的时候，显然是一个充满荒诞趣味的事情。

杨埠小学就是一个需要"记"的地方。它于我而言，不过是一个泛指的符号，与具体人和地域好像已经毫无干系，是一个人对当下乡村环境及人文变迁历史的客观记录——却是我对乡村种种认知之中，锚定文化属性和派生文字爱好的最初的地方。我忘了，教育资源的整合抛弃了杨埠小学，然后杨埠小学也抛弃了我。我发现我越来越有文化气息了，就像是一个警觉的猎人，嗅着猎物的气息不断前行，这里，一种蹑手蹑脚的写作姿态，算得上我对它无限的敬重，然而面对它的消失，我也只能这样了。

众多的小学中，杨埠算不上美丽之屋，它却有自己的颜色和姿态。它的小，像是汪在盏中的清酒——我又记起来了，清酒产自日本，对于大多数人来说，只是一种遥远而陌生的代名词——某种意义上的杨埠小学，也就是清酒。被延绵丘陵突出的嘴巴含着，被掩映的绿树噙着，这透彻不表现液体张力的清酒，和一片月色一缕光有什么区别？谁能说这浅浅的液体深处，没有比沙漠大海更辽阔的背景？最近一次目睹它的风采，是今年清明节扫墓，站在自家祖坟山上远眺，然后看见留下的影像，稍显清晰。我倒是愿意用相片的存放时间来描叙它的清晰程度，那只是一张未满一岁的相片，没有塑封，时间和风雨都还没来得及侵蚀到它。隔代的祖坟未必亲切，望见它时我竟然亲切并兴奋起来，起初像是见到了童年的玩伴，而后又像是远游归来的父亲，远远地欲将我揽在怀里，无形中有一种引力，像空气中伸出的一只大手，擎住我的胸襟。情绪很快退隐，我被一阵忧伤困住：那多半是来源于几个贫乏的毫无诗意的词汇，譬如"荒芜、暮年和沉睡"。

写着写着我便犯困了。一只手撑着侧垂着的头，碰到我的耳朵。我的耳廓一面粗糙，一面光滑，它多汁，像一枚树叶。我默念着卡夫卡的诗歌睡着了。很久之后手撑的地方麻木了，隐隐有些痛，我突然惊醒了，像是被谁揪着耳朵叫醒的。

我一副刚刚被谁体罚的样子。好像刚刚有一个熟悉的，穿着中山装的男子从我身旁经过。他的一只手拿着折尺，那只手是低垂的，折尺没有从我的身体上走过，另一只手刚刚从我耳朵斜上方的空气中划过，轻摔，想要摔掉一些玩劣的东西。我们都培养了一种被责罚的脾性，我们改不了了；同样我们认定了穿中山装的男人，走路读书摇头晃脑的样子。穿过漏斗形的天空，他们的现在就是我们的未来。仅仅是，现在我们还走在四水归堂的天井，以及读书声回荡的环形走廊上；或者凝听冬天里寒风弄响寒窗，披披掉掉的塑料薄膜飞扬在我们的哄闹里。

杨埠小学作为一种物质形态的存在，仿佛一下子就矗立在面前。有趣的是我去上学，沿着一条小沟渠逆流而上就可以了，道路没有分叉，途中要过两座桥，其实也算不得桥，两三块条形石头并列着搭在沟渠的两岸。我们跳跃着从石桥上经过，从桥的左侧到桥的右侧，过一道湾，又从桥的右侧跳跃到桥的左侧。有一点是肯定的，家和学校都在沟渠的左侧。那是一条充满趣味的道路，它成了我启蒙教育和快乐童年的一部分。我不是一个乖张的孩子，胆大而野性，总有一群孩子跟在我身后。那个不大的村落成了我们撒野的乐园。杨埠小学的存在，竟成了我们唯一的禁锢。总是还游荡在小渠边上的时候，学校的上课铃声响起，我们便像是一群马蜂，从并不宽敞的学校石头拱门，蜂拥而入。站在回廊上摇铃的老师，一副恶狠狠的样子。他盯的是整个的群体，然而更像是只盯住了我，让我变得心虚，拼命往教室里奔去，不敢抬头。

远望中的校舍，渐渐模糊在铃声缥缈、浮尘泛泛的往事里。

我离开母校渐远。当想象和笔触再一次地伸向它，校舍一下子瘦弱了，像被孩子放弃的老汉，斜依在山峦上磕痒。对于我来说，杨埠小学的骨架会变成另外一种铁器，一种比骨头更坚硬的东西。在绿叶和落叶构成的背景中，它帮我寻找内心的支撑和信仰。

学校没了，空有一双多汁的耳朵，我能倾听到什么？

秀发飘飘

李 全

紫儿和青儿到南方去打工时，俩人都有一头秀发。那秀发在风中迎风飘飘，给大自然增添了一道美丽的风景，惹得好些人都回头看她们。

紫儿说，青儿，我们的秀发好值钱哟！你看，这秀发飘飘，就像我这个人一样飘飘。青儿听了，轻轻地笑了笑。

到了南方，紫儿果然像她的秀发一样飘飘，很快地找到了工作。而青儿却不如人愿，在南方徘徊了许久也没有找到工作。紫儿就劝青儿说，人生在世，不就是找一份如意的工作吗？你又何苦那么执著呢？青儿听了仍然轻轻地一笑，说，工作肯定会有的。

一晃一年过去了，紫儿已经大紫大红了，出门是轿车，进屋有人扶。青儿仍然没有找到如意的工作，心中很是难过，有点相信紫儿的话了，也很羡慕紫儿，想着有一天她也会同紫儿一样神气。可事实偏偏不是青儿想象中那样。青儿急也没用，因为青儿舍不得那头美丽飘飘的秀发。

在春节前夕的一天，青儿遇上了紫儿，看上去紫儿仍然是那么美丽动人，特别是那头秀发更加迷人。青儿有些飘飘然。生活中的事原来也不过如此，只要秀发美丽，又何愁没有工作？于是青儿下定决心要使秀发更加美丽。

青儿回到那间在五楼的出租房里，心里却乱极了。在家时，青儿有时为一点小事都要与自己生气好久。如今真要改变自己，这么大的事，一时要下定决心，又谈何容易？生活真会捉弄人。青儿茫然得不知所措，就照镜子，镜子里自己的秀发仍然是那么美丽。青儿又有些恨自己的秀发，想剪断秀发，却有些舍不得。于是就摔东西，摔完东西，仍觉得没有出够气，又去把地上的东西捡起来再摔。摔累了，青儿仍然没有解恨，就走出房间来到走廊上，俯视繁华的大街。这么大的一个城市，怎么就没有我青儿一个容身之地呢？想着，青儿就想从走廊上跳下去。可转念一想，世上必定是个好场所，况且一个大活人总不能被尿憋死，所以青儿还是从矛盾中做出了选择。

青儿不知她这样选择是否对。不过，青儿现在最需要的是有一份如意的工作。

青儿就要实现自己的心愿时，却接到了紫儿打来的电话。青儿听到了紫儿在那边的抽泣声，心一下子噎住了：紫儿怎么了？

青儿没有脱下那身漂亮的衣服就赶到紫儿的住处，紫儿正独自一人在喝闷酒。紫儿说，今天闷得慌，你陪我喝酒，如何？青儿没有出声，她从没有见紫儿喝过酒。紫儿喝酒的姿势很好看，她拿夜光杯的姿势更好看。青儿从不喝酒，但听说过"葡萄美酒夜光杯"的故事。那杯里红红的葡萄酒就像紫儿的脸一样红。

紫儿见青儿迟迟没有端起她早已给她倒满的那杯酒，问，怎么？葡萄酒苦吗？青儿点了点头。

紫儿说，你也找到如意的工作了吧？青儿点了点头，仍不说话。紫儿端起酒杯，轻轻地呷了口说，许多人都喝不惯葡萄酒，因为他们不懂得怎样品尝葡萄酒。其实我们吃东西时，都是舌头品尝出味道来的。而舌头的味蕾分布在舌头的表面，涩的味道分布在舌尖，苦的味道分布在喉咙里面，而酸的味道分布在舌头的两侧。所以在品尝葡萄酒时，应当把舌头卷成一圈，这样就避开各种涩味，才能品尝出葡萄酒的美味来。只是我们从山区来，没有品尝食品味道的经验，囫囵吞枣罢了。如今我才品尝出来……青儿听了紫儿的一番高论，已把身上的衣服脱了下来，却看见紫儿一脸的泪水。

紫儿原来也苦呀。

第二日，青儿悄悄地把那头秀发剪了，从出租房里走出时，远远地看见紫儿也把那头秀发剪了……

杏花开了，桃花开了

常大利

俗语说：杏花落，桃花开。然而，由于北方今年气温低，该是杏花和桃花开花的季节，但仍不见这些树开花。

4月22日这天，这天天气很温和，我惊喜地发现，路边昨天还是枯褐色的银杏树竟然一夜之间开花了。

4月23日，天气又降温，室内外仍然很清凉。

到4月24日一早，天空飘起了片片如棉絮一样的雪花，雪花飘飘洒洒，落到地上立即融化，这样持续了半个小时。到了上午九点多，天空却是异常晴朗，阳光温暖。然而到了上午十点，天空又是阴云密布，下起了阵阵小雨。这是什么天气呀？仅一上午就多次变幻。

一天天过去了，"五一"来到了，我再次观察路边及一些农家人的院落，杏花开了，桃花开了，樱桃花也开了，就连梨花也含苞欲放吐出片片花叶。

洁白色的、淡粉色的、粉红色的、淡黄色的，春花烂漫，色彩斑斓，点缀村庄原野，如诗如画。眺望大地，一片生机，辛勤的农民，此时正忙于耕种，将一片片希望和遐想，播种到这片广阔的原野。

杏花开了，桃花开了，让我想起在故乡的日子。那时，我在派出所当管片民警，经常下到居民区与老百姓在一起。

有一位客运站的老修理工与我很投缘，我们常在一起聊天，也在一起喝酒。

那年春天，他邀请我到他家去做客，他家住在镇内的北边，要过一条河才能到。

我到他家后，发现他家院内的房前屋后都开满了杏花、桃花，真是美丽壮观。老修理工说，等到杏和桃子熟时，你一定来我家尝尝鲜。

后来，我到他家，真的吃到了从树上现摘下来的杏子，还有桃子。那时，燕子早已来了，嘀嘀叫着，在房檐下筑巢。

说到桃树，让我想到我的父亲。十几年前，我父亲在家中的院内栽了一棵桃树，一到夏天，他便给桃树浇水，使桃树渐渐地长大。每年春天，桃树的枝头都开满花朵，很是绚丽。几年后，这棵桃树结果了，是一种又脆又甜的小雪桃。

因我在外地工作，只是偶尔有机会品尝到一次。后来父亲病故，这棵桃树像通人气似的，第二年便悄然死去。

想到桃树，也想到奔波辛劳一生的父亲，他也曾是一名老公安，曾当过刑警、派出所民警、公安特派员及保卫科长。

就在他去世时仍是一个印刷厂的工会主席兼保卫科长。

人不是桃花、杏花。桃花、杏花开花很美，但只是一个瞬间，后来才有果，是很甜的果实，但也有经不住风雨而花落果败的。人也是如此，人生很短，能否也开出花，结出果来？

欣赏杏花、桃花，让人感慨万分。古今无数的诗人学者为杏花和桃花的开放而作诗讴歌，仅唐诗中描写桃花的诗句就不计其数。

例如李白："桃花开东园，含笑夸白日。"杜甫："桃花一簇开无主，可爱深红爱浅红？"白居易："人间四月芳菲尽，山寺桃花始盛开。"张旭："桃花尽日随流水，洞在清溪何处边。"李贺："王母桃花千遍红，彭祖巫咸几回死？"刘希夷："洛阳城东桃李花，飞来飞去落谁家？"刘禹锡："山上层层桃李花，云间烟火是人家。"等等。

由此，我也想到陶渊明的《桃花源记》，哪里去寻觅那样仙幻安静而美好的意境？说实在的我很爱欣赏杏花、桃花，这种灿烂和绚丽，在北方，只有春天才有。她预示着美好、希望、欢乐、吉祥。

　　杏花开了，桃花开了，其他春花也开了。年复一年的春天又来了。

　　岁月在流逝，世间在变化，每年杏花和桃花开时，我们都会感到春天的温馨美好，欣赏盛开的杏花、桃花，定会心旷神怡，但当看到身边变幻的事物，以及人与人之间的情感变化和分聚离合的，我总会有些不同的思绪。

偶　遇

王哲珠

萧又背起他的画夹，再一次踏上他所钟爱的浪漫旅程，去寻找他魂牵梦绕的灵感，他认定自己一辈子注定流浪，注定为生命寻找一些使人生更加完美的东西。这一次所选定的旅程，比以前任何一次都要远，他感到自己将在这一次跋涉中画出一生的杰作。

一路上非常平静，他只画了几张跟以前同样普通的山水画，并没有他所希望的令他怦然心动的东西。已玩腻了山山水水的他，似乎失去了自己引以为荣的热情，这对于一个"艺术家"来说，是令人沮丧而绝望的。于是他收起画夹，在艺术上，他是严肃的，他不想制造垃圾。

乱闯乱撞中，他来到一个没有听说过，也并不出名的地方。刚踏上这个地方，他就决定再次打开画夹，他知道自己找到了想找的地方。那纠绕着老树的大山，就像沧桑满脸的老英雄，夕阳下缓缓拉二胡的老人诉说着生命的深沉，矫健爽朗的姑娘犹如一枝枝红艳艳火辣辣的山茶，素面朝天。他的灵魂深处热血似乎正不可扼制地涌动着，他的笔狂喜地挥动着，他第一次感觉到自己的作品如此厚重。

这里的人们很朴实，把他当成一个远方的客人热情招待。过惯了"文明"日子的他暂时过起了世外桃源的生活，居然产生了在此隐居一世的冲动。这一大他正埋头在画布上，在抬眼取景的一瞬间，他的思想定格了，默默对自己说，这是最高的艺术。那个姑娘睁着一双水晶般的眼睛，略歪着头，好奇地盯着他，那眼神简直像未经世事的孩子。她有着麦褐色的皮肤，似乎披着一身的阳光，束一件白色的短袄，手里却拿着一弯弓箭，自然地在这个"艺术家"面前展示了一幅无与伦比的油画作品，他几乎泪流满画。

她跳过来，端详着他的画，惊讶地笑了："这是你画出来的？真美！山那边有更美的，全画出来多好。"说完便呆呆地盯着笔。这发呆的样子几乎使他大叫起来，他的灵感就在这里！

"我来画你。"

"我？"她挥挥弓箭，瞪着眼睛询问。

"是的，你很美。"他已经等不及了，调着色彩。

她骄傲地扬起头，开心地笑着。

她有个简单不过的名字——妮。她叫他画画儿的。

妮总挎着弯弓漫山遍野地打猎，像只结实的小豹子。从那天起，妮身边便多了一个人。她带他爬山钻洞，攀石涉水。妮从小过惯了风餐野宿的生活，这对她于来说，是过着和以前一样的日子，但多了个画画儿的，多了一个在画着她的外边的客人，她便多了些新奇，多了些自豪，多了份悄然而生的快乐。直到有一天，他的存在成了妮生活中的一部分，两人在一起，就像每天都要吃饭那么理所当然。

萧第一次如此原始地接近自然，心里充满了冒险的忐忑和惊喜，天性浪漫的他几乎疑心自己闯入了某部小说。唯一不安的，是自己几乎成了妮的负担，走不惯山路的他，有一次差点要妮背他回来。在山里，只有妮能找到食物。至于遇到猛兽，他便忘了自己的大男子主义，躲在她的弓箭后。

这一次，他们走到了从没走过的地方，进入了大片的森林。萧画得忘乎所以，贪婪地画了一张又一张，当他们发现自己似乎走得有点远时，连妮也迷了路。他们在林中转了一天，也只是绕了个圈。他无法再坚持，急着找一个过夜的地方，却一次又一次地失望。依然神采奕奕的妮微笑着摇摇头，走到巨大的老树前，内行地敲了敲，向他招手。当她慢慢地剥开一块树皮时，他呆住了，这棵枝叶繁密的老树，居然是空心的，里面像个干燥而洁净的鸟窝。他们靠在里面，把剥下的树皮重新挡上，恍如隔世梦一样温馨。

妮点亮一星火焰，过了不多久，就递过一块烤熟的肉，自己则蜷成一团坦坦荡荡地睡着了，火光在她酣睡的脸上均匀地染了金黄的一层。萧突然有种想哭的冲动，他无论如何也画不出她的美。森林里开始传来悠远的狼叫和低沉的松涛声，他抚着妮感受到了大地的脉搏和夜的声音，他发现自己生平第一次学会了聆听。

几天过去了，他们依然没有走出这片林子。萧因吃不惯一天三顿的兽肉，开始呕吐、闹胃疼，那双穿惯皮鞋的脚开始肿大起来，这让作为大山主人的妮有些慌乱了。

其实，妮如果自己走出去并不困难，但萧的脚扭伤了，又病了，跟不上她，她也无法背他走出去。或者两个人都被困在这里，或者妮先出去叫人帮忙。第一个方法，他一下子就否定了，但妮走了，他吃什么？怎么保护自己？他会死在这儿吗？他感到一种前所未有的恐慌，发现自己竟是这样依赖着妮。

妮依然安详，她把萧送回那个安全的树洞，转了半天，打来些野物藏在洞里。野物太少了，枪却已是空的，妮没有给自己留下一点，她懂得如何生存。他怕自己支持不住，催妮快走，他宁愿忍着饿，也不愿病死在这儿。

临走时，妮深深地看了他一眼，两只眼睛亮得可怕。她稍稍偏过身，右手举起刀，咬紧嘴唇。一道寒光闪过，他还没来得及惊叫，一只血淋淋的手臂落到他的面前。他几乎昏过去，她却抿着带血的唇，边包扎着断手，边平静地对萧说："吃了它，一定吃了它，你会有我一样的体力，坚持，等我回来。"说罢扬长而去。

萧望着血腥的断手直恶心，他是个文明而浪漫的人，接受不了。

几天后，他终于等到妮叫来的人，这时他已饿得奄奄一息。妮没有跟来，他也没有发现。

当萧恢复过来时，问起了妮，才知她时日无多了。原来在回来的路上，妮带着痛，被毒蛇所咬。她本是懂得救自己的，这一次却糊涂地认为，叫了人再治伤，可等她赶回村庄，已经晚了。

萧抱着开始变冷的妮，只是发呆。妮拼命睁开眼睛，吃力地问："我的手，你吃了吗？"

见萧疑惑地摇着头："我把它埋了。"妮的眼光顿时灰暗下去，眼角一颗泪如珍珠般滚落下来。

"噢，谢谢。"他感到她的失望是如此明显，忙补充着。

"不是谢……"妮几乎绝望地呻吟着，那余音随着消失了。

他把头深深埋入妮的头发里，妮就像不真实的美梦，如泡沫般消失了。他觉得自己像电影里悲伤的男主角，如果把自己抱着妮的情景画下来，一定是了不起的艺术品。

后来，他才知道，妮把身体的一部分断开留给心爱的人，心爱的人吃了，自己便永远跟心上人在一起了，这里的人都以这个为荣。妮以为自己死了，身体的一部分留在他体内，灵魂将会随着他，可他没吃下那只手。他有些震撼，也有些遗憾，他本来可以更传奇的。但他怎么能吃，他是文明人，一直在追求完美。

不久，萧又背起画夹到另一个地方去了，去寻找灵感，也许会有更美丽的艳遇。而灰尘却慢慢尘封了妮的弓箭。

为爱痴狂

因为爱你

吉布鹰升

我撷起初恋时一片纯真的梦幻，裹藏于心底，将它写在日记里。岁月流逝，它依旧让我回味、留恋。

不知缘于何时。初见你，我就独钟于你。我们相识，漫步于溶溶月色下。你款款深情的一瞥，一句甜甜的心语，让我纯真的感情早已泛起红晕于脸颊。我正吻你时，你娇羞地拒绝，"我的一切献给最爱我的男孩。"——或许，你错把奉献一吻当作施舍。此后，多少个梦幻中总盼着你我甜蜜的一吻，以早日证明我的感情是纯真的。

月色下，我们仿佛置身于浪漫世界。感觉世界因你而美好，青春因你而富有魅力。"离开你，我的生活会失去生机。"那时，我们喁喁私语。

幽会如梦幻，思念和追逐是夕阳中的一抹云彩，悄然飘过你的眼前。让你静享宁静中一份真实美丽的遐想……

因为爱，阳光亲吻大地。拥你入怀，甜蜜的初吻，是美丽的一刹那。

昔日，你从容走过我的眼前，引起我许多美丽的遐想。昔日，恋情悠悠，甜甜地流过我记忆的心底。

当你踏上异乡旅途而暂离我时，每次送别，你简单的行囊藏有我深切的思念和诚挚的祝语，随你远行……

离开你的日子。漫步于月下，忧愁随寂寥悄然而临。有种感觉，似乎只有你的到来才将它驱散。若我是歌者，我将轻扬美妙的恋曲，为你而欢，为你而愁……

我为卿狂

王哲珠

看到那幅画时，她引以为傲的自认为百毒不侵的心竟跳得有些乱，有一种久违的叫做激情的东西涌上来。八开大的纸面上，一个飘逸的女孩正飘逸地浅笑着，旁边飞扬着四个字：我为卿狂！字体一如画中人的飘逸，带着不拘与狂放。她回头看看静坐一边正沉浸在书本里的男孩，无法将之与眼前这幅浪漫多情的字画联系起来。他安之若素，眉眼之间锁着沉思，显出几分与年龄不相衬的成熟与稳重。

第一次见到他时，是在别人的介绍下，她很是谦虚地多认了一个师兄。然而，她心里对他是略有不满的。他态度就那么不冷不热的，象征性地朝她点点头，算是打招呼。她也冷冷地点回去。她早已习惯了头上的光环，习惯了迎接别人赞赏的目光，这次显然很不习惯他懒懒抬起的眼皮。于是，觉得他的浓眉向上挑起时未免因严肃而显得老气；眼睛虽深沉，但深得过头而有些捉摸不透；嘴巴的棱角虽分明，未免因紧抿而显得忧郁。

她自己想不到的是，自己到新单位后竟与这位师兄走得很近。

初上岗位，她头上长满了棱角，心里拥满了彩泡般的幻想，整天想着如何在新的环境中与众不同。不久之后，她发现单位需要的不是与众不同，而是大众化。她先是失望，然后偏激而尖锐地看不起一切人，一切混日子，毫无特色、气质的人！

但她惊喜地发现了一个例外，而这个例外竟是她有所不满的师兄！师兄在单位里除了工作似乎游离于众人之外。首先在他房间，第一次踏入他房间时，她几乎有些不敢相信，它是如此的诗意：简朴的书架上垂着绿萝；茶几上除了整套古朴的功夫茶具外，还有一小缸活泼的金鱼；对面靠墙放着电子琴，上方挂着茶色的吉他；对门的一面墙上是细心裱过的国画，画下绕着嫩嫩的绿萝……这个房间太对她的胃口了，对师兄所有的不满一瞬间全被这房间替代了，连他的冷漠也变成了有内涵的深刻。从那以后，工作之余她常不知不觉就走到师兄房里去，或练练电子琴，或看看自己心爱的书帖（那书架上居然有不少不错的书帖），练练书法。在那儿，她感到自由，仿佛在自己的地盘上。她的到来对他似乎毫无影响，沏上一壶茶后，便专心做自己的事，任她自练自乐。

要不是这天，她翻书架时半关了门，这样的日子将平静地、一如既往地溜过去。然而，问题就在于她看到了那幅画，同时看到了他平静的外表下让人怦然心动的热情。因为这个对比，他的魅力如突然开放的花朵，显得特别芬芳。

她开始试着与他聊天，他的思想是倨傲而独特的，知识惊人的丰富，从社会到人生，从天文到地理，从音乐到书法……她很久没有这样的话伴了，这样的谈话是令人着迷快乐的，且受益匪浅。后来，他不再那么冷，常用吉他为她的电子琴伴奏，指点她的书法。这两样本是她最引以为傲的特长，他却可以当她的老师。

一个星期天，他满脸愉悦地说，天气不错，一起到山上赏景看书去。这正合她意，便想也没想就答应了。那天，他俩迎着微风，一路静听鸟儿的脆叫，踩着厚厚的落叶，披着点点光斑，向山上慢慢攀去。坡度陡处，他不时拉上她一把，显得那么自然，有时随意地在山石上划拉几个大字，讨论几句，自我欣赏一下。她突然有种地老天荒的感觉，心里却出奇地平静。

他捡起一片黄叶，细细端详着，随意地说："如能永远这样走下去就好了。"

她脑里轰然一声，血直往脸上涌，却装得很平静地打着哈哈："是啊，这里环境这么好，谁都舍不得走。"

他深深地望了她一眼，不再说什么，往山上大步攀去。一直走到山上，各自无话。微风和着草叶的新鲜，渐渐吹散了她的不自然。

因他的陪练、指点，她的书法和琴艺大有长进，并且在这实际而忙碌的日子里，还有人毫不带功利地欣赏着，有一个心灵共鸣着，她觉得生活变得生动起来。

然而，这样单纯掺着淡淡快乐的日子并没有维持多久。那天，他用笛子跟她合奏了一曲《梁祝》，曲调是那样缠绵，而他俩是第一次合奏此曲，竟出奇地默契。一曲完后，那凄美的调子似乎还缭绕不去，两人都沉浸在一种奇妙的感觉里，谁也不好意思先开口。她低着头，但能感觉到他那双深不可测的眼睛此时变得发亮，定定地落在她的脸上，她无法逃避。许久，他把手轻轻按在她的手背上："这样的日子真好，我们就这样走下去吧。"

她的手触电似的颤抖了一下，变得滚烫，迅速传遍了全身。人有一瞬间晕晕乎乎的，有点醉意朦胧，仿佛飘浮在满是玫瑰花瓣的幻境里。与此同时，那幅画在她脑里一闪，她打了个激灵清醒过来，猛地抽回了手，这种男孩子有着过于危险的浪漫和热情。

她无法否认心里的美好感觉和快乐，然而她也不得不自私地承认，从未打算过与他走到一起，她只想保持这个异性的知己，单纯地互相欣赏着，而不必负什么责任。在感情的磕磕碰碰中，她成熟了，早已学会了现代人的"精明"，学会了"保护"自己。我为卿狂！不，她不愿意这样地付出了。尽管她为梁祝的海枯石烂、义无反顾所感动，并神往着。

快乐的日子不再单纯，他看她的眼里多了一份难以言说的忧伤，她的心也为此颤动着，为那份激情燃烧着。然而，她很是理智地退出了，并给自己一个理由，她需要现实而踏实的依靠。但她又看不起自己的"精明"，为自己的现实而悲哀。她想，她是在什么时候丢了真正的浪漫，丢了毫无杂质的激情呢？她只是徒劳地羡慕着师兄那飞扬的声音：我为卿狂！

凤仙花溅泪

高建新

我看见你了，我的胞妹，在一个幽黑的夜晚，你的周围是蓝色的死光，你脸色苍白，笑容殆尽。你的大眼睛失去了光彩。没有哭声，唯有恐怖的寂静。你辛酸的眼泪像断了线的珍珠，一颗一颗地掉下来，娇小的脸庞凄泪纵横。你的泪水，是岁月的"酸雨"。

我看见你了，在那个黑夜，我的妹妹，你还是那样天真，还是那样淘气，一个四岁女孩清清秀秀的模样。你的两条羊角辫，还是如此美丽，如此灵巧，如此乌黑发亮。辫梢上的蝴蝶结，随风飘逸，但不是在明媚的春光里，而是在阴霾的凄怆中。

我看见了你，穿着一件洁白的短袖圆领衫，里面映衬着淡淡的花，待我定神看时，发现竟是五颜六色的凤仙花。是啊，过去我们老家的屋前屋后长满了凤仙花，年复一年，花开花落，直到我和妈妈离开老家时，凤仙花还盛开着，时隔数十年的今天，我才明白，她，也许就是你优美的影子。

哦，我抱起了你，让你坐在我的腿上，我亲吻着你的脸颊，我感觉到了你泪的苦涩，我的泪和你的泪融合在了一起。

此刻，那死光里出现了一个老者的身影。我惊诧，这身影是多么熟悉！喔，那是我们的父亲，一个慈祥的老人，一个饱经风霜的先辈，一个深深地爱着我们的长者，我只看到了他的侧影，他向来不善言语，什么也没说，心疼地从我手里接过你，接过一个他曾经的掌上明珠，他吻了你可爱的小脸蛋，把你紧紧地抱在怀里。我突然一下子见到了两个亲人，感激之情难以言状，只是呆呆地看着你们，又惊又喜……这时，我在梦中惊醒，我的泪，湿透了半边枕巾……

这是公元二零零五年五月十一日深夜，我和我的父亲、小妹子意外见面的情景。我心难以平静，从床上坐起来，立刻在日记本上记下这难忘的相遇。

妹子啊，假如你尚在人间，应该是四十有余了。倘若父亲健在，已是古稀老人。为何我们在这个时节"邂逅"，也许，那是因为凤仙花又开了。在那个"瓜菜代饭"的年代，在那个青黄不接的初夏，四岁的你，肚子饿得不行啊，不知你到哪家的地里采了一根黄瓜，蹒跚着走向大路沟，这是紧靠着屋子东面的一条小河，河边有一个乱石筑成的码头，是用来淘米洗菜的，你准备去洗一洗黄瓜充饥。你手里拿着黄瓜，高高兴兴走向码头，也走向了死亡。那天上午，爸爸妈妈都到队里干活去了。大约上午十点，我发现你不在家，就赶紧外出寻找，先到村前码头去找，一看，没人，忙又跑向东面的码头，到半路，忽听有人直着喉咙大喊："谁家孩子淹在河里喽！"我跑过去，见你浮卧在靠近码头的河中，水面上，一根黄瓜飘向远方。

当把你打捞上来时，你脸色刷白，肚子里灌满了水，但嘴唇还没发紫，有人说还有救，乡亲们手忙脚乱地开始急救行动，所谓急救不过是把一只大铁锅翻过来，把灌满水的肚子搁在上面，没有口对口呼吸，更没有救护车和医生。你的生命就这样在哭声和混乱中结束了，留下来的是爸爸、妈妈和祖母呼天抢地的悲哀，是亲人无边无际的思念，是全家人心灵永远抹不去的创伤。家人把你埋葬在村东南华池的河边上。我没能看守好你，没能及时找到你，从那时至今，几十年来，我一直责备着自己，在愧疚中度日，我不能原谅自己。

好妹妹，现在我还要告诉你，我们原本全家在上海，我们来到常州老家，也许是历史的误会，也许是命中注定。一九六二年，我们的国家遇上三年自然灾害时期的巨大困难，城市压力很大，那时父母都是上海的正式职工，并参加了工会组织，为了响应国家"支援农业，下放农村"的号召，父母带着我们兄妹全家五口人，来到了这个又穷又破的地方，来到了这个伤心之地，也是回到了祖先生活过的故土。为什么要回来，该不该回来？这些，我们什么都不说了。爸爸后来调回上海一家军工厂，他曾给我来信说，"国家困难，匹夫有责！"我们还能说什么呢？爸爸的话永远不错。

玉芳妹，不讲这些了，事到如今，还上什么政治课？！说说你的姐姐吧，她长你两岁，属鸡，今年该是她的本命之年。那年初中毕业后没考上高中，便回家"务农"了。当年深秋的一个早晨，天刚微亮，她就和大人们一起，上工收割稻子去了。那时，月亮还没有下山，晨霜满地，秋风袭人，且要从"鸡叫做到鬼叫"，年少体弱的她，如何能受此折腾？！几个早工夜工下来，患上了严重的风湿性关节炎，身体发热，大队"赤脚医生"未知何病，给她连打了一个月针，仍高烧不退，后到上海大医院检查，方知不妙，医生说"来迟了"，病情已转化为"风湿性心脏病"，瑞金医院的专家教授们，眼睁睁地看着死神向花季少女走来，扼腕痛惜。姐姐在一九七六年秋病故于上海松江，时年十九岁。次年清明节前，当她的骨灰从上海运抵常州老家时，全村父老乡亲，无不为之动容，悲泣之声，绵绵不绝。爸爸妈妈痛失了两个爱女，我痛失了两个胞妹，这永远的痛，永远的恨，永远的爱，何处是尽头？

大约是去年秋天，我也梦见了她。当时，我们相距仅一丈之遥，她站在后门外"半亩头"里，这是我们家的自留地。那是一个早晨，山芋地里弥漫着雾气，那白色的云雾萦绕着她娇美的身躯，她跟过去一样可亲可爱，一样白白净净，一样漂漂亮亮，瓜子脸，短辫子，双眼皮，她的刘海整洁有致，略带晨露，在雾中微微飘散，看上去是刚刚梳妆打扮过。她从天而降，使我胸中立即涌动喜悦之情。我对她说："走，我们回家吧！""我不回家。"这次我们见面的时间很短，一共只有这一句对话。她的声音不高，但似乎既无奈又果断。话音刚落，只见雾气升腾，她便消失在混沌之中。我正急着寻找，自己就醒来了。我努力记忆着当时的情景，她手捧着一簇凤仙花，默默无语，在她脚下，满满匝匝盛开着凤仙花，在一条条长长的田埂上，布满了花的身影，一直延伸到白雾之中。凤仙花高一米余，其花型酷似腊梅，多红、白颜色，而红者，又分为紫红、粉红、玫瑰红等，深浅错落，浓淡相间。枝壮叶翠，碧绿如玉。七八月盛开，花缠枝头，清香扑面而来，秀美自然可掬。那是一个仙境，蓝蓝的天空，鲜艳的花朵，缠绵的晨雾，寂静的空间，还有她，一位如花似玉的少女……那时，她是最喜欢凤仙花的，在她那低矮农舍的房间里，粗糙的陶罐里插着凤仙花枝，当时的农村，除了马兰花、野菊花、南瓜花、油菜花，还能有什么花呢？在她看来，凤仙花是世界上最美的花了。

哎呀，大妹子啊，那次我见到你，犹如哈姆雷特见到了他的父亲，惊喜万分，可为何不是在别处？莫不是，我们常在那块地里种瓜、拔草、施肥、收获，那里有我们一起劳动的汗水、辛苦、喜悦和果实。我记得我们每年要种一片黄金瓜，每年能采摘一小篮子，母亲从来不拿到街上去卖钱。她说："你们已经很辛苦了，还卖个啥？吃吧！"这正是："人生的道路我们一起走过……"

大妹、二妹啊，我们的父亲从上海退休后，受雇于一家合资企业，但不幸于一九九四年九月二十七日因脑溢血撒手人寰，现母亲七十又三，身体尚好，只是早已白发苍苍。希望你们在泉下照顾好父亲，大妹子照顾好小妹妹。你们现在所处的位置在我们这座城市的北郊，是我们老家的北华池，是一块风水宝地，那里，桑梓林茂，良田百顷，瓜香水甜，羊肥鱼跃。农家花园小楼，恬静雅致，目不暇接，且凤仙花开遍野，在温馨的阳光里摇曳，在大地的春风中荡漾。这里已成为一个生态度假胜地，长江之水自北面滚滚东去，沪宁高速从南边穿梭而行……在这片土地上，曾有你们洒下的一腔热血，曾有你们走过的青春足迹，曾有你们留下的无边眷恋。

凤仙花，虽无华贵之气，但具清丽之风。她是万花丛中的一朵小花，犹如人群中一个小人物，属于不起眼的角色，而正是这些不起眼的"东西"，铺就了大地的光辉。她虽是一年生草花，年轮短暂，却生命顽强。入秋，花儿开始凋谢，每朵花却能结出几十颗种子，它自动撒落大地，来年开春，又发新芽，以此往复，未有穷尽。花开花落之后，她可做肥料，去肥沃我们的土地，去激励新的生命。正是这些无名之花默默无闻忍辱负重的奉献，而使我们的家园一天比一天美丽……

诚然，凤仙花毕竟是一个个鲜活的生命，而当春天来临的时候，她们本该无忧无虑，尽情享受童年的快乐，享受雨露的滋润和阳光的沐浴，可是，向她们泼洒的竟是悲凉和辛酸。这是为什么？是否，苍天也会瞌睡，也会迷途，也会作点孽，弄出些罪过来？

想着你，我睡不着

贺　静

　　又是深夜，一盏孤灯成醉眼，照亮寂寞，也洗涤着梦里的眷恋。黑暗中，想着你，不畏惧黑暗，因为你让我睡不着，感觉心在沸腾。很多这样的时候，我就守候着月光，想想你，感觉孤单就不再出现，割破我的心脉。

　　多年来，人未归，情未断，残花朵朵，几多枯黄叶断，不再有色彩。但是，和着一个瘦影，想想过去那些迷失的心情，默默地品味着曾经的眼泪，感觉那也是一种柔情。尽管有苦有甜，每一个思念的日子，都满含对你的无限怨恨，但是那也是一种对你的思念。

　　或许，就因为相思太苦，所以，让我想着你长长短短的片段，就睡不着，于梦里辗转，深叹。没有你的日子，内心深处的酸楚，宛如落红一样凄美，在红尘里飞舞长空。没有你的陪伴，守候着日渐衰老的记忆，任凭昨日的温柔，逐渐折腾隐藏的痛，温暖你模糊的气息。

　　想着你，我睡不着。只能静看黄昏，闻到淡淡的清香来回亲吻苍白的脸，落下几滴水样的波纹，在风中微微地颤抖，染红日渐消瘦的身影，厮守泛黄的记忆。

　　爱情虽然走了好多个日夜，我也过了一个春夏和秋冬，但是夜晚的时候，看花开花落，依旧想着你。我睡不着，独自聆听熟悉的歌曲，音乐袅袅回绕，

女孩最喜爱的哲理美文

倾诉爱的忧愁，写下梦的呓语。

缕缕秋风夹寒意，叶片声声催，相思人儿，你几时才能回？夜色清清月如水，清冷的光辉淋湿了心，也惊扰了幽静的夜，让思念缠绵，洒满一地，却依然流连。你的眉眼，你的脸，折射成为丝丝爱的痛击，叫人望穿秋水，依旧痴情不悔。

帘外秋意浓，一弯斜月高悬，那清冷的月光，于云里若隐若现，融成满眼的清愁，无语沉默，几生的梦！一样的人，一样的景，一样的月光，依旧洁白。一样的季节，花香依旧芬芳，我也依旧想着你，睡不着。

往事悠悠，想着你，我睡不着。浓浓的疲倦，掬在手心里，化成你我路途里盛开的花，不知道碎了几个轮回，空留余香，却依旧有重量，让心起涟漪情微微。相逢匆匆，匆匆相逢，人世的哀怨依旧色浓情淡，往事里的红颜，却依旧藏着我的笑颜，等一个月圆的夜，画一个完美的结。

岁月如弦，往事虽然随风远，想着你，我睡不着。美丽的邂逅，成就一段缘，一个不了的恩怨。你却是那岁月里的烟，挥之不散，怎叫我忘记，朝思暮想的容颜。

人生苦短，滚滚红尘情浪翻，千山万水，人流如海，我却想着你，睡不着。相思弥漫，随风飘散，可惜聚散不是我主宰，但是不管你走多远，我依然等待。每一朵孤独的浪花里，永远有你的笑脸，给予我温暖，叫我绽放思念，守住当初的约定。

有你的秋夜，我感觉不到寒

贺　静

　　夜晚，静悄悄的，此时的窗外，绿叶已经有了黄的痕迹，风里也有了清凉的身影，花落卷几层，染了尘土，香了风，谢下那妖艳的色彩。放下沉淀的思念，眼看四周，一切都是如此的自然，没有声息。

　　眼前的秋，绿意依然浓郁，只是没有了盛夏的炎热，绵绵的细雨时而飘过，浸过怒放的夏，洗去嚣张。空中，多了一份沉稳和委婉的感觉，烙在心上。

　　夜，也因为秋，而有了几丝凉。夜晚的星星，也显得有点萧条，没有了过去的明亮。但是，正是这清冷，是我想要的宁静，可以心语独澜，体会思念。

　　这样的夜，细雨如绸，清风如梦，孤单也是一种温暖。有雨的秋夜，我喜欢独坐在窗台上，倚着窗，看远处灯火闪烁，在风里对你诉说，我的坦白。

　　雨很细很细，只能闭上眼，用心感受风的手，在雨里柔弱如骨，温柔如水。静静地，翻开心灵上的日记，让爱装点飘飞的思绪，任凭风里那股透彻在身边尽情地缠绕，梦也轻盈。

　　我喜欢这样的夜晚，安静，自由。我恋着这样的夜晚，浪漫，温暖。秋夜，夹杂着冰凉的细雨，更是让我眷恋。因为它辽阔无边，可以让我编织无

女孩最喜爱的哲理美文

限个最美丽的梦拥抱自己的孤单。

在这安静得没有一点声音的夜晚，我喜欢让自己沉浸在这有点凉的寂静里，心却在这漆黑的舞台上自由地飘飞。想想自己久违的人，温暖自己想温暖的记忆，多好。

有雨的秋夜没有寒，此时的记忆里，没有酸楚的眼泪滋润，也看不见憔悴写在脸上，微笑因为夜的静而变得暖暖的，翻阅过往的思念。

秋夜，有雨的秋夜，我感觉不到寒。因为有你一直在我心间，梦里，枕边，和我相牵。夜里有你的笑脸在眼前摇曳，雨丝包裹着你道不尽的柔情，滴在我的唇上，清凉香甜。风儿是你多情的眉眼，总是亲吻着我的寂寞，缠绵到黎明。有雨的秋夜，我喜欢倚窗听风雨，温暖记忆，拥抱一个真实的自己。雨，飘落的细雨，我喜欢把它当作你温柔的手，把我抚摩。你不在的日月，我喜欢在这清冷的秋夜里傻傻地发呆，想想过去，猜测你的一切，编织梦境。

或许，远方的你也会和我一样，总是默默地想念属于你我的语言，遥望明天，填补寂寞带来的恐惧。常常我总是呆呆地想，你会不会在这样的夜晚望望窗外，听听风的低语，感受到我心底没有对你诉说的秘密。

夜，有风也有雨的秋夜，萧条凄凉的夜，寂寞似烟花，思念更醉人。秋的夜，细雨的冷，更是幽怨增生，愁思满怀，可是在我情感的风景里，却找不到忧伤。因为一路有你，给予我痛和爱的滋味。

是啊，情为何物？想起走过的红尘，虽然有你也有怨恨，滋味百般皆心起，但是，我并没有因为曾经的哭泣而折磨自己的心扉。因为在短暂的生命里，我还能有那么多的过去可以去回味，在彼此的交往里还能感受到人间的爱就是一种不易，即便是痛恨的眼泪，也是一种需要珍惜的幸福。

秋夜有你，没有寒冷的气息。一个人在这样寂寞的夜晚，还能拥有绚烂的记忆，组成许多许多的画面，至少不会孤单。滚滚红尘，有悲才有欢，有爱才有情。相逢时不知道穿越了多少年，才有了这相思的泪滴。感觉就是一种幸福。

纵是归鸿无影，也愿意等待

贺 静

　　滚滚红尘，蓦然相逢，孤高低诉，爱恨情仇，浅斟慢啜，体味尽人生意境。情随云雾袅袅弥漫，缘去缘来却是几多愁，发泄着自己红尘的哀怨，挥洒完绚丽的青春情缘。望人海茫茫，多少幽静的画面，演绎无尽的情思如雨。却依然归鸿无影，恍惚只是寂寞空等待，那梦里红颜的缠绵，一生情缘的相牵。

　　倚在寂寞的背后，躺在漆黑的舞台，任凭风卷灯摇，夜深露湿帘，只是独自流泪呼唤，渴望爱人的出现。缱绻无限，爱恨难眠，心底那一抹温柔，隐隐约约，飘荡着痛苦的答案，折腾夜的平静。

　　时间在流逝，幽幽音乐总相伴。在没有渴望的温暖里，夜的相思击碎深藏的等待，锦书写就满是幽怨，奈何人生来去如梦，想你的心暖暖的，想你的人冰冰的。

　　无语铸相思，一腔柔情，浸着酸楚无限，守着残月空望穿，在静夜里慢慢舒缓，无边的想象拨心弦……

　　沧桑岁月，秋风有恨枉嗟叹，夜夜望着窗外的影子发呆。几多情怀，叶落无痕人飘零，就淹没在唇齿之间。

　　盈盈秋水，相思几载，泪漂尺素，寄何处才有期待？翻山越水，爬过我的心栏，把我的思念引向浓浓的春天，让我也能看见阳光的明媚。

无奈风月匆匆无边界，爱没有先来后到的定律，只有缘浅缘深的命脉。相顾无言，唯有泪千行。心与心距离的遥远，注定不能有真实的眷恋，敲开心灵的渴念，聆听无人知晓的心愿。

纵是红尘俗世，无限思绪，几多离愁，只因文字而消散。无尽的思念，无尽的情怀，情梦难圆。我也依然无法去改变，对你心悸的瞬间，便掉下万丈深渊，不再起来。

纵是归鸿无影，希望是多么的渺茫，路途有几多艰难，只能日夜咀嚼无尽的意境，让浓浓的思念融化成苍白，我也无法去忘记当初的一切，真正地把你遗弃在路边，笑着去迎接别人的疼爱。

纵是人生无奈，相思苦无边，纵是归鸿无影，也愿等待。虽然在你我交往的时候，我不能真实地向你诉说我的爱，让你明白我的眷恋，我的柔情。面对你我之间的差距，只能在梦里去无尽地遐想，满足我的心愿，也愿偿甘甜，为你支付我的柔情，我一生的等待。

因为有些梦就做那么一刹那，有些梦是要做一辈子，有些梦却是要用孤独来贯穿整个人生，有些梦会刻意享受孤独。虽然旧梦残缺，但也是好梦，虽然没有实现，但我依然很高兴我有过这些梦。

回首蜗牛灯火阑珊处

曲　直

一、梦里佳苑

小时候，我常跟姥姥一起采药，慢慢也就认识不少药草，还知道一些药草的采集时令。比如茵陈，姥姥常唱给我说："三月的茵陈，四月蒿，八月蒿草当柴烧。"常人眼里的杂草，其实大多都是药草。在工厂上班的时候，有时感冒了，在上下班的道旁，随便拔一些蒲公英、紫花地丁、车前草、马齿苋、阴阳草之类的药草，用清水洗净，放进茶缸，加上适量的水，放在炉火上，煮一会儿，慢慢当茶饮，喝个一两天，感冒就好了。

有一年夏天，头上生疮，缠绵不愈，于是就想到了蜗牛，蜗牛有治疗癞头疮的作用。于是就四处寻找。那时，正在工厂上班，车间前面，是一个荒废的菜园，菜园前面就是工厂首脑机关，号称"东南局"！菜园里有一个大坑，夏天经常有水，蛙鼓长鸣。找了几天，也没找到几只蜗牛。在一个连阴天的午后，我悄悄地跳进那个大菜园里，园子周围是一圈婆娑婀娜的杨柳。地上是一片萋萋芳草，葳蕤的草丛里，点缀着黄花闪烁的大蓟和旋复花的花朵。旋复花的叶子和洋姜的叶子差不多，喜欢生长在水边，水边还有一些挺拔的芦苇。大树上，偶尔一只知了的鸣叫，立刻引起翠柳间无数知了的和鸣。

此刻，再灵巧爱唱的小鸟，也不得不闭上啾啾婉转的歌喉。

我正深一脚浅一脚地向前走，冷不防，跳起的一只青蛙，正巧碰到我的腿，吓得我不由"哎哟"了一声。再看那青蛙，三两下跳进了水里。"扑棱"一下，在芦苇丛里惊飞一只小鸟，鸟起处的苇茎上，似乎只有几根头发吊着一个小小的鸟巢，鸟巢里有两个小小的鸟蛋。我伸手想把鸟巢取下来，不知从哪里"噌"的一下蹿出两个小鸟，落在我前面一米多远的苇茎上。伸张着翅膀，发出尖唳的鸣叫。面对他们如此大胆的进攻，我微笑着，退却了。

我想到坑边去找蜗牛，因为刚下过雨，水边都是新冲积的淤泥，不能站人，于是就漫无目的地走到工厂首脑机关的房后。向墙上一看，好家伙！墙上密密麻麻的都是蜗牛。大小不一，形状略同，爬行的方向是何等的一致，都是向上，向上，他们尽管爬得很慢，可他们从不懈怠，天天向上。他们爬行过后，都有一道道银白色的印痕，就如蓝天上喷气式飞机划下的一道白线。蜗牛大多都已风干，只剩一个空壳，他们也许是走得太累了，想停息一会儿，不料，从此就再也没有醒来。在那一刻，他们永远停留在了墙上，也永远写在了历史的长河，只是未曾引起人们的注意而已。

我正看得出神，忽然一阵清风吹来阵阵瓜香，起初没怎么在意，还是尽情浏览墙上的蜗牛。看着这些蜗牛，看得时间长了，他们似乎变成了两个字"蜗牛！"就如农家只有除夕才挂在神龛上的家谱，一个个活生生的先人，只留下一个名字。身后水坑里的青蛙刚刚歇息，知了又突然一起嘶鸣起来，一阵清风又吹来一阵瓜香，我心里说，这里怎么会有甜瓜的香味呢？我忽然意识到这片葱郁的草丛间一定会有成熟的野甜瓜。于是就寻着甜瓜的香味四处寻找，"哈哈！"我眼前一亮，黄橙橙的三个小甜瓜就跳上了我的掌心。小甜瓜被雨水淋得干干净净，下面有点泥痕，在身上蹭几下，挨地的部分有些泛白，其他部分橙黄里尚显几道淡绿的青筋。于是我高高兴兴地一边吃，一边跳出了菜园子，走出好远才想起忘了正经事儿，回头看看，迟疑了一下，心里说来日方长——不料从此就再也没有回去。那蝉鸣蛙鼓，瓜果清香，墙壁蜗牛，丝吊雀巢，都清晰地烙印在我年轻时的记忆里。

几十年后，重游故地，人、物全非，早已不见了昔日的模样，心底清晰的轮廓，一下给搅得七零八落，云飞烟灭！

二、暗暗不平为蜗牛

几十年过去了，由于与蜗牛有着特殊的经历，自然就有不同寻常的情感。每当听到世人对蜗牛的亵渎，心底就有一种难以言表的情状。

蜗牛的药用价值和食用价值暂且不说，就其行为，足令世人汗颜。

蜗牛和人一样，生不可择，他只有生在阴暗潮湿的地方，他希望光明，向往光明，也想爬到顶峰，也想体验一下"一览众山小"的豪迈。当他们意识到这些的时候，就不遗余力地开始攀登，他要超越遮挡太阳光辉的墙壁，他没有绕道而行的传统，只有勇往直上的攀登。从他们攀登的足迹，不难看出他们征服困难攀登高峰的信心是何等的坚决与果断，丝毫不见左顾右盼的犹豫。尽管他们爬得很慢，也看到了很多的前辈和朋辈客死中途，可他们前仆后继，勇敢攀登，生命不息，攀登不止。试想，我们眼下的人们有多少人能像他们那样执著呢？有道是"虎死骨立"形容老虎的王威，但凡只是希望而已。沙漠胡杨倒是树死干立的，他们是植物，是长在地上的，就是小草，也能死立诸多时日。动物的站着生，立着死那样的铮铮铁骨，实无二出，只有蜗牛。他们就是死了，其尸骨也不坠落，他们就是风干在墙上，也不给地上的虫蚁糟蹋。大凡生于天地之间，都有自己的追求，那种境界，抑或就是他们之希冀，其情操是何等的圣洁啊！我们能像他们那样保持晚节、性情洁傲吗？

有人说："金字塔顶只有老鹰和蜗牛的足迹。"这是多么辉煌、多么振奋人心的消息啊！蜗牛的奋斗不是无谓的迂腐之举，它有着如此辉煌的史迹呢！这就又一次证明，只要持之以恒，就能达到辉煌的顶峰！

三、蜗牛一样的人生

有人说蜗牛背着房子走，说他自私。是无奈，是必须？物竞天择，生不可择。然而，对于今天的世人来说，又当何论呢？

当今都市，高楼林立，人们像住在中药店的抽屉一般，其空间之小，实属"蜗居"且多被药味充塞。这是房屋空间之小，那房屋之重呢？有多少人不是被房屋压在背上呢？有多少人的一生不是为住房而奔波忙碌呢？有多少人不是因房贷而寝食难安呢？有多少人不是碌碌一生为一房，而沦为房屋的奴隶？

当今乡野，漂亮房屋如同雨后春笋，的确较以前发生了翻天覆地的变化，这是看在眼里的，谁也无法否定的事实。但是，内情如何呢？天下之大，各有神通、各有活路，岂能尽晓。我的故乡，我的街坊邻居，我是看在眼里的。幸亏我的故乡人，祖祖辈辈，大都是瓦匠出身，大部分人都会砌墙、盖房子。

倘若你是坐在客车上，行驶在从济南到邯郸的高速路上，过了两省之间的那座大桥，进入河北的第一个村庄——安静村，那就是我的故乡。你趴在窗口向北张望一下，兴许能看到不少人家在盖房，有的人多，有的人少，有的三五天，或个把月，房子就起来了；有的人家是三五个人盖房；有的是两个人盖房；还有的是一个人在盖房。

其中就有一家，是一个人盖房的，和我是小学同学，三个儿子，在三儿子未出世的时候，都盼望是个女孩，不料，竟又是一个男孩子。媳妇感觉生活压力巨大，在贫困和抑郁中病逝。他从此既当爹又当娘地拉扯三个孩子。为给儿子盖房娶媳妇，他一边干农活，一边盖房，屋墙低的时候，就一个人上砖扣泥。高的时候，在架子下面摆放一排盛泥和装砖的家什，一个人在下面都装好了，上去再提。用完了，下去再装，上去再提、再砌。就这样，两座房，一个人干了将近三年。恐怕，这两座房子也是压在了他的肩上。

纵观华夏几千年的历史，面朝黄土背朝天的农民，不就是忍辱负重，踽踽而行的蜗牛形象吗？他们从洪荒走来，背负沉重的负担，虽历经灾乱，世代沉浮，没被异邦所灭，而繁衍至今，愈加昌盛。至此，我们先人这种百折不挠的蜗牛精神，谁还能不顶礼膜拜呢？他们创造了华夏文明，除少数人外，他们大都未能青史留名。有幸者，仅可把自己的一生功绩，凝聚成自己的名字，陈列于家谱之上，像蜗牛那样粘在墙上，闪耀着自己独特的光芒！对于那些只有奉献，而默默无闻的先祖们，谁还能不匍匐于地、顶礼膜拜呢？至此，我们回首蜗牛，他们的一生，是何等的辉煌，恰是在灯火阑珊之处呢！

雨声从梦境里穿越

才 苟

天气太闷热了，连细碎的雨滴也受不了。我趴在窗前的电脑桌上午睡，它们使劲地敲打玻璃，想进来。我做梦都没想到，这种声音可以在我和我的梦境之间自由出入。

它离我最近，很容易就进去了，以至，梦境里变得浩浩荡荡，喧嚣不已。我的梦魇是那么黏稠，将细雨烦躁的敲打附着在薄薄的睡眠上，使挣脱变得不可能。

声音是模糊的，我回忆它时也是模糊的。我能够分辨的是：敲门，开始一两声，很片段。或者你会以为敲门的人已经走远，而声音更紧凑地传来，越发急切，也有点像脚步声，走两步，停下来东张西望，继续往前走。那是一扇通透的门，跟我的梦境一样通透；那是一种盛满疑问的脚步声，让我对梦里听见的声音也感到狐疑。

雨下得更大了。好像有人推了我一把，一下子从睡眠中跳出来，我是努力地跳过一次，眼睛也睁开了，并且为自己点着了一支烟，食指和中指渐渐温暖起来，能看清烟火明灭，能看见窗外黑暗得如同旧社会，无数豆大的雨点在窗玻璃上像不断爬升的脚印。然而听觉，连同我的发音，含混又漫漶。增粗的雨点、增高的敲窗的分贝很快就被我忽略了，房间里摇晃的电扇，隔壁房间 QQ 里尖细的叫声，从这个房间流窜到另一个房间挤成堆的想聊一会儿的人，这些另外的声音，又一一找到我，将我抓住。

也正是这杂乱无章的声音，走进我的身体，缓和了我年复一年在夏天出现的焦躁和紧张，同时也缓和了我与这个工作以及整个世界的紧张。声音来自四面，像四堵墙四面镜子。在镜子里看见自己的变化，胡须的稠密和与未来相关的生活信息，甚至在通过镜子一样的段面看到时光长长的隧道。当然我在这里混淆了听觉和视觉的差异，无异于华兹华斯的《致布谷》——"我该叫你鸟儿/或者一个游荡的声音？"

看不到鸟儿，听不到声音，事实上关于境遇的想象，关于怀念，看见或者听到几无差别。

我怎么会熟视无睹呢？雨声，雨打芭蕉。我曾经多么熟悉这种有节律的敲打屋檐、雨幕、垂帘、窗前的芭蕉。一个少年郎，在雨季里把书念得畅快。房子是安静的，像沉在水底的铁盒子。于是少年郎的尖声朗诵横冲直撞，左右突围。下雨在村庄最有韵味，哗啦哗啦地下，哗啦哗啦的洪水，腐朽的树枝，干燥的牛粪，一只充满肉感的绿色毛虫骑着片树叶随水漂流。雨季读书效率是最高的，外面动静大，内心的潮水也涌得高。事实上，雨季也是学生的考季，激情的雨，可以听成鼓点，可以听成鞭响。

毕业前的日子就如雨滴那样，是劲道的饱满的，它们之间关系紧密。雨水带来的是清新的空气，淳朴的植物气息，有一种洗涤过的味道。然而大雨对于孩子的青春期，也是一场盛大的洗礼。

我在无数种声音里辨认出它，它来自玻璃上的跳动，它也一定来自家乡。所有的雨都来自城市背后的森林和湖泊，我家就住在城市的背后。我站起身，看见雨在建筑丛中飘忽不定，它们对水泥和灰色十分陌生。在雨的认知里只有丛林，小瓦屋，茂盛的庄稼，幼稚童声和竹篓边穿针引线的乡下妇人。雨不认识街道以及门牌号。一定是呆立林间的麻雀给了它指引，才会爬上三楼隔着窗户认我。我看到了作为一个与家有关的情愫被无故宣扬和流布。

不应该想家的，我不久前才回去过。见到了父亲，拥抱了母亲——大概离开我们有四个月的母亲终于回来，我忍不住就上去拥抱她，柔软的怀温暖的怀，隐约还散发出淡淡乳香的怀抱。我一拥上去就感觉到她的变化，肤色变白了，连皱纹也是白的，所以看上去像是皱纹消减了。还是那花白的头发，白得有光泽，白得好看。乡下的母亲往城里一住，变化的不仅是外型，烧菜的本领也见长，蔬菜出锅就是蔬菜，可口又颜色不改，不油腻又满嘴香脆；茶叶蛋和红烧肉煮在一块，不论是蛋还是肉都爽口，能吃出亲情的味道。

她说，夏天来了，雨季来了，再不回家就误了大半年的庄稼和菜园地了，雨水多了作物长势就好；雨水一多，什么东西都长霉，所以多了也不好，什么东西多了都不好。说完拍了拍衣服上的灰尘，仿佛灰尘多了；用手将将了头发，仿佛白发也多了。

雨季迎着母亲汹涌而来。十几二十天的雨季，相对于母亲的六十年，相对于母亲的一生，相对于……就像是贴在她风湿痛处的膏药，这是我仍然可以接受的比喻。但是那天我跟母亲说，你也可以雨季不出门，坐在沙发上打个盹，做个梦，梦见儿孙绕膝……

阳光晒不到的地方

才 苟

太阳晒在能承受太阳的地方。我已经不需要用晒太阳的方式去打发多余的光阴了。比晒太阳更重要的事情已经降临在我的生活里。我三十岁的时候开始爱上写字，从一个冬天写到另一个冬天，从一个晒太阳的季节写到另一个晒太阳的季节，如今我又想写写与晾晒有关的一些事情了。

晒太阳是对于身体而言的，不论是人的身体还是动物的身体。只要是身体渐渐变得感觉不到温暖，甚至没有阳光、温暖，就可以拿出去晒晒。有些人甚至在晒太阳的时候也晒心情，心情回暖了，幸福也就接踵而来。二楼阳台是一处极好的晒太阳的场地。同事排列有序地坐下来，他们组成的姿态很像汉语中的省略号。在温暖的视野里，静静地等待着下一个符点，和更热情的阳光的到来——我一直庆幸自己没有成为其中的一员，没有把时间和精力白白消耗在赶集一样的晒太阳上，然后被时光也省略掉——别的事情也一样，我行我素，不随波逐流。然而终究是一个平凡的人，我活得跟他们不一样时，内心的图景也许早已跟他们一模一样。我从房间里退出来，侧着脸看见那片亮晃晃的人堆像降起的一块平地，似乎上面还可以晒诸如衣服棉被之类的其他东西。我羡慕那片阳光，能够凝听他们把孤独和冷寂都叫出来的声音。我却一声没吭，复折身回到房间里面。

　　风在窗外，一个劲地弄响窗玻璃，我有好几次以为是有人站在外面，思维也跟着断裂得细细碎碎，如那些响动。于是索性打开窗户，让风儿进来。看了一眼外面灿烂的阳光，那貌似柔和的阳光像是烙伤了眼，房间里更加暗淡了。我适应了好一会才看清楚。"在一个村庄活久了，你就会感到时间在你身上慢下来。而在其他事物上飞速地流逝着。"刘亮程的一句话，隐含的寓意让我想哭。我不是在乡村，恰恰是在离开乡村的城市里活久了，是在自己尚且年轻的生命消耗中感觉时间亲睐于年轻，放慢速度让你挥霍。然而属于另一些人的冬天终于来得更快，比如母亲，鬓发斑白，像染上了一层霜。太阳出来，那些霜不会再融化了。像她或者父亲一样迅速老去的人，也只能靠晒太阳来取暖，来积蓄温度。我们没能学会像他们积蓄粮食一样在心中积攒足够的亲情和爱，以便他们生活中缺乏这些东西的时候，我们仍能慷慨地给予。就是在这个时候，我身体中那点温暖也只隐匿在心房和一些粗大的血管内，维系写字的激情——另外节俭地分配给自己的爱情和儿女。我的亲人说我是个很冷的人，其实是很冷的人冷了他们的心才对。

　　太阳西斜，东边阳台上覆满西面墙的暗影。第二个晒太阳的人也被阴影覆盖了，拉着第一人的手，另一只手提着凳子，从楼梯上下撤，后面的人就像是节肢动物的后半截身体，牵扯着撤下去，省略号从阳台上消失了。阳台变得安静了、变得冷了，安静得冷。

　　真正的冬天还没有到来，真正到来的冬天也没有旧时冷了。俗话说"十月小阳春"，太阳晒到中午的时候，气候应该和春天一样宜人。前些天我还以为徜徉在春天里，穿着单衣单衫，后来鼻子塞了，头钝钝的有些痛，接着体温一个劲地往上蹿。我晒了一回太阳，我用全身的力气温暖地呼吸着冷空气，吊瓶里的液体一点一滴地注入我的身体，让我的体温变得异常陌生，阳光晒在我的身上让我好感动，像是宽慰着我空荡的身体。那一次流感，像寒流一样向我自以为从未被寒冷侵入的内心袭来，我才发现冬天就是属于棉衣的。生命本身有一个冬天，我们终于能够望见了。

　　太阳终于换了方向。从西边的窗户照进来的时候颜色也变了，变成了柔和的橘黄色。我觉得坐在静静的走廊捧着一杯橙汁的样子很安详。于是搬来一把椅子，坐在盛满橙汁的半透明里，身躯的暗影细细长长，像一根斜躺在玻璃杯中的勺……

女孩最喜爱的哲理美文

蓝色鸟

黄非红

一

"据说在蓝凤山上，有人真的发现了一只蓝色鸟……"

我对晚报上的这则新闻并不感兴趣，因为"蓝凤山上蓝鸟飞"的传说已经流传了不知多少年。没想到女儿却把它当成了真事，当我问起女儿想要什么生日礼物时，女儿毫不犹豫地说：想要一只蓝色鸟！

如果女儿没有患上那种可怕的病，如果女儿不是每天都在和死神抗争着，我很可能也不会把女儿的话当回事，也许会多送她一些别的礼物作为补偿，也许想办法弄到一只蓝色假鸟，甚至我会直接告诉她蓝色鸟只是一个传说……但是现在我不能那么做，我该做的，就是尽我所能满足女儿的这个愿望，因为这也许是她渴望得到的最后一件生日礼物了。

"等着爸爸，爸爸去给你找一只蓝色鸟！"深深亲吻过女儿那苍白得让人心疼的小脸后，我便踏上了寻找蓝色鸟的旅程。

堆青叠翠的蓝凤山是由一只蓝色凤凰化成的，它的羽毛化成了山上的树木花草，所以蓝凤山才会那般生机盎然绿深如海——在泛着蓝意的林海中生活着一些蓝色鸟，那些小精灵都是蓝色凤凰的后代，它们不但美丽迷人，歌声悦耳，而且还可以给世人带来好运气和好心情——小时候我还有些相信这个传说，因为那时候蓝凤山上还真的有些树，甚至还有树林，而现在，那传说仿佛说的是另外一座山，因为眼前的蓝凤山光秃秃的，几乎看不到一棵真正的树了。

没了树，即使蓝色鸟们真的存在过，此时肯定也早已流离失所了。

没到蓝凤山时，我还怀揣一线希望。登上蓝凤山之后，我的希望便和山上那些曾经的树林们一起消失殆尽了。但是我并没有因为看不到希望而停止寻找，蓝凤山绵延百里，也许在人们注意不到或意想不到的地方还残存有最后一片绿林，林中还留守着最后一只蓝色鸟！当然鼓励我继续寻找的不光是这个虚无飘渺的幻想，更有女儿那双纯真而又充满渴望的眼睛。

凄凉的夜降临到了荒凉的蓝凤山。虽然我找到了一个可以栖身的山洞，但孤独和恐惧叫我无法入睡，而越是睡不着，我的耳边就越是不断回响着女儿的话：我想要一只蓝色鸟，我想要一只蓝色鸟，我想要一只蓝色鸟……

反正睡不着，不如连夜去寻找，明天就是女儿的生日了，不管怎么说，我一定要把这蓝凤山都走遍找遍，然后才可以对女儿说：宝贝，对不起，爸爸没能给你找到蓝色鸟。

可是就在我将要走出那个山洞时，我突然听到了一声亲切的鸟鸣。

我心里猛然一颤，不由自主地停住了脚。

侧耳听了一阵，再没有什么动静，我知道刚才不过是幻觉。可是就在我转身要再次离开时，又一声鸟鸣传进了我的耳朵。

真真切切，清清楚楚，不是幻觉，确实有鸟在叫。鸟声温柔悦耳，像是亲切的呼唤，很明显它是从洞里发出的。

进洞时我检查过，山洞拐个弯就到头了，不过我检得比较草率，也许洞里筑有鸟巢吧。再说洞里即使真的有鸟，也未必就是蓝色鸟，但我还是要去查看个究竟。我打着手电向里找去，一直找到洞底，也没有发现一只鸟巢。可是刚才的鸟叫声分明就是从洞里传出的啊！正当我疑惑时，又一声鸟叫传了过来，这回听得更清了，是从洞底的顶部发出的。

顺着凸凹不平的洞壁攀到六七米高的洞顶，对于我这个登山爱好者来说不是什么难事。攀到洞顶之后，我终于发现了洞壁靠顶部有一个在下边难以发现的小洞，可以断定，鸟叫声就是从小洞里发出的。

小洞不大，但可容一个人猫腰钻进去，我决定一探究竟。我比较顺利地钻进了小洞中，但不巧的是手电失手掉了下去。这个小洞里边也许会有蛇或别的动物，这样贸然摸进去很危险。我正考虑要不要下去捡回手电再进小洞时，小洞里又及时传出了一声鸟叫。

仿佛听到了召唤，我顾不得捡回手电，就冒险向小洞内钻去。

小洞开始很低很窄，刚能容我猫腰钻进去。走了十多步之后，小洞渐高渐宽，正当我直起身子准备舒口气时，脚下突然一滑，我便猛然惊叫一声坠落下去……

二

但是很快我就感觉到不是下坠而是在上升，我的身体像一片羽毛，轻盈地飘浮起来，向上，再向上，但我始终不敢睁开眼。

有歌声传来，很快就近近地回响在了耳边，眼前也好像有温柔的光抚摸我，同时我感觉身体已经落到了柔软的草丛上。我忍不住睁开眼，发现好像真的是在白天。抬头，天上一轮纯净的大月亮正温柔明媚地看着我，而我正置身于一个美丽的山谷之中。山谷中是绿深如海的大森林，森林在月光下散发着淡淡的蓝意，而那美妙的歌声则是从森林中传来的鸟鸣——那一刻我突然发现，人类的歌曲没有一首可以和这里的鸟鸣相媲美。

转头，身边守护着一位一身蓝裙的少女，她美丽优雅，清澈如水的目光里满含着聪慧和善良，那一刻我能形容她的话语就是两个字：天使！

"欢迎你的到来，朋友，来先喝点水吧！"蓝裙少女说着把一个树叶杯递到了我嘴边。

水是泉水，甘冽甜美，就像眼前的蓝裙少女。

"这是什么地方？我是怎么到这里来的？"我四下看看，坐起来问。

蓝裙少女没有回答，却反问我是干什么的。我毫无隐瞒地向她说出了我的来意，蓝裙少女看着我的眼睛问："你相信那个传说吗？你相信真的会有蓝色鸟吗？"

我摇了摇了头："我希望有，我希望传说变成现实，我希望女儿能如愿得到一只蓝色鸟……可我是成人，童话和传说只是讲给孩子们听的……"

蓝裙少女没有再说什么，却亮开嗓子唱起了歌，我听不懂她的歌，那是另一种语言，是一种真正可以被称之为天籁的歌声，那歌声是我从没有听到过也无法用人类语言来形容的美妙——就像刚才把我唤醒的鸟的歌声。

随着蓝裙少女的歌声响起，奇迹出现了——一只只小鸟从树林中飞了出来，一齐聚拢到了我身边。而这里的每只鸟竟然都是与天空和海洋一样的颜色！

啊，蓝色鸟！

那一刻我激动得险些跳了起来，我不敢相信自己的眼睛，不敢相信周围的一切，我害怕这一切都是我自己幻想出来的，或者只是我的一个梦。

但我还是情不自禁地慢慢伸出了双手。

直到一只蓝色鸟落到了我的手里，直到我的一只手轻轻抚摸到了那蓝色的羽毛，我才相信眼前的这一切都是真真切切的，不是幻觉更不是做梦！

望着手中的蓝色鸟，我的眼前立时浮现出女儿开心的笑脸！我下意识地猛然一把将那只鸟抓牢在手里。

其他受了惊吓的蓝色鸟立时惊叫着飞入林中不见了。

"你要干什么？"歌声停止了，蓝裙少女惊异严肃地质问我。

"我要带回一只蓝色鸟，我不会伤害它，只是要送给我女儿，只是要让我女儿快乐！"我站起来，依然紧紧抓住那只蓝色鸟，生怕有人跟我抢走。

"不行！"蓝裙少女断然拒绝了我的请求，"你只想到你女儿的快乐，你想没想到你这样做，这只鸟儿会快乐吗？"

我的心猛然一颤，像被狠狠扎了一针。我大张着嘴却无法回答她的话。

蓝裙少女接着又说："你心里一定在说，你是个人，鸟只是个鸟，强大的人就该得到一切想要得到的，弱小的鸟就该顺从人类，满足人类的需要，对吗？"

我仍然哑口无言。

接下去，蓝裙少女一句石破天惊的话更加让我目瞪口呆了："我告诉你，所有的生物都应该真正平等，而不仅仅只是强者的口号！我告诉你，这些鸟儿有许多都是人类化成的，许多鸟儿都曾是你的同类！"

"什么？鸟是我的同类？这不可能，不可能！"我当然不相信她的话。

蓝裙少女说："人们不是向往天堂吗？能够上天堂的人，都要变成鸟——变成鸟有了翅膀才能够飞上天堂！"

　　见我仍然不肯相信，蓝裙少女说："如果你愿意，你现在就可以变成一只鸟！"

　　"真的？"我自然越发不敢相信她的话，但却又迫不及待地说出一句，"那么请你马上把我变成一只蓝色鸟吧！"

　　蓝裙少女考虑了片刻才说："不是谁都可以变成蓝色鸟的，但我可以满足你的愿望，不过你只有一天的时间，到后天早晨，你将还原成现在的样子！"

　　望着她那双清澈的眼睛，我无法再怀疑她的话。我像个听话的孩子，放掉了手中那只蓝色鸟，然后走到蓝裙少女跟前。

　　蓝裙少女伸出一只手轻柔地放到我的头顶，嘴里又轻轻唱起了一首歌。我依然听不懂那歌声，那依然是人间永远找不到的最纯净的歌，林间清泉、山中美玉、瑶池边的雪——这一切都不足以形容这歌声的纯美。

　　在那一尘不染的歌声中，我清晰而快乐地感觉出身体和灵魂的轻灵，我知道自己正在羽化。

　　啊，泛着蓝意的森林中传出了蓝色鸟们的和鸣。终于，我抖了抖身子，丢弃了心中所有的浊思杂念，然后我也随着蓝色鸟叫起来。

　　然后我轻轻展翅，轻盈曼妙地飞了起来。

三

　　我变成了一只蓝色鸟，这难以置信，却是真的。

　　飞起来之后，我第一次体验到了鸟的快乐还有鸟的高歌，我立刻明白了，为什么人们愿意变成鸟，而鸟们不希望变成人。

　　人是永远飞不起来的，除非他有了鸟的灵魂。

　　在我飞起的同时，我看见蓝裙少女也轻盈飞舞起来，然后也成了一只蓝色鸟，我没有半分惊讶，这样的女孩当然也只能是一只蓝色鸟。

　　我们在那片润着月光泛着蓝意的森林里飞啊舞啊唱啊，那一刻森林已成了我梦中的天空，那一刻我找到了自己生命的本色。那一刻我多想就此融化在这个蓝意充盈美丽无瑕的世界里啊，但是这么想着的时候，我就听到了女儿的欢呼：蓝色鸟，蓝色鸟……

　　我要把自己做为礼物送给女儿，因为我现在就是一只蓝色鸟。

　　"记住，你只有一天时间，小心，不要让你的同类伤害到你！"

依依不舍地告别了蓝色鸟们，我飞离了那片蓝色森林，飞出好远，身后还传来蓝色鸟们的叮嘱！

我按着蓝裙少女指引的方向向着女儿飞去，森林之外原来没有月，而且天空越来越污浊，森林越来越少，绿色越来越少，华丽繁乱而又冷漠坚硬的钢筋水泥森林成了世界的主宰，而本该蓝意充盈的天空和大地已被随心所欲的人类大片大片地涂抹成了他们想要的颜色，而且凭着鸟的直觉，我知道空气中的氧很少，取而代之的是污浊的欲望和贪婪之气。

如果不是为了女儿，我永远不想再回到这个让鸟们无法呼吸的世界。

我所在的那个城市越来越近，女儿越来越近，尽管已经飞得很累，但我仍然没有停歇，因为再过几个小时，女儿的生日就到了。

当我悄悄降落在我家的阳台上时，黎明已在不远的东方梳妆了。我进不到屋里，就来到女儿窗前，隔着冷漠的玻璃，看着熟睡中的女儿。

"蓝色鸟，蓝色鸟，我要，我要！"女儿在说梦话，我知道她肯定梦见蓝色鸟了。望着女儿，我渐渐地看见女儿也变成了一只蓝色鸟，和我一起在蔚蓝的天空中自由飞翔。

"啊，蓝色鸟，蓝色鸟，妈妈快看，蓝色鸟！"我是被女儿的欢叫声唤醒的，这个黎明是被女儿的欢叫声唤醒的。

睁开眼，我看到的是女儿那张朝阳般鲜艳灿烂的笑脸，笑脸上甚至泛出了久违的红润。

妻很快出现在女儿身边，但她不敢相信自己的眼睛："天啊，这是真的吗？""妈妈，是真的，是真的，这是爸爸给我的生日礼物！"

怕惊扰了无比珍贵的蓝色鸟，女儿和妻都不敢走近我，但我已迫不及待地向女儿扇动着翅膀。当玻璃窗子小心翼翼地刚刚拉开了一条缝，我便飞进屋去，轻盈落到了女儿肩上。女儿幸福得说不出话来，我先用我的喙轻轻亲了亲她可爱而又生动的小脸，随即便在她耳边唱起了歌。

我唱的是"祝你生日快乐"，当然是用鸟的语言。

女儿高兴极了，我想她一定听懂了，因为她是一个天真的孩子，她很快就情不自禁地唱起来舞起来。

受了感染的妻也很快随着女儿随着我唱起来舞起来。

一只鸟两个人，我们一家三口一起唱起来跳起来舞起来，这是女儿生病以来，我们一家最快乐最幸福的一天！

连这天早晨的太阳都是从未有过的明媚。

"可是，爸爸呢？"女儿一句话，叫我和妻都不禁停了歌和舞。妻当然没有忘了我，她只是不想提起我破坏了女儿的快乐，而我那时确实是忘了自己。

为了不让她们担心，我很快飞进我的书房，并很快叼出了一张纸，纸上歪歪扭扭写着九个字：爸爸明天早晨就回来！

女儿非常相信我的话，因为我是一只神奇的蓝色鸟。

于是快乐的歌声再次在我的家中响起。

妻怕女儿累着，叫她去床上休息会儿，女儿怎么也不肯。直到我先落到女儿的枕上，女儿方才上了床。

伏在女儿的小手上，听着女儿对我说着那些天真美好的愿望，如果不是强自忍住，我早已又快乐得飞了起来。

"我也想变成一只蓝色鸟，和你一起飞，可以吗？"女儿认真地问。

我刚要点头鸣唱，我家的房门却被急促地敲响了。

四

没想到门刚刚打开，竟一下子蜂拥进那么多人，而门外楼道还有楼下已经全都挤满了人。

大家都要亲眼看一看蓝色鸟。

妻子很为难，她知道这样会影响女儿休息。没想到女儿却很高兴地把我捧出来，让每一个人看。

女儿的心太好了，我的女儿就是一只蓝色鸟。

"啊，真的有蓝色鸟哦！"

大家看着我，眼睛瞪得大大的，却还在不断擦着揉着，生怕看错了或看不清。

许多镜头对准了我和女儿，狂拍狂摄，精神十足的女儿对担心的妻说："妈妈别担心，我愿意让大家都来看看我们的蓝色鸟！"

妻子点头，过去把女儿抱起来走到窗前，把女儿和女儿手中的蓝色鸟递到了整个城市的眼前。

蓝色鸟！蓝色鸟！蓝色鸟！

此起彼伏的欢呼声把城市中的污浊都冲散了许多。

"啊，这蓝色鸟可是仙鸟啊，吃它一口肉可以延年益寿、活力倍增、青春不老啊！"

不知是谁喊了这样一嗓子，之后沉静片刻，然后整个世界突然响起了狂叫：

"把它卖给我吧！"

"不，卖给我！"

"我出一千！"

"我出一万！"

"我出十万——十万呐！"

狂叫已代替了欢呼，一双双惊奇的眼睛里突地现出了贪婪的火光。

但我的心里却打起了冷战，我的耳边响起蓝裙少女说过的一句话：你们人类一边歌颂着美，向往着美，创造着美，一边却在不断毁灭着美！

那一刻我害怕极了，我知道我在发抖，而女儿也在发抖，还有妻，还有这幢大楼，还有整个城市都在发抖打冷战。

人们毫不犹豫地在报价，不惜一切要把我占有和吞掉，从一千元到一百万的过程甚至都不超过一分钟。

望着人们那一双双越来越贪婪的眼睛和那一张张越来越疯狂的脸，我已经由极度恐惧转为无比担心——不是为自己，而是为女儿——我担心女儿的天真纯净和善良也会被她的同类一起吞吃掉。

"你们疯了，这只独一无二的蓝色鸟怎么可以吃掉呢！"一声怒斥压过了所有的声音。

这个人就站在我们屋里，这是个慈祥的老人，他和蔼真诚地告诉女儿，他要给我们一千万买走这只鸟，然后再为这只鸟建一个乐园，让这只鸟快乐地生活并供所有人观赏。凭着鸟的眼睛，我看出老人说的是真心话。

妻子显然动心了——一千万也许可以帮助女儿治好病，还可以让我们的女儿一生过上富有的生活。我没有暗中责怪妻子，我知道为了女儿她可以牺牲一切甚至生命。那一刻我都动心了——只要女儿愿意，我希望她卖掉我，我宁愿在一个大笼子里被人观赏，我宁愿失去自由，只要女儿快乐和幸福。

但是女儿却毫不犹豫地摇着头断然拒绝道："你们走吧，都走吧，没有

女孩最喜爱的哲理美文

人、没有什么可以换走我的蓝色鸟！"说着她把我抱到胸口。

听着女儿激烈的心跳，我知道我在流泪。

五

所有的人都被拒之门外，家里又剩下了一只鸟两个人。

但是刚才那纯净的快乐仿佛已被那些人带走了。

我知道女儿受到了伤害，她不会明白大人们怎么会想要吃掉一只鸟。而女儿越是如此爱护我珍重我，我越是担心害怕——明天，不，是明早——明早女儿一觉醒来再也找不见她的蓝色鸟，她会怎么样呢？

我不敢想下去，我只希望自己永远成为一只蓝色鸟，永远不让快乐幸福从女儿脸上凋零。我希望时间停留在今天，我祈求太阳永远不要落山。

但是太阳却离西山越来越近了。

"妈妈，我要放掉这只蓝色鸟！"

女儿平静的一句话，却叫我和妻子都大为意外和震惊。

女儿望着我，说："天快黑了，它一定想家了，它的妈妈也一定在找它，它是我的朋友，不是我的宠物，我特想让它留下，但那样它肯定不快乐！"

妻流着泪把女儿紧紧搂在怀里。那一瞬我看到这世界还有许多天空没有被污染，那一瞬我看到希望的森林还在大地上生生不息地生长着……

妻又一次抱起女儿来到窗前，女儿双手捧着我把我送出窗外，女儿脸上带着笑，眼中却有晶莹的泪花儿。

"快回家吧，谢谢你来看我，这是我最快乐的一天，最难忘的生日，以后不要再来了，这里的人太凶了，他们会伤害你，等我长大了，去看你……"

我不忍飞走，但我必须飞走。

回头亲亲女儿的脸，鸣叫一声，我展开蓝色的翅膀，飞向了女儿眼中的蓝色天空。

"蓝色鸟，我爱你！"

远处飞来的是女儿对蓝色鸟的呼唤。

六

当女儿甜甜入梦时，我又悄悄飞了回来，我要让一只蓝色鸟再陪伴女儿一晚。隔着窗子，就着月光，我看见女儿脸上依然盛开着灿烂的笑，我知道女儿的梦里肯定还有一只蓝色鸟，我希望女儿的梦中永远都有一只蓝色鸟。

天快亮了，我很快就会作为爸爸回到女儿身边。我相信蓝色鸟会为女儿带来好运气，女儿很快就会好起来，我会告诉女儿在这个世界的某个地方有仙境般纯美的蓝色森林，森林中有好多好多蓝色鸟，它们是蓝色的精灵，它们是森林的灵魂……

我知道那个地方在哪里，但我只会告诉女儿一个人，因为我相信女儿永远不会伤害蓝色鸟和所有的鸟，因为我相信有一天我和女儿都会变成一只蓝色鸟，回到那个令我们向往的地方。

或许那里就是天堂，或许天堂里我们真的都是一只鸟。

一块白手帕

李 全

二叔胸前挂着一块白得耀眼的手帕，但显得很旧了，二叔却舍不得把它扔掉。无论寒暑，二叔都把它挂在胸前，有人问他怎么不扔掉时，二叔就咧着嘴笑笑。笑着时就露出两三颗黄牙来。

这块白手帕是二婶留下来的。那是我结婚时，二婶来帮忙切菜，不小心把手指切破了，流出鲜红的血。在一旁的二叔看到了，急忙上去用嘴把二婶的手指吸干后说，不得了，你流血了，这可不是小事，我送你到医院去。母亲看到后，急忙把我结婚用的一块白手帕给了二叔，二叔把白手帕给了母亲说，不要紧，没事了。她就是这个样。母亲接过来，又给了二婶，二婶才不好意思地收下，交给二叔说，嫂子送的东西，不收下，就对不住嫂子。你得给我把它保管好。二叔收好白手帕，二婶看了一眼二叔说，还不是你这个傻瓜。二婶说这话时，眼里流露出的是对二叔的关爱。只是我弄不懂，二婶明明是自己不小心把手给切破了，怎么怪二叔呢。二叔咧着他那满嘴的白牙说，是我不好，是我不好。我到那边去帮忙。二婶见二叔走后，不好意思地对我和母亲说，没事了，他帮我把血吸了。说完话二婶又开始忙了。

晚上我把白天的事对妻子说了，妻子很不好意思地对我说，你以后会像你二叔那样对我吗？妻子说出这莫名其妙的话来，我点头敷衍她说，一定，一定。妻子又说，你只知道说一定，你知不知道二婶为什么把手指切破了？妻子的这句话正是我要问的话，我摇摇头说不知道，问妻子，这与我们相爱又有什么关联？妻子说，你真是一个笨蛋。二婶是看到二叔对她的那一笑，才把手指给切破的。他们老夫老妻的还那么浪漫，我们这么年轻就不该浪漫吗？

第二天，我和妻子在村口碰到二婶和二叔，我问二婶的手好了吗？二叔仍然露出他那几颗黄牙来，说，好了，好了。二叔又说，她呀，做事总是那么不小心，那么大年纪了，切菜还看着我，这不，就把手指给切了。好在没有多大的伤势，要不然，娃呀，她会多给你们做一道菜。二叔的这句话把我和妻子都逗笑了。二婶在一边显得很不自在地说，就许你看我，就不许我看你？你看我时还在冲着我笑呢。二婶说这话时，有着少女般的羞涩。二叔说，我看你的脸上有根头发在那里晃来晃去，就想起我们结婚时候，那时我看到你头上那根头发在脸上晃来晃去的，全身都软了，就决定今生离不开你了。二婶辩解说，都是你不好，你还要在小辈面前说我的坏话。二婶说着又在二叔的背上敲着。二婶的手虽然在二叔的背上敲着，却一脸的幸福，好让人羡慕。这时，我和妻子看到二叔胸前挂着母亲给二婶的那块白手帕，在太阳下白得有些耀眼，二叔时不时用手抚摸它。

您怎么没有给二婶包手？我问二叔，您怎么放在你胸前了呢？

她说放到我胸前，就像看见她一样。二叔有些不好意思地说，又回过头去看了二婶一眼。二婶的脸红了，轻轻地敲打着二叔的背说，这么老了，还不正经，你非要在小辈面前说我的不是。

不久，二婶在一次意外事故中永远离开了二叔，二叔伤心过后，就把那块白手帕放在胸前挂着。二叔说，二婶还会回来。其实，那次二婶把手切着时，回到家里后，二婶就痛得哭开了。这是二叔后来对我说的，他说，如果当时不是我结婚办喜事，二婶当场就要哭出来，因为二婶从小就怕流血。所以，二叔每每在村里走着时，就时不时地把那块手帕拿在手里，轻轻地抚摸，就像当年抚摸二婶一样。

　　那天，二叔照样走在村里时，却一下子栽倒地上，待我和妻子赶到时，二叔只有出气，没有进气。他用手指着胸前的白手帕，又指了指村口的那座小山坡，就咽了气……

品味经典

刘采春：举止低回秀媚多

祖克慰

她是唐代著名的四大女诗人之一，与薛涛、李冶、鱼玄机齐名。

刘采春的一生，创造两个奇迹，一是以戏曲创新留名中国戏剧史，二是以创作的诗词唱响大江南北而走入了《全唐诗》。

作为艺人，刘采春曾饱受蹂躏与屈辱，她与元稹长达 8 年的私情，让她备受非议……

一

这是一朵鲜艳的玫瑰，绽放在唐朝中叶湛蓝的天空下，她的鲜艳让唐朝的那个时代流光溢彩。我无法知道，她的出现会不会像今天的社会名流、艺人明星那样引起强烈的震撼。但我知道，那个场面一定是轰动的。她的美貌，她的歌声，她的一颦一笑，让人无法自制。她天生就是一个尤物，她的降临为这个世界带来了欢乐！

据史料记载：刘采春貌若天仙，倾国倾城。她不仅貌美过人，而且嗓音极好，犹如百灵，婉转动人，歌声响彻云霄，余音绕梁。她善于歌唱，还会自己填词，在江浙一带极富盛名。

刘采春演唱的《啰唝曲》六首，为她赢得了极大的荣誉。管世铭在《读雪山房唐诗钞》中说："司空曙之'知有前期在'、金昌绪之'打起黄莺儿'……刘采春所歌之'不喜秦淮水'或寄意深微，虽使王维、李白为之，未能远过。"潘德舆在《养一斋诗话》中更称此曲为"天下之奇作"。司空图在《诗品》说此曲有"不取诸邻""着手成春"之妙。

刘采春出身于优伶之家，据民间流传，她的父亲就是从事戏曲这个行当的，但她的父亲只是一个名不见经传的流浪艺人。刘采春自幼随父在戏班里学艺，别看她小小年纪，却是学啥像啥，悟性极高。父亲看她是一块唱戏的好料，就精心培养，深得父亲真传的刘采春，十来岁时，就在戏班里崭露头角，引起了小小的轰动。

其实，刘采春走红极其自然，美丽的容貌使她未开口便引起阵阵喝彩，天生的一副好嗓子更是充满魅力，吸引了大批观众。当然，那时的刘采春只是一个小丫头，名气仅限于家乡一带。

那时的"参军戏"，演员都是男人扮演，舞台上很少出现女人的身影。作为女人，刘采春表演"参军戏"，着实让戏班红火了一阵。但时间一长就不新鲜了，加上越来越多的戏班出现，使竞争变得十分激烈。慢慢地，他们的戏班显得冷清许多。

十六岁那年，刘采春的父亲患病离开了戏班。为了女儿今后的生活，刘采春的父亲看中了另外一个戏班里的周季崇，经人说合，十六岁的刘采春嫁给了周季崇。周季崇与兄弟周季南都是职业优伶，当时已经声名远播。刘采春嫁给周季崇后，几个人组成了一个家庭戏班。几个名角组合，自然引人注目，他们的家庭戏班所到之处，无不倍受欢迎。很快在越州、扬州一带蹿红，几乎红遍了江浙地区。

像许多家庭戏班一样，刘采春的家庭戏班唱的是"参军戏"。什么是"参军戏"呢？参军戏是唐代流行的滑稽戏，由优伶演变而成。五胡十六国后赵石勒时，一个参军官员贪污，就令优人穿上官服，扮作参军，让别的优伶从旁戏弄，参军戏由此得名。内容以滑稽调笑为主，一般是两个角色，被戏弄者名参军，戏弄者叫苍鹘。

参军戏的演法是一个戴着幞头、穿着绿衣服，叫做"参军"；另外一个梳着"苍鹘"。参军后来叫做副净，苍鹘后来叫做副末，鹘能击禽鸟，末可以打副净——这种表演法，就是对口相声时一个逗哏的，一个捧哏的。捧哏的也常拿扇子打逗哏的……参军戏的对话法，也很像现在的相声。

参军戏在唐代十分流行，许多的戏班都是这样表演的。所以，刘采春的家庭戏班也仅仅是有点名气而已，如果照此发展，刘采春很可能就湮灭在历史的尘埃之中。在中国文学史与中国戏剧史上就无法看到刘采春的名字。

然而，在戏剧的创新上，刘采春另辟蹊径，在参军戏里加上歌唱的成分，使参军戏产生了质变。因此，吸引了大批的观众，一举走红，成就了她在文学与戏剧史上的不朽地位。

二

一个艺人的成名，既有个人的努力与奋斗，又有家庭、地域、环境的因素。刘采春的成名，除了她个人努力外，更多的是环境因素。不可否认，刘采春是聪明的，她不仅演艺高超，而且敢于创新，比如在参军戏里加入歌唱形式，这也是她功成名就的主要原因。当然，创新也未必就能成功，没有适应创新的生存环境，最终的结局只能是失败。

刘采春的幸运，就在于她的创新适应了当时的社会环境。她的演出大都在越州、扬州等地，尤其是扬州，在唐代是闻名天下最繁华的大都市。它虽地处江北，却代表着江南文化。当时的扬州，荟萃着天下最知名的文士和最优秀的优伶，到处是舞榭和歌楼。在唐诗里描写当时扬州舞榭歌楼的作品很多。如陈羽的"霜落寒空月上楼，月中歌吹满扬州。相看醉舞倡楼月，不觉隋家陵树秋。"（《广陵秋夜对月即事》）王建的"夜市千灯照碧云，高楼红袖客纷纷。如今不似时平日，犹自笙歌彻晓闻。"（《夜看扬州市》）都是对当时扬州戏曲空前繁荣的描写。

诗中的"倡楼""高楼"，实际就是当时的戏台，这些戏台上活跃着大批梨园弟子。扬州的繁华从戏曲的繁荣发展中可见一斑。

刘采春就是从那些"倡楼""高楼"中走出来的，在长期的演艺生涯中，她摸透了观众的喜好，大胆创新，在参军戏中加入歌唱，为参军戏注入了清新活力，使长期看惯了打闹调笑的观众耳目一新，很快风靡扬州，取得了很大的成功。

刘采春的成功，并不完全在于她的演技，也不在于她夜莺般的歌喉与美貌。她能在众多的戏班中脱颖而出，主要有以下四个方面的原因：

一是创新。在参军戏的表演中加入歌唱的成分。这一看来似乎并不显眼的创举，对后来中国戏曲做唱合一的发展走向产生了意义深远的影响。潘德舆在《养一斋诗话》中更称她创新后词曲为"天下之奇作"。可以说，刘采春的创新，确实另有风貌，别树一帜，以浓厚的民间气息，给人以新奇之感。

二是顺应了市场规律。刘采春演唱的词曲能够把握时代的脉搏，唱出了当时很多人的心声，把民间小调变成了"流行歌曲"。方以智《通雅·乐曲》中说："啰唝犹来罗。""来罗"有盼望远行的丈夫归来之意。此曲辞意真切，声调凄苦，用啰唝曲演唱的《望夫歌》，适合商人口味，在商业发达、商人聚居的江浙一带风靡一时。这些歌词从一个侧面表现了商人长年在外奔波的辛劳，更倾诉了在家留守的商人妇的无限离愁别恨。据说，"采春一唱此曲，闺妇、行人莫不涟泣"，可见当时此曲的流行情况。

三是有一定的政治背景。刘采春在"参军戏"中加入歌唱成分这一创新之举，正是元稹任地方长官之时。风流才子元稹看中了刘采春的美貌，对刘采春钟情有加，为了讨好刘采春，元稹费尽心思为其大造声势。得到了地方最高长官的认可，自然有人见风使舵，竭力吹捧，使周家戏班一夜走红。

四是明星效应。应该说，刘采春与周季崇周季南兄弟，都是当时的戏曲明星，演技纯熟，达到了炉火纯青的地步。刘采春少时成名，唱红了江浙一带，可以说是当地出名的歌星、戏剧明星，得到了大家的承认，有一大批戏迷力挺。而周季崇、周季南兄弟，在刘采春未成名前就已名震四方。因此，刘采春的家庭戏班、她本人走红也在情理之中。

刘采春最拿手的一组歌曲是《望夫歌》，《望夫歌》即《啰唝曲》。《全唐诗》所录共有六首：

其一："不喜秦淮水，生憎江上船。载儿夫婿去，经岁又经年。"

其二："借问东园柳，枯来得几年？自无枝叶分，莫怨太阳偏。"

其三："莫作商人妇，金钗当卜钱。朝朝江口望，错认几人船！"

其四："那年离别日，只道住桐庐。桐庐人不见，今得广州书。"

其五："昨日胜今日，今年老去年。黄河清有日，白发黑无缘。"

其六："昨日北风寒，牵船浦里安。潮来打缆断，摇橹始知难。"

读刘采春的诗，我们从中可以看出，她之所以能够获得成功，是她抓着观众的心，触动了一大批留守妇女的情感。这就不能不提到唐朝发达的商业，那时商业飞速发展，市场繁荣，经商者众多，因此，留守家中的妇女很多，丈夫经商常年不归，导致留守妇女寂寞忧伤。《啰唝曲》这类作品的适时出现，写出了商人家庭的矛盾和苦闷，具有积极的社会意义。如此准确把握观众的心理，是她成功的主要因素。

看看"不喜秦淮水"一首，表达的是因留守妇女长期与丈夫分别而产生的闺思。从词曲中可以看出这位少妇在独守空房、寂寞无奈之际，想到丈夫的离去，一会儿怨水，一会儿恨船，好像是随心所欲，胡思乱想，想起什么就说什么。这看似痴人梦语，却也情之所至，生动地传出了留守少妇的"天真烂漫"的神态。

再看"莫作商人妇"一首，这首诗写的是少妇期盼丈夫归来，而丈夫却久久不归，那种对丈夫的怨恨之情呼之欲出。也就是李亿《江南曲》"嫁得瞿塘贾，朝朝误妾期"的意思。她盼望丈夫归来，可不知道丈夫何时归来。无奈之下，为了慰藉内心的孤独，她频频占卜，以此预测丈夫的归期。从全诗看，这位少妇既以金钗权当卜钱，又频频江口等候，足以说明留守妇女盼望丈夫归来的殷殷之情。然而，当少妇看到归来的船只并不是丈夫的，那种错认后的失望之情也就可想而知了。

而"那年离别日"一首，是写丈夫经商远去，杳无音信，不知人在何处。思念丈夫的少妇，独守空闺，一任花开花落，流年似水，诗中那种怨恨，那种悲愤，不言而喻。因此，在下一首诗中发出了"昨日胜今日，今年老去年。黄河清有日，白发黑无缘"的近乎绝望的呐喊。

刘采春在参军戏的表演中加入歌唱的成分，这种推陈出新的创举，把戏曲做唱合一推向了一个新的发展领域。刘采春被载入中国艺术史史册，当之无愧！

三

作为艺人，刘采春是成功的，在中国戏剧史上留下了不可磨灭的一笔；作为诗人，刘采春也是成功的，《全唐诗》里收录有刘采春6首诗歌，在唐朝泱泱诗国里，独树一帜。

成名后的刘采春，也像许许多多的艺人那样，最终沦落为达官贵人的玩物。在这里，不能不提一个人，他就是唐朝的著名诗人，时任越州（治所在今浙江绍兴）刺史、浙东观察使的元稹。此时的元稹从同州刺史转任越州刺史，兼浙东观察使，在这之前，他曾与著名女诗人薛涛相恋，并承诺迎娶薛涛。元稹上任后，原打算去蜀迎接薛涛，就在这时，越中歌伎刘采春自淮甸来越州。刘采春才情虽不及薛涛，但年轻貌美，元稹见了刘采春后，顿时忘了对薛涛的承诺，他舍弃了年已过四十的薛涛爱上了年轻美丽、能歌善舞的歌伎刘采春。

元稹素有"情圣"之称，在刘采春之前就与莺莺、薛涛有染，且始乱终弃，是情场老手。其实，元稹还经常出入青楼，刘采春的命运就可想而知了。

元稹在扬州结识刘采春之后，常常为刘采春捧场，凡刘采春演出，元稹必到场，对刘采春大加赞美。还不时邀刘采春到刺史府演出，想尽一切办法接近刘采春。此时的元稹，早已对抛弃莺莺、薛涛没有了愧疚。

为了把刘采春弄到手，元稹可谓费尽心机。而把刘采春弄到手后，他又巧施阴谋，把刘采春的丈夫周季崇支往万里之外的京城，以便自己长期独霸刘采春。

周季崇不是傻子，他知道自己的妻子被元稹霸占，可自己只是一介平民，斗不过位高权重的元稹，只好忍气吞声，远离家乡，远离妻子，眼不见为净。

可能是感激刘采春给他带来的床笫之欢吧，元稹写下了《赠刘采春》一诗：

新妆巧样画双蛾，漫里常州透额罗。

正面偷匀光滑笏，缓行轻踏破纹波。

言辞雅措风流足，举止低回秀媚多。

更有恼人肠断处，选词能唱望夫歌。

看看这首诗的最后两句，多么的露骨。自己霸占了别人的妻子，人家丈夫还没有吃醋呢，他自己倒吃起醋来，连望夫歌也不能唱了。在元稹看来，刘采春是他的情人，心里就只能想着他，供他一个人玩弄。

据说刘采春不堪屈辱，欲跳江自尽，以死抗争。元稹怕把事情弄大了，不好收拾，这才放手，结束了这段孽缘。

刘采春不仅是美貌的曲艺家和歌唱家，还是词曲作家。《全唐诗》收录了她的 6 首词曲，这在男权社会里可以说为数不多。对于刘采春的诗词，也存在着异议，许多学者认为，《全唐诗》里收录她的诗作，并不是她创作的，而是拿别人的诗词配曲歌唱。其实，这种对女性不平等、不信任、不尊重的待遇，许多女诗人都遭遇过。像薛涛、李冶、鱼玄机等人，不是遭到排斥，就是无端怀疑其作品的真实性。一些文人看到女人写诗，写出了流传甚广的好诗，要么怀疑，要么排斥，你的诗好，可我就是不收录你的作品。怀疑也好，排斥也好，但还是流传了下来，她们对文学的贡献，让人们记住了她们的名字。

刘采春的最终归宿，没有任何历史记载，我无从知晓。可以想象的是，她唱的曲子是唐朝那个时代最美的声音，感动并抚慰过许许多多寂寞孤独的心灵。是的，在那充满忧伤的岁月，当那一曲曲优美的歌声在耳边萦绕时，总有人为之动容，总有人为之鼓掌，总有人热泪盈眶。那些穿透人们心灵的声音，谁又能拒绝呢？

陆唐恋：雨送黄昏花易落

祖克慰

两个意气相投的才子佳人，为什么最终不能走到一起？

相爱的两个人，转瞬之间劳燕分飞，一个另娶，一个改嫁。

他一生的疼，他一世的悔，是那双没有握住的"红酥手"。

一滴清泪，从宋词里流出，流了八百年，缠绵悱恻了整个南宋文学史，流出了一个千古爱情传奇。

一

翻阅宋词，其实就是翻阅一部爱情史，温婉的、悲怆的、风流的爱情，一一展现在我的面前。那缠绵幽怨的爱情男女，一对对鲜活在宋词里，他们传奇的、浪漫的、忧伤的、悲怆的爱情，让我震颤与感动。我的目光，在宋词里寻觅，我突然看见陆游与唐婉，从八百年不堪的幽梦中翩然而至。

看见他们，我就会产生出莫名的伤感。我的记忆，突然回到了八百年前，那段不堪回首的岁月。陆游与唐婉，他们时时牵动着我脆弱的情感，让我流泪，让我心酸，让我愁肠百结。

我不明白，两个青梅竹马的恋人，两个意气相投的才子佳人，为什么最终不能走到一起。仅仅因为尼姑的一句"八字不合"，就断送了一世的姻缘。

女孩最喜爱的哲理美文

　　陆游与唐婉相识，始于少年时代，因为亲戚关系，两家交往甚多。唐婉自幼文静灵秀、善解人意，处处流露出大家闺秀的风范。陆游聪明好学、性情开朗，少年时便初显文采。两人年龄相仿，情意十分相投。两个天真无邪的少年，相依相伴，度过一段纯洁无瑕的美好时光。长期的相处，使两个不谙世事的少年，随着年龄的增长，爱的情愫，在两人心中渐渐萌芽了。

　　透过八百年岁月，我看到他们手挽着手，在竹林、花园里追逐，那也许是个夏天，我看见蝴蝶、蜻蜓在欢快地飞舞，还有几只鸟儿，在柳枝上欢快地吟唱；我看见他们倒映在池塘边的身影，相依相偎；我听见花丛中清脆的笑声和幸福的低语。我在俗世红尘里，静静地感受着八百年前的浪漫爱情。

　　青年时的陆游与唐婉都显示出非凡的才华，两人都擅长诗词，他们浪漫的爱情，是用诗词搭起的彩桥。两人常借诗词倾诉衷肠，花前月下，二人吟诗作对，互相唱和，丽影成双，宛如一双蹁跹于花丛中的彩蝶，眉目中洋溢着幸福和谐。

　　俊男与美女，才子与才女，青梅竹马的一对男女，可谓是鸾凤和鸣。两人的爱情，不仅得到两家父母的认可，在亲戚朋友的眼里，他们又何尝不是天造地设的一对。爱情，在人们的羡慕中，开出了花朵。很快，陆家送去了传家之宝——一只精美无比的凤钗作为订亲信物，为陆游与唐婉订下了这桩美满的婚姻。

　　宋高宗绍兴十四年，二十岁的陆游和表妹唐婉结为伴侣。那个夜晚，皓月当空，花好月圆，天空中飘游着缕缕乐声，那是喜庆的乐声，那是爱情的乐声。突然，月光渐退，飘起了蒙蒙细雨，在沙沙的细雨声中，那美妙的乐曲，依稀透着若有若无的悲愁。

　　八百年前的雨，飘洒在我的意念里，飘洒在我的想象中，那丝丝缕缕的小雨，拍打着我的心，我感到雨的沉重，沉重得让我顷刻间生出无端的愁绪。我总觉得，悲苦的爱情，似乎与雨有着不解之缘。在这个夜晚，在丝丝小雨漫天飘洒的夜晚，是不是在预示着什么？然而，沉浸在爱情的喜悦中，陆游与唐婉并没有想到，他们的爱情即将面临着的结局。

　　也许，陆游与唐婉的一段令人伤感的爱情故事，一曲让人清泪满襟的悲歌，就是从洞房花烛夜的那场细雨开始的吧！

二

世上最美丽的是花朵，但美丽的花朵经不住风雨的摧残，一阵风，一场雨，风雨过后，便是凋零的花瓣。陆游与唐婉的爱情，犹如美丽的花朵，风雨来了，很快就飘落了，那片片花瓣，在风雨中，如诉如泣。

婚后的陆游与唐婉，两人情深意真，伉俪甚笃，情爱弥深，在两个人的天地中，陆游犹如醉酒，始终没有醒来。沉溺于爱情之中的陆游，把什么科举课业、功名利禄、甚至家人至亲都暂时抛置于九霄云外。新婚燕尔的陆游流连于温柔乡里，根本无暇顾及应试功课。一心盼望陆游金榜题名的陆母，希望儿子登科进官，以便光耀门庭。而眼下的状况，令她大为不满，多次责令唐婉以丈夫的科举前途为重，淡薄儿女之情。但陆、唐二人情意缠绵，无以复顾，情况始终未见显著的改善。于是，陆母责令儿子休妻。

唐婉无法相信，相爱是一种罪名。更让她无法相信的是，爱她爱得醉生梦死的表哥，竟然不敢违背父母之命，在一纸休书上狠心地签下了他的大名。当初订婚的一只凤钗，见证了他们相爱时的两心相依，两情相悦；又见证了他们分开后的各自寂寞，各自飘零。

周密《齐东野语》中记载："陆务观初娶唐氏，闳之女也，于其母夫人为姑侄。伉俪相得，而弗获于其姑。"心心相印，生死相依的夫妻，只因"弗获于其姑"，却只能泪眼相望不相守，那曾经的生死相许，白头偕老，千山万水终不弃的誓言，被一纸无情的休书吹得烟消云散，从此寂寞梧桐，深深院里，空锁清秋。

其实，陆、唐的婚姻悲剧，并不仅仅是因为陆母担心儿子沉湎于儿女私情，忽视了学业。婚后的唐婉，一直没有为陆家生下一男半女，致使陆母大为不满。在封建社会里，"不孝有三，无后为大"的传宗接代理念深入骨髓，没有子女，是大不孝，这大概才是陆母逼儿休妻的真正原因。根据陆游自己在晚年的诗作（《剑南诗稿》卷十四）所载，两人的婚姻悲剧是因为唐婉不孕，而遭公婆逐出。对于陆游的这种说法，我不能认可，也许，这是陆游对自己软弱与不负责任行为的一种开脱。

休妻后的陆游与唐婉难舍难分，无法斩断情丝。为了能有机会与唐婉长相厮守，诉说相思之苦，陆游曾另择别院，悄悄安置唐婉。然而，纸里总是包不住火的，陆母察觉此事后，严令二人断绝来往，并为陆游另娶一位温顺本分的王氏女为妻，彻底斩断了陆、唐之间的悠悠情丝。《齐东野语》还记载："既出而未忍绝之，则为别馆，……然事不得隐，竟绝之。"

陆母不满陆游与唐婉婚事的真正原因，早已尘封在历史的烟尘之中不得而知，但两人劳燕分飞已成不争的事实。

多情自古伤离别。我无法想象，当唐婉含泪走出陆家大门时，那哀怨、忧伤的眼神是多么的无助，那孤独的身影是多么的苍凉；那一刻，是她一生的疼。透过八百年的时空，我仿佛看见花园里那飘落的花瓣片片殷红，我仿佛听见摇曳的竹林斑驳的碎片丢落了一地，我仿佛看见一滴清泪洒落在池塘里，溅起一朵朵浪花，化作泪雨。在"执手相看泪眼"里，我看见一朵娇艳的花渐渐枯萎，羽化成蝶。

陆游与唐婉的爱情悲剧，我始终认为，陆游是这场悲剧的主要角色。作为男人，陆游婚后长期沉湎于爱情的蜜汁中，不能自拔，荒废学业，这是悲剧的根源；新婚燕尔的陆游，在婚后很长一段时间内，亲近男欢女爱，疏远了母子之爱，使陆母在感情上难以接受；陆游与唐婉离婚后，迫于母命，很快与自己不爱的女人结婚，看似是孝道，实则是对爱情的背叛。如果陆游与唐婉离婚后，不急于结婚，不无情地斩断情丝，也许，他们终有破镜重圆，再续前缘的可能。因为一念之差，致使柔肠寸断，错成了红颜命薄；更让那牵牵绊绊，错成了千古遗憾！

唐婉在这场悲剧中，被爱情冲昏了头脑，对丈夫疏于督促。在那个时代，人们对出将入仕、光宗耀祖是十分在乎的，作为妻子的唐婉，只在乎与陆游的恩爱，而对陆游的前途漠不关心，没有尽到妻子的责任。没能处理好婆媳关系，是唐婉的最大失误。婚后的唐婉，因为太多的花前月下，耳鬓厮磨，渐渐疏远了婆母之间的感情。当感情出现裂缝时，她没能及时沟通修补，最终酿成悲剧。

是啊！哀伤的叹息，只能在独守空寂，心愁千载无处叙的时候才发出；眼泪，不适合在春花绮丽开放的季节里轻飘，只适合在花瓣凋零的那一刻滴落。美丽而忧伤的唐婉，你发出叹息的时候是不是寂寞的暗夜；你滴落泪水的时候，是不是片片落红飘飞的那一刻？

谁来告诉我？

张玉娘：独此弦断无续期

祖克慰

这是再版的《梁祝》。当心爱的人走了，爱就变成了一腔愁绪，变成了锥心刺骨的思念。为思念，她抑郁而终。

张玉娘死后，她的两个丫鬟霜娥与紫娥，一个因悲痛过度，忧伤而死，另一个也"自颈而殉"。她生前养的鹦鹉也"悲鸣而死"。

因为爱得太深，爱就成了绝唱。

一

她是一位才华横溢的女诗人，她的一生充满了传奇色彩，她就是宋代四大女词人之一的张玉娘。这个娇美的女子，演绎了一段回肠荡气、为情而殇的爱情故事。"梁祝"化蝶，让我们感叹；宝黛为爱伤情，让我们动情。然而，张玉娘为夫殉情的故事，却让我们久久无法释怀。这个充满传奇的女人，她虽"情独钟于一人，而义足风于千载"。但在她死后几百年时间里，被掩埋在历史尘埃中，鲜为人知。虽留存《兰雪集》两卷，在文学史上却没有给予应有的地位。

在写这篇文章之前，我对她十分陌生。我是在一个很偶然的时候，与她不期而遇，读着她那充满忧伤与凄美的词，我似乎触摸到了她跳动的脉搏。

在穿越七百多年的漫长时空，我借着微弱的烛光，看见一个满脸愁容的女子，带着一丝凄笑，从宋词中姗姗而来。

她就坐在我面前，我看见一张美丽的脸，那么白皙，那么细腻，那么端庄，带着江南女子的娟秀。这样的女人，让人看一眼，就知道是那种聪慧灵性的女人。我看着她，她的脸上尽管有点忧伤，但依然掩不住曾经的美丽。我知道，我所看到的只是我的幻觉中的张玉娘，但这就足够了。跨越七百多年，我们能够相见，能够面对面地进行交流，是不是也带有某种传奇色彩。我想是的。

张玉娘出生于宋淳佑十年（1250 年）一个仕宦家庭，其曾祖父名再兴，淳熙八年进士。其祖父名继烨，曾由贡元做过登士郎。其父名懋，字文翁，号龙岩，做过提举官。张玉娘字若琼，号一贞居士。有传记曰张玉娘天生丽质，聪慧异常，自幼饱读史书，博雅风华，尤其擅长诗词创作，且题材和风格广泛，风花雪月，金戈铁马。"所作文章诗词震惊一时"。后人著书称张玉娘"时人以班大家（班昭）比之"。

少年时的张玉娘，家境富足，生活悠闲自在、无忧无虑，度过了一段颇为快乐的幸福时光。在两位丫环霜蛾、紫娥的陪伴下，踏芳郊、赏桃花、荡秋千、填诗词。古松阳的许多名胜古迹如迤逦的松荫溪、恢宏的延庆寺、道气森森的卯山等，都留下了她青春年少时的足迹。

宋朝那个时代，倡导的依然是女子无才便是德，因此，许多女子，大都幽居深闺，足不出户，描龙绣凤，做些针线活，而后嫁作人妇，相夫教子，终老一生。张玉娘虽居深闺，因是官宦之家，家中藏有很多史书，闲暇之时，经常读书，家中经史图书遍览无余，父亲是个开明人士，看她喜好读书，还请了宿儒名师教读指点，使她接触了很多书本之外的知识。这就使她虽久居深闺，却遍知天下之事，从而为她后来的诗词创作超脱闺阁之气奠定了基础。

在她十五岁那年，她认识表哥沈佺，一个才貌双全、气质脱俗的青年。沈佺与她家是远房表亲，两家相距不远，而且双方都是官宦之家，门当户对。也就是这一年，青梅竹马，两小无猜的表兄妹定下了婚约。订婚后，两人交往频繁，或谈论诗文，或弹琴下棋，或吟诗作画，感情十分融洽，如胶似漆。

宋度宗五年，南宋江河日下，濒临灭亡，战乱四起，沈佺的祖父辞官归乡，沈家家道中落。这一年，沈佺十九岁，也就在这一年，沈佺父母不幸突然双亡。国家山河破碎，摇摇欲坠，人心思危；家庭支离破碎，面对腐败无能的朝廷和日益破败的家庭，沈佺无意功名。然而，玉娘的父亲张懋见沈家没落，产生了悔婚之意，决定收回婚约，择婚另嫁。玉娘知道后，十分伤心，誓死不从。张父无奈，寄书与沈佺说："欲为佳婿，必待乘龙。"

为了自己心爱的人，为了玉娘的一片真情，沈佺发愤读书，三年时间，学业大进。进京赶考之前，两人海誓山盟，玉娘以诗歌相赠，表达自己的誓约与真爱。这就是张玉娘的《山之高》一诗：

山之高，月出小。月之小，何皎皎！我有所思在远道，一日不见兮，我心悄悄！

采苦采苦，于山之南。忡忡忧心，其何以堪！汝心金石坚，我操冰雪洁。拟结百岁盟，忽成一朝别。朝云暮雨心云来，千里相思共明月！

元代诗文家、学者虞伯生认为《山之高》有诗三百（即《诗经》）之遗风，"可与《国风·草虫》并称，岂妇人女子之所能及耶！"此诗广被传诵，大有洛阳纸贵之势，可见当时人们对女诗人的喜爱。

宋度宗九年（1271 年），沈佺金榜题名，得中榜眼，时年二十岁。然而，由于奔波劳累，加上生活拮据，营养不良，沈佺不幸患上伤寒，因为无钱，没有得到及时治疗，回家一病不起。玉娘得知消息，心中十分悲伤，她写信告诉沈佺："不偶于君，愿死以同也！"明白告诉他，你死了，我也不独活，鼓励沈佺战胜疾病。

沈佺看到玉娘的信，欣喜不已，玉娘的痴情让他深为感动，在病中，他写下了他人生唯一的一首诗《病中赠张玉娘》：

隔水度仙妃，清绝云争飞。

娇花羞素质，秋月见寒辉。

高情春不染，心境尘难依。

何当饮云液，共跨双鸾归。

这是多么美好的希冀，可是希冀再美好，也只是虚无的。泪长流，肝肠断。终敌不过寒疾煎熬，与心爱人儿长别离。

沈佺死后，玉娘临帏恸哭，矢志守节，作诗《哭沈生》，以示悼念：

中路怜长别，无因复见闻。

愿将今日意，化作阳台云。

二

张玉娘与沈佺的爱情，可以说是惊天地、泣鬼神。他们只有夫妻之名，却没有夫妻之实。如果仅仅是恋人，没有锥心刺骨的爱，张玉娘绝不会如此的痴情，也不可能因爱而殉情。张玉娘的一腔真情，今人是如何也做不到的。读着张玉娘，我们是不是感到有点汗颜。

沈佺走了，张玉娘的心也碎了。沈佺的早逝，成了她生命中永远的疼。沈佺，是她挥之不去的影子，时常萦绕在她的心中，越来越清晰。她知道，她之所以活着，并不是眷恋这个令她厌倦的世界，沈佺离去了，她的灵魂无以寄托，没有了沈佺，活着，就没有意义。可她知道，她的生命不属于她，为了父母，她还要活下去。即使这样的活法，对她来说是痛苦的。

父母看到女儿终日郁郁寡欢，人也变得越来越憔悴，十分心疼。为了转移女儿对沈佺的思念，决定给女儿另觅佳偶，就托人给她说了一门亲事，玉娘知道后，断然拒绝，誓死不见。她对父母说："女所以不死者，因有双亲耳！"为了表达自己坚贞的爱情，她写下了《白雪曲》，以铭心志：

帘白明窗雪，风急寒威冽。

欲起理冰弦，如疑指尖折。

孏帏眠不稳，愁重肠千结。

闲看腊梅梢，埋没清尘绝。

思念是痛苦的，这种痛苦，是无法驱逐的。她常常一个人独坐在闺中，悄悄流泪，连她自己都不知道，那泪为什么说流就流，总也控制不住。她一流泪，丫鬟紫娥、霜娥也跟着流泪，常常是三个人哭作一团。为了让她释放出对沈佺的思念之情，丫鬟紫娥、霜娥陪同着她，在松阴溪畔游玩。然而，故地重游，她就会想起与沈佺一起游玩松阴溪畔的情景。年年岁岁景相似，岁岁年年人不同，泪水禁不住又流了下来。

更多的时候，她独坐闺房，一遍又一遍地抚琴，琴声袅袅，如诉如泣。那琴声，是她无言的倾诉；那琴声，是她痴情的宣泄；那琴声，包涵着多少寂寞与忧伤。悲伤起，长泪流，琴弦断，于是，和着泪水，写下了一曲《瑶瑟怨》：

凉蟾吹浪罗衫湿，贪看无眠久延立。

欲将高调寄瑶琴，一声弦断霜风急。

凤胶难煮令人伤，茫然背向西窗泣。

寒机欲把相思织，织又不成心愈戚。

掩泪含羞下阶看，仰见女牛隔河汉。

天河虽隔女牛情，一年一度能相见。

独此弦断无续期，梧桐叶上不胜悲。

抱琴晓对菱花镜，重恨风从手上吹。

因为思念，多少个夜晚，她无法入眠。明月高悬时，她披衣而起，缓缓移步院中，怅然抬头凝望，皎皎银河如辉。此时此刻，她想到牛郎、织女，两人虽然隔着渺渺银河，但毕竟还有相会的那一天。可自己呢？阴阳相隔两重天，沈佺与她，天上人间，永无相会之日。于是，她把痛苦、悲伤、哀愁化作了一首《水调歌头》：

素女炼云液，万籁静秋天。琼楼无限佳景，都道胜前年。桂殿风微香度，罗袜银床立尽，冷侵一钩寒。雪浪翻银屋，身在玉壶间。玉发愁，金屋怨，不成眠。粉郎一去，几见明月缺还圆。安得云鬟彻骨，飞入瑶台云阑，兔鹤共清全。窃取长生药，人月共婵娟。

其实，张玉娘也明白，沈佺走了，再也回不来了，愁又如何？思念又如何？太多的愁太多的思念也无法唤回自己心爱的人。可她控制不住自己不去想，更无法控制自己内心的思念。她只要闭上眼睛，就会看见沈佺。这一生，自己离开沈佺，只能是一只孤独的大雁。思念，只能让她借诗浇愁，然而，借诗浇愁愁更愁。

这一时期，她的诗词写法细腻，婉约，多写离愁别绪，情思绵绵。读她的诗词，像一帘绵绵的细雨，像一片片飘落的秋叶，像夜幕中传来的一缕哀怨的箫声，弥漫着浓浓的悲伤和愁绪。可以说，这些诗词都是词中极品。词如其人，从她的词中我们能够窥见一位朴实清丽的痴情女子的形象来。看看这首《玉女摇仙佩·秋情》：

霜天破夜，一阵寒风，乱渐入帘穿户。醉觉珊瑚，梦回湘浦，隔水晓钟声度。不作高唐赋。笑巫山神女，行云朝暮。细思算、从前旧事，总为无情，顿相辜负。正多病多愁，又听山城，戍笛悲诉。强起推残绣褥，独对菱花，瘦减精神三楚。为甚月楼，歌亭花院，酒债诗怀轻阻。待伊趋前路。争如我双驾，香车归去。任春融、翠阁画堂，香霭席前，为我翻新句。依然京兆成眉妩。

　　长期的忧伤，使她的精神处于崩溃的边缘，整日神情恍惚。南宋景炎元年（1276年）的元宵佳节，这一天，是个灰色的日子。因是元宵佳节，江南特别的热闹，在丫鬟紫娥、霜娥的陪同下，前去观灯。看到成双成对的红男绿女，携手款款而来，她突然就想起与沈佺在一起观灯的那一幕幕，禁不住泪水盈眶。

　　回到家中，玉娘一个人独坐灯下，迷迷糊糊的就睡着了。在梦中，她梦见了自己和沈佺来到了松阴溪畔，他们手挽着手，缓缓而行，边走边切磋着诗艺。在一片花草丛中，沈佺突然摘下一朵鲜花，插在她的头上，沈佺站在她的面前，含情脉脉地看着她，她的脸上顿时飞出两片绯红。就在这时，沈佺走到她的跟前，在她的脸上轻轻地吻了一下，她感到有点眩晕，浑身软绵绵的，那感觉有点醉了。

　　似乎是有一股凉风拂过，她打了个冷战，半醒半睡中，她看见沈佺站在面前，她喊了一声，沈佺没有答应，她跑过去，想拉着他的手，可就那一步之遥，怎么也拉不着。突然，沈佺不见了。她大呼一声："沈郎！等等我。"丫鬟紫娥和霜娥听到她的喊叫，急忙跑过来，惊问："小姐，怎么了？"玉娘对紫娥、霜娥说："我梦见沈郎了，他很孤单，要我陪他，我去意已决，去寻沈郎！"自此以后，张玉娘一病不起，并开始拒绝进食。一月之后，玉娘香消玉殒。

　　据说，张玉娘死前，告诉父母，沈佺是她一生所爱，但愿生不能同枕，死能同穴。为了完成女儿的心愿，在征得沈家同意后，将玉娘与沈佺合葬一处，完成了女儿生前的意愿。

　　又据说，玉娘死后一个月，她的丫鬟霜娥因悲痛过度，忧伤而死；另一个丫鬟紫娥也"自颈而殒"。张玉娘生养的鹦鹉也"悲鸣而死"，场景十分凄惨，令人震惊。张家感念霜娥、紫娥对玉娘的忠心和鹦鹉的灵性，将紫娥、霜娥葬在玉娘的墓左，鹦鹉葬在墓右，时人称此墓群为鹦鹉冢。如今，松阳县人民医院旁边，有一处用栅栏围起的小小绿茵，里面有一石碑、一古井，碑即为"鹦鹉冢"碑，井即为"兰泉"，昭示着南宋末年那段传奇爱情与不堪回首的往事。

三

张玉娘死了，再多的悲哀，唤不起她二十七岁的青春年华，她静静地躺着，躺在她梦寐以求的那片土地上，化成了泥土，或者是一只蝴蝶。但她的诗词没死，她忧国忧民的爱国主义精神没死，她那充满传奇色彩的爱情没死。尽管，她在死后沉寂了几百年，但最终还是得到了世人的认知，这不能不说，她是一个伟大的诗人。

今天，张玉娘从宋词中走出来，以她栩栩如生的姿态走进了我的灵魂深处，让我感慨不已。我想，在我之前，一定有许多先人，像我一样，在感慨声中，穿越时空，把一首首叹息了七百多年的诗词传诵下来。我还想，在我之后，还会有更多的人，他们读着那诗与词，唏嘘流泪。因为，有些东西，它是不朽的。

我们今天能了解张玉娘，有两个人不能不提。一个是元朝中叶的著名词人虞伯生，宋亡后，张玉娘的《兰雪集》一卷流落民间，后辗转传入京师，虞伯生读过《兰雪集》后，对词人张玉娘那语言清丽，善用比喻，用典含蓄委婉，意境出尘的诗词大为赞赏，给予了很高的评价。他认为张玉娘的诗词"可与风、雅、颂并称，岂妇人女子所能及耶！"第二位就是清顺治年间的著名的剧作家孟称舜，这个以《娇红记》《桃花人面》《残唐再创》等剧作闻名于世的剧作家，在松阳任训导期间，偶得张玉娘遗稿《兰雪集》两卷，他为张玉娘的忠贞不二的爱情所感动，更为她的卓绝才华所折服，出资为她修墓建祠。并历时七年，于顺治十三年初，在南京雨花僧舍完成了《张玉娘闺房三清鹦鹉墓贞文记》。至此，张玉娘才为世人所知晓，并被誉为宋代四大女词人之一。

张玉娘之所以为世人所铭记，被誉为宋代四大女词人之一，一是她具备了常人所不具备的忧伤气质。她是一代才女、情女、贞女，更是绝代忧女。她心性伤感，骨子里透着冷峭，性格里闪着林黛玉的影子，正是她的这种性格，造就了她独有的文学才华，写出了令人愁断肝肠的诗词。二是她具备了很多女人所不具备的忧国忧民的男儿气概。张玉娘生活在南宋即将亡国之时，她身在兰闺，心驰烽火边关，关心国家和百姓的命运。这从她的《从军行》《塞上曲》《塞下曲》等诗篇里可以看到，那激昂慷慨，充满阳刚之气，表达了她崇敬烈士、爱国忧民，愿赴疆场保家卫国的决心和情怀。看似弱女子，其实伟丈夫！

那么，我们就看看她的《塞下曲》：

寒入关榆霜满天，铁衣马上枕戈眠。

秋生画角乡心破，月度深闺旧梦牵。

愁绝惊闻边骑报，匈奴已牧陇西还。

从这首诗中，我们看到了宋朝国力衰弱、战事连连、山河破碎、民不聊生的景象，也看到了作者忧国忧民、痛恨战争的情怀。在《兰雪集》中，反映战争的诗句比比皆是。如"慷慨激忠烈，许国一身轻。愿系匈奴颈，狼烟夜不惊"等等。后人评论张玉娘的诗清丽绝俗不亚于李清照，缠绵深婉不亚于朱淑真。

几百年后的某个夜晚，我坐在电脑前，轻轻敲击键盘，那些跳动在荧屏上的字符，组成一首首词，似乎在诉说着什么。可我无法读懂，因为我知道，我的理解是那么浅显，那么粗陋。就在这时，我看到窗外的一轮新月，忽隐忽现，月光下，我突然听见了一个女人的浅吟低唱。我抬起头，看见一个女子，满脸忧伤。

梁实秋与女明星闪婚

史飞翔

　　话说有一年中秋节前后的一天，徐志摩匆匆跑到梁实秋家里，贴着梁实秋的耳朵轻声说："胡大哥（指胡适）请吃花酒，要我邀你去捧捧场。你能不能去，先和尊夫人商量一下，若不准你去，就算了。"梁实秋听后问他要不要叫上努生（即罗隆基）。当时罗隆基和夫人张舜琴住在梁实秋的隔壁。他们夫妻感情不和，时常吵架、打斗，有时竟闹至半夜。张舜琴多次哭哭啼啼地跑到梁实秋家里来诉苦。梁实秋的夫人程季淑总是要劝说安慰几句，送她回去。正是因为这个原因，徐志摩说："我可不敢，河东狮子吼，要天翻地覆，惹不起。"于是梁实秋便上楼去告知程季淑。没想到程季淑一口答应，笑嘻嘻地说："你去嘛，见识见识。喂，什么时候回来？"梁实秋立即说："当然是吃完饭就回来。"由此可见程季淑对梁实秋是十分信赖的。

　　胡适为人豪爽，喜结交朋友，平日应酬也未能免俗。这次，他照例摆了一桌。梁实秋入席后，胡适要每人写字条召唤平素跟自己相好的姑娘来陪酒。梁实秋无此嗜好，一时大窘。胡适便说"由主人约一位吧"。于是，约来了一位坐在梁实秋身后陪酒，梁实秋感到很不自在。饭后又安排打牌，梁实秋无心参与，立即告辞回家。回到家里，程季淑笑着问梁实秋："怎么样？有什么感想？"梁实秋便告诉她："买笑是痛苦的，因为侮辱女性，亦即是侮辱人性，亦即是侮辱自己。"梁实秋认为,男女之事若没有真的情感在内,是丑恶的。这是梁实秋在上海期间唯一的一次体验,以后便再没有这样的事了。

1930年夏,梁实秋的个人生活又出现了一个小插曲。有一天,徐志摩打电话给梁实秋,没头没脑地在电话里大声说道:"你干得好事,现在惹出祸事来了!"一听之下,梁实秋顿时大吃一惊,立即反问徐志摩是什么事。徐志摩说,上海商务印书馆的黄警顽受其友人某君委托,替其妹做媒,对象是梁实秋,请问他梁实秋意下如何。

梁实秋听了徐志摩所说的,莫名其妙。他说:"你在做白日梦,你胡扯些什么?"

徐志摩说:"我且问你,你有没有一个女学生叫×××?"

梁实秋说:"有。"

徐志摩说:"那就对了。现在黄警顽先生来信要给你做媒,并且要我先探听你的口气。"

梁实秋告诉徐志摩:"这简直是胡闹。这个学生在我班上是不错的,我知道她的名字,她的身材面貌我也记得,只是我从来没有机会和任何男女生谈话。"

徐志摩在电话中最后说:"好啦,我把黄警顽先生的信送给你看,不是我造谣。你现在告诉我,要我怎样回复黄先生?"

梁实秋不假思索地对徐志摩说:"请你转告对方,在下现有一妻三子。"说完,便放下了话筒。

梁实秋一生最引人争议的地方莫过于他的"黄昏恋"。1974年4月30日上午10时半,梁实秋与夫人程季淑手拉着手到他们家附近的一家市场去买午餐。不料市场门前的一个铁梯忽然倒下,刚好击中程季淑的头部。尽管当时就送医院急救且动了手术,但还是未能救治,程季淑与世长辞,终年74岁。

程季淑突然因故辞世对梁实秋打击很大,他觉得自己像一棵树,突然一声霹雳,电火烧毁了半截树干,还剩下半株,半株虽有叶,还活着,但是已无生气了。"形影不离,五十年来成梦幻;音容宛在,八千里外吊亡魂。"仅凭这副对联我们就不难看出梁实秋对于这位与他相濡以沫了大半辈子的结发妻是何等的一往情深。不仅如此,他还于同年8月29日写成了《槐园梦忆》一书,以此表达对亡妻的悼念。据说,当时读过此书的人都"赞叹这位大师对爱情的忠贞，婚姻的严肃……"。

　　但是谁也没有想到此后不久，1974 年 11 月，一个偶然的机会，梁实秋结识了小他 30 岁的台湾著名歌星韩菁清，两人一见钟情并坠入爱河。从 1974 年 11 月 27 日在台北相识，到 1975 年 3 月 29 日梁实秋从美国返回台北，短短 124 天，梁实秋居然向韩菁清写了 125 封情书。据韩本人讲梁实秋的这些情书："写得非常细腻、纯真，但一点都不俗气，不肉麻。他的情调很高雅，像他的《雅舍小品》那样，写得实在很好，不但真挚，而且有才气闪烁于字里行间。每封都写得很好，有个性、有真情、有深度、有趣味，而且老练简洁。"对于梁实秋的这场"闪婚"，人们大多表示反对，甚至有人大骂梁实秋"负心""晚节不检点"。就连梁实秋的女儿梁文蔷也深感忧虑，她担心梁实秋将来的遭遇，直言忠告："年老体衰，未必能长久满足对方，届时怎么办？"梁文蔷之所以有这样的担忧完全是出于对父亲的真心爱护。因而，梁实秋被感动得哭了。

　　面对世人的偏见、阻挠和干扰，梁实秋不为所动。他向韩菁清表示："没有什么事情，包括过去、现在、未来在内，能破坏我们的爱情与婚姻。我爱你，是无条件的、永远的、纯粹的、无保留的、不惜任何代价的。……我更爱你、更同情你、更了解你、更死心塌地的决心与你婚后厮守一生。"

　　相识 5 个月，相思 60 天。1975 年 5 月 9 日（原本为 4 月 6 日，因蒋介石 4 月 5 日去世，故延期），72 岁的梁实秋终于如愿以偿地娶到了小他 30 岁的韩菁清。此后两人一起共同生活了 12 年，直到 1987 年 11 月 3 日，梁实秋因心肌梗塞病逝于台北。

读《活着》

陈树义

以哭的方式笑，在死亡的伴随下活着。

作者余华这样解释"活着"：活着，在我们中国的语言里充满了力量，它的力量不是来自于叫喊，也不是来自于进攻，而是忍受，去忍受生命赋予我们的责任，去忍受现实给予我们的幸福和苦难、无聊和平庸。

所以《活着》的主人公徐福贵在谈到死去的亲人的时候，"眼睛里流露出了奇妙的神色，分不清是悲伤，还是欣慰"。徐福贵活着，好像就是为了看着身边的人一个个死去。在这出关于死亡的戏剧上演之前，他夜以继日地吃喝嫖赌，终于在一夜之间由阔少爷变成一文不名的穷光蛋，而他的父亲，在亲手处理掉所有的田产之后，死于由老宅迁到茅屋的当天。破败前的少爷不懂得伤心，而破败后的福贵没资格伤心，因为他已经成了佃农，种着曾经属于自己的五亩田地。此后的日子里，他亲手埋葬了自己的儿子、女儿、妻子、女婿和年仅7岁的外孙苦根。他身边的人一个个死去了，而他却没有这种"幸运"，他只能活着，因为这是他的命运。一头牛在犁完所有该犁的地之前，一个人在挑足他应挑的担子之前，上天是不会让他的生命提前逃离的。

在失去了其他的亲人之后，福贵与苦根相依为命，他们共同的心愿就是攒钱买一头牛。钱终于攒够的时候，苦根却已经死了。福贵一人买回了牛。

那本来是一头将要被宰杀的濒死的老牛，它已经干了很多活受了很多罪，就算不杀它恐怕也活不长了，但是，因为不愿看着老牛在哭，早已不再会哭的福贵买下了它，给它起个名字也叫福贵。

一过10年，"两个老不死的"——徐福贵和老牛福贵——居然都没有死，他们活着。福贵赶着福贵去犁田，在吆喝福贵的时候嘴里也喊着所有死去亲人的名字，好像他们也都是些驾着轭正在埋头犁田的牛。

生活就是人生的田地，每一个被播种的苦难都会成长为一个希望。他们就是我们自己的双手，不管身上承受着什么，不管脖子上套着什么，不管肩上负载着什么。

《活着》是一篇读起来让人感到沉重的小说。那种只有合上书本才会感到的隐隐不快，并不是由作品提供的故事的残酷造成的。毕竟，作品中的亡家、丧妻、失女以及白发人送黑发人这样的故事并不具备轰动性。同时，余华也不是一个具有很强煽动能力的作家，实际上，渲染这样的表达方式是余华一直所不屑的。余华所崇尚的只是叙述，用一种近乎冰冷的笔调娓娓叙说一些其实并不正常的故事。而所有的情绪就是在这种娓娓叙说的过程中悄悄侵入读者的阅读。这样说来，《活着》以一种渗透的表现手法完成了一次对生命意义的哲学追问。在后来相当长一段时间内，以现实主义为标榜的中国主流文学评论，对《活着》给予了尖锐的批判。例如：认为作者将主人公福贵最终的活着类比为一种类似牲畜一般的生存，并予以唾弃。但是，随着时间的推移，市场，尤其是当海外市场对《活着》给予了高度评价后，有关《活着》的另外一些见解渐渐出现。例如：《活着》是繁花落尽一片萧瑟中对生命意义的终极关怀，福贵的命运昭示着人类苦苦追寻的一切不过虚妄而已，结尾那个与福贵同行的老牛暗示一个令高贵的人难以接受的事实：其实人真的只是一种存在，它和万物一样并无意义。追寻、探究的本质不过是一个大笑话而已等等。

事实上，后一种可能性是非常大的，因为余华在冰冷中叙述残酷是他的拿手好戏。他就像一个熟练的外科医生慢条斯理地将生活的残酷本质从虚假仁道中剥离出来一样，《活着》用一种很平静、甚至很缓慢的方式，将人们在阅读时可能存在的一个又一个向好的方向发展的幻想逐个打碎。这样就会有一个结局：人们就对此书留下了深刻印象。因为阅读是一次心理的恐惧经历。

实际上，这又暗示了中国文学的另外一个事实：以现实主义做口号的现实主义其实是最不敢面对现实的。比如：本质上，人本身除了活着以外，并无任何意义。那么如果一定要赋予意义的话，那么唯一可以算作意义的，恐怕只有活着本身了。《活着》的伟大可能恰恰源于这里。

也正因如此，《活着》就明确了一个内容，活着在一般理解上是一个过程，但是，活着本质上其实是一种静止的状态。余华想告诉读者：生命中其实没有幸福或者不幸，生命只是活着，静静地活着，有一丝孤零零的意味。

读刘震云《一句顶一万句》

陈树义

诗人金所军在微博上说，《一句顶一万句》后半部写到了沁源、屯留、襄垣、长治县，觉得亲切。

为感受这亲切，我两去书店。头一次服务生说，书脱货了。于是留下电话并告知：书一到即发短信。几天后书到了，于是沉浸在《一句顶一万句》中不能自拔。

读完全书，亲切没见着踪影，孤独却愈来愈甚！

《一句顶一万句》全书没有从一而终的故事情节，没有惊天动地的大事件，更没有居功至伟的大人物。事件不过"一地鸡毛"，人物不过"三教九流"，甚至是不入流、命如草芥的小人物：卖豆腐的、剃头的、杀猪的、驴贩子、喊丧者、染布的、提刀杀人者……他们各自粉墨登场，柴米油盐酱醋茶，成为作者刘震云阐释小说题旨的重要角色和故事载体。

书中人物虽也有"所居"，但我们看到更多的是随着故事情节的更迭，人物迤逦登场，又都饱受"在路上"的枯寂、贫寒的折磨、找寻"说得着话"的人的漫漫精神长旅。生命之路幽邃苍茫，此"路"既是时间的漫途，也是串起本书故事起点、终点的线索。

杨百顺（后来易名叫杨摩西、吴摩西）第一个出场，河南延津人，家境困窘，父亲靠卖豆腐、凉粉谋生。杨百顺，身处社会最底层，名字和性格暗合——"百顺"，字面含义即缺少主见，亦无叛逆精神。他是延津县的土著，对延津的人和事是相当熟稔的，他的"百顺"，又异于延津生活的"他者"，他缺少小市民的世俗、市侩和狡黠，杨百顺的坦诚在别人看来，有点似不谙世事的"迂"。而恰恰是他的"迂"，在他内心便有了对坦诚、真实的追求。他苛求友情，然而，在现实生活中，友情是非常奢侈的，到头来，孤独无助的他只有一个能"说的上话"的养女巧玲（后被人贩子自河南延津贩至山西襄垣曹姓人家，更名为曹青娥）。

刘震云将其作为本部小说的线索和核心人物，煞费苦心。一则杨百顺具有文本的"典型"意义，能够代表一个社会群体的某些特征；二来则是从小说结构来体现的——以人物的嬗替抻开故事，这点颇似中国古典章回体小说体例。

小说分上、下两部分，上部为"出延津记"，下部是"回延津记"。在小说的上部，杨百顺要肩承本小说三分之二的叙事任务。杨百顺与后来的杨摩西磨过豆腐，杀过猪，染过布，挑过水，种过菜，揉过面蒸过馒头，贩过葱；从少年时代结识了老李、老段、老裴，青年时拜师老曾等等各色人物，后"入赘"寡妇吴香香为夫（婆亲后的百顺随妻姓改名为吴摩西），他把结识的朋友都视作知己。吊诡的是，"他把别人当朋友，别人压根不把他当回事"，他时常受到奚落、耍弄，甚至背弃。更让人大跌眼镜的是，和吴摩西关系最"铁"的邻居老高，居然和自己老婆吴香香数年如一日的通奸，他竟然丝毫不知情——人与人之间"隔"得实在太远。难怪谭嗣同曾说，在所谓"五伦"当中，"于人生最无弊而有益者"的，就是朋友。他认为朋友关系有三个特点："一曰平等，二曰自由，三曰节宣惟意，总括其义，曰不失自主之权而已矣。"坦言之，朋友何其难得！且不论西谚所说的"急需或困乏时的朋友才是真正的朋友"的蕴义，即便欲寻求一般意义上的朋友，也如蜀道之难。这部小说的最后，堪为吴摩西朋友的只有养女巧玲。为了寻找丢失了的巧玲，吴摩西不惜离开家乡走出延津，踏上了"在路上"孤独的行程。而在下半部"回延津记"中，吴摩西的养女曹青娥的儿子牛建国，为了摒弃孤独找寻"说的上话"的朋友，一步一步走回延津，也延宕了一段"在路上"孤寂的路程……

　　《一句顶一万句》标志着刘震云基本完成了对此前叙事的由繁到简、由张扬到内敛、由奢侈到朴实的转变。在该作中，我们的确可以感受到《水浒传》等传统叙事的影子，甚至也有赵树理的口吻："沁源县有个牛家庄。牛家庄有个卖盐的叫老丁，有个种地的叫老韩。"如此返璞归真的叙述语言，洗尽铅华，饱经沧桑，筋道耐嚼，它是知天命的刘震云长期摸索的结晶。这部小说我曾仔细地读过两遍，读完之后，心中百感交集，可又不知从何说起。它就像这土地本身，你抓一把它是土，扔下去还是土，泥土般的叙述，泥土般的人物，没有时代风云际会，也没有百年历史传奇，波澜不惊、从容淡定、老老实实、细细道来，把最底层、最本色、最民间的五行八作、三教九流的百姓的日常生活叙写得有声有色、魅力无穷。如果说，《水浒传》主要叙写的是江湖的英雄传奇，赵树理叙写的是解放区农民的翻身道情，那么，刘震云则主要叙写的是底层百姓日常生活的琐碎庸常状态。把这种日常琐碎庸常的状态如实地、细致地叙写出来，语言的功力是可想而知的。我觉得，《一句顶一万句》的叙事语言是刘震云继赵树理、孙犁、汪曾祺之后，对现代汉语文学的又一贡献。

　　与这种本色、素朴、凝练的叙事相对应的是作品所表现出来的深刻繁复的思想。小说继承了刘震云一贯的对"说话"的哲思。"说话"实际上是十分困难的，这其中具有两层含义。一是人和人沟通的困难，知心话难说，知心朋友难找，这是人的孤独的处境。然而刘震云所写的孤独并不是知识分子的孤独，而是百姓日常生活的孤独。正如雷达所说的："这种作为中国经验的中国农民式的孤独感，几乎还没有在文学中得到过认真的表现。"(《〈一句顶一万句〉到底要表达什么》) 写孤独、写人的隔膜，是刘震云一贯的主题，所谓的"面和心不合"，人与人的不可沟通，早在"新写实"阶段就开始写了。到了《手机》，刘震云进一步强化了这一主题。《一句顶一万句》把这种孤独、隔膜推广到底层百姓的日常生活，写百姓日常生活的孤独，是人类共同面对的本源性孤独。这种孤独与生俱来，是人的生存的一部分，是不可克服、不可更易的。传教士老詹40年传教，只在延津发展了八个信徒，第九个"信徒"杨百顺，其实也不是真信主。"话同意不同"，杨百顺稀里糊涂地变成杨摩西，进而又成为吴摩西，但他并没有如老詹希望的，像摩西带领以色列人出埃及那样，把深渊中的延津人带出苦海，而是在孤独的苦海中自我挣扎，这种挣扎没有任何自觉的理性意识，完全出自一种生存的本能。对女儿巧玲的寻找，使他走出延津。"你从哪里来，你到哪里去"这句充满玄机的话语，在吴摩西那里，具有了实实在在的生存论意义。多年以后，巧玲（曹青娥）的儿子牛建国，遇到的仍是同样的问题：同样的孤独、同样的生存困境、同样的人生遭遇。为克服这孤独，他东奔西走，最终踏上回延津的道路，一出一回，恰恰是一种"轮回"。刘震云在此要揭示的，正是对人类生存的根本处境的洞透与了悟。孤独只是这根本处境的伴生物而已。

"说话"困难的另一层含义则是"言说的困境"，当我们试图言说世界的时候，这个世界其实是很难说清楚的。一句话顶一万句话，为了讲清这一句话，你必须用另一句话解释这一句话，而这一句话又需要解释，以此类推，以至于无穷，最终，人的言说只能是一堆废话。刘震云在这部小说的叙述中，枝杈蔓生，一件事能扯出十件事，一个人物后面又套着几个人物的这种文体形态，正是言说困境的体现。世界的繁复和不可穷尽，不是语言能够说清楚的。然而，人类又有着强烈的言说世界的欲望，我们固执地相信肯定有一句可以揭示世界真相的"话"的存在，于是，寻找几乎是人与生俱来的本能。"出延津记"的杨百顺—杨摩西—吴摩西要寻找的是这一句话，"回延津记"的牛建国要寻找的也是这一句话，但最终，还得找——在路上，这是人类命定的渊薮。杨百顺—杨摩西—吴摩西—罗长礼的名字的变迁，是否象征性地预示了人类寻找的无望，最终只能给自己"喊丧"来结束这孤独的命运呢？至此，刘震云以最朴实的叙述言说了最形而上的命题，小说真正做到了"状难写之景如在眼前，含不尽之义现于言外"的审美境界，因此，我完全赞成把《一句顶一万句》看作是迄今为止"刘震云最成熟最大气"的作品的评判。

刘震云本人谈及《一句顶一万句》时说："痛苦不是生活的艰难，也不是生和死，而是孤单，人多的孤单。"（3月18日《新京报》专访），这一点和山西大同作家曹乃谦的小说主旨迥异，曹乃谦笔下的农民完全困顿于生理本能——饥饿和性饥渴，曹乃谦"温家窑"系列小说的主题无不指涉性饥渴和饥饿。然而，刘震云认为，"'历史'和'社会'只是他们所处的表象。"历史的"真相"可能是被遮蔽的"真相"，呈现出来的"事实"常常是矜夸和装饰的"事实"。正如《一句顶一万句》中的人物杨百顺、老李、老裴、屠户、吴香香等等，按通常的眼光来看，草根人物除了衣食之忧，还能有什么烦恼呢？

古语尚有"人为财死，鸟为食亡"的说法。刘震云严厉地批评了当下中国作家的狭促和武断，"一写到劳动大众，就充满了怜悯和同情，就像到贫困地区进行了一场慰问演出，或者把脓包挑开让人看……"

英雄赞歌

常大利

那天读报，读到黑龙江省七台河市桃山分局局长和副局长勇擒杀人凶犯和黑龙江省鸡西市哈达边防派出所所长只身勇斗身绑炸药的歹徒，救出两名人质的事迹。这些都是英雄的事迹，他们都是活着的英雄，让我感动，让我赞叹。其实，我从小就崇拜英雄，像古代的花木兰、梁红玉、岳飞、戚继光、郑成功、文天祥、成吉思汗等，以至于项羽，虽说自刎于乌江，却也称为一代英雄。还有近现代的英雄邓世昌、秋瑾、林祥谦、夏明翰、方志敏、吉鸿昌、赵一曼、杨靖宇、刘胡兰、董存瑞、黄继光、杨根思、杜凤瑞、罗盛教、欧阳海、王杰等等。但自从我参加公安工作后，我发现在我们公安队伍中，每天都会出现英雄，甚至每时每刻都会出现英雄。英雄无时不在，英雄时时都有。每当群众有危险的时刻，都会有我们的英雄民警出现。为了国家和人民的利益，或是救人或是追捕，为了群众的利益他们舍生忘死，挺身而出。面对繁忙的工作，他们不计个人得失，默默奉献。在打击犯罪，维护社会治安及服务人民的工作中，我们时常都会听到我们的一位位公安民警不幸离去的消息，有的是在抓捕罪犯与其搏斗中光荣牺牲，有的是与实枪持弹的歹徒对射中英勇献身，有的是外出办案或执行任务时不幸殉职，有的是积劳成疾，病故在工作的岗位上。他们是普通的民警，但他们也都是英雄，是让人们永远赞颂和怀念的英雄。

和平年代，警察面临的往往是刀光剑影和枪弹硝烟，面对的是那些不让人们享受和平的魑魅魍魉，也面对着人民的殷切希望，和那些含泪含情或含冤的呼唤以及求助。为了维护社会治安，为了国家和人民的利益，为了一方平安，人民警察肩负重任，忠于法律和职责，面对生与死，他们常常是将生的希望留给众多的百姓，将危险和死亡留给自己。在此，我想起了吉林的一位英雄，他叫陈鸽。1984年2月28日晚七时半，吉林市公安局昌邑分局预审员陈鸽在执行一次搜捕特大爆炸犯罪分子任务时，在客车中发现逃犯正要引爆手榴弹，为了保护车中的乘客，他紧紧地抱住逃犯，英勇牺牲，身边40多名乘客却安全无恙。英雄的壮举，让人们永远赞颂。由此，我也想到与歹徒英勇搏斗的北京的英雄崔大庆。他们虽然都牺牲多年，却让人们永远难以忘怀。近年来，我们又有很多英雄，他的名字被人们刻在心中，变成一种永恒。如在办案中不幸殉职的巾帼英雄——河南省登封市女公安局长任长霞；因工作积劳成疾而病故的被称为"公安战线上的焦玉禄"的辽宁省阜新市公安局长宋达夫；为保护群众生命安全，奋不顾身而扑向手持手榴弹的歹徒而英勇牺牲的云南文山州麻栗坡县民警温郡权；在与毒贩的枪战中英勇牺牲的云南凤庆县民警吴光林；指挥完交通"高峰"就因心肌梗塞病死在工作岗位上的辽宁抚顺交警徐平；在与持刀歹徒英勇搏斗时壮烈牺牲的年仅26岁的广西梧州市民警卢伟朝等等。除此，我们还有很多活着的英雄，如为救28名人质只身与歹徒对峙而勇敢击毙歹徒的巾帼英雄——河南郑州民警王玉荣；一生抓捕过3620名犯罪嫌疑人，破案4260件的公安部一级英模——辽宁大连市金县退休民警毛子圣等等。

在同罪犯的斗争中，我们有众多的民警面对罪犯手中的枪弹毫无畏惧，义无反顾地冲上前。还有的为救群众，为掩护战友竟然用胸膛挡住罪犯的子弹。众多的民警在罪犯的枪弹下不幸牺牲。这里我再举个例子，可见我们民警的英勇。1984年9月8日深夜，歹徒海光伟、吴寿云从某部盗出手枪、冲锋枪、重机枪等武器，在打死、打伤3人后，挟持了一辆卡车仓皇向市外逃去。晚上9时15分，暴徒挟持着卡车到达舵落口检查站。面对黑洞洞的枪口，22岁公安民警吴用智没有丝毫畏惧，他抢前一步，准备夺下歹徒海光伟手中的枪。与此同时，海光伟扣动了板机。吴用智马上拔枪还击，击中海光伟。近在咫尺的枪战中，吴用智胸部、腹部等处相继中弹，但他强忍剧痛，用左手托住右腕，瞄准负伤逃离6米远的海光伟连续射击，将其击毙，又将龟缩在汽车驾驶室的另一暴徒吴寿云击伤，战友和群众随后赶到将吴寿云生擒。但是，年仅22岁的吴用智却因伤势太重，抢救无效，永远地离开了我们。

让我为英雄唱支赞歌吧，让世上的人都爱戴我们的英雄。公安战线上的英雄，来自普通的民警，他们与常人一样有爱，有恨，有憧憬。他们热爱生活、热爱母亲、热爱家庭、热爱生命。他们也希望生活的快乐、家庭的温馨、人生的幸福、爱情的甜蜜。但他们更懂得怎样去维护法律的尊严，怎样去伸张正义，怎样为百姓排忧解难，怎样去履行一个人民警察的责任。当人民需要之时，他们都会义无反顾地向前冲锋，不畏流血，甚至献上宝贵的生命。据统计，从1980～2005年这25年间，全国公安民警共有8232人牺牲，因公负伤的达141312人。而90年代以来，因公牺牲的是6819人，平均一天是1.2人，负伤的120783人，平均每天20.7人。仅2005年，全国民警牺牲是414人，平均每天牺牲1.1人，因公负伤的4134人。可见，民警天天有牺牲，时时有流血。谈论英雄，我们也许会激动，也许会沉默。但英雄的壮举、英雄的事迹，都会打动我们的心扉，让世人震撼、惊叹、感动。我们学英雄、爱英雄，也要做英雄。珍爱和平的环境、珍爱生活、珍爱生命。

军旅作家魏巍有一篇著名的文章叫作《谁是最可爱的人》，而当今，谁又是最可爱的人呢？这不得不让人去思索，这也是当今社会新的话题。"问世间谁是英雄"？我想世人早有公论。当民警，也许你有很多机会成为英雄；也许你一生默默无闻，每日重复着平凡的工作，只要你在尽职尽责，每年都能很好或出色地完成上级交给你的各项工作任务，可以说你也是英雄。英雄也许有名，也许无名，只要他尽职尽责，出色地完成自己的工作，他就是英雄。

让我为英雄唱支赞歌吧，英雄属于人民，英雄属于为构建和谐社会勇于奉献的人们。英雄的精神永存，英雄的壮举永远刻在人们的心中。

一生用诗歌来抒情的关东汉

常大利

　　昨夜，我又做了一个梦，梦见了我已故的朋友，也是我的老大哥张春学。梦中我见到的还是他那瘦弱的身影、爽朗而真诚的笑容。我们在一起交谈，他仍在谈他一生都在热爱的诗歌。是的，张春学爱诗如同爱生命和生活，所以他才用诗来讴歌生活和事业。他在他的诗集《春霄浏艳》的后记中写道："我是喝辽河水长大的关东人，我的根是长城，源是黄河……由诗我想到那些老师和朋友。我敬仰日月，跪伏大地，跪伏母亲。诗是我真实的殷殷之情。"这就是一个关东汉的肺腑之言，这就是一个辽北著名诗人的铿锵心声。

　　张春学，是昌图县金家镇人，曾有过几年的军旅生涯，所以他平素既有北方农民朴实的作风，也有保持多年的军人气质和文人的一种儒气。复员后，他曾在金家房产当过工人，后因写诗的才气和众多的作品被调到县文化馆任创作员，后来又当上了创作股股长。

　　我是在 20 世纪 80 年代初认识张春学。那时县里举办了一个文学创作班，一个瘦高的中年男子在与我们讲诗，他就是金家的张春学。在这之前我曾在《天桥山》这本县文化馆办的文学小期刊上看过他写的诗，这次相见更是一见如故。他的正直、好客给我留下了深刻的印象。在创作班上共有十几名作者，而且都是业余作者，我是作为公安战线的作者参加这次学习班的，但因业务

女孩最喜爱的哲理美文

忙没有坚持到最后便走了。说实话，我从小就爱好文学，也爱写一些小诗，我最初的作品是发表在1981年的《辽宁公安》上，但只是做为一种业余爱好和消遣，并不是真正的懂诗，有些诗歌是在张春学的影响下才完成的，所以在写诗上张春学是我的老师。

1988年秋，我在刑警队当侦察员，有一天我上班时发现公安局大门口站着一个推着自行车的中年人，他瘦高的个，我差点认不出来，这不是张春学吗？因为我们已有五六年没见面了，原来他是在等我。他见到我非常高兴，并说："我调到县文化馆来了，这次找你是向你约稿。为向国庆四十周年献礼，县里要编一本《昌图诗选》，由我来组稿。"我对他到县文化馆工作表示恭贺，并为他对我的信任和鼓励深表谢意。但我手头并没有新写的诗作，过了很长时间才向他交了几首小诗，后来在他主编的《昌图诗选》上给我发了三首。由于多次交往，我们成了好朋友，那时他家住在昌图铁南，我有空时也多次去他家，我们谈诗喝酒好是痛快，他本人好客，老大嫂也是热情的人。有一天晚上天下大雨，竟然下了一夜，那夜我要回家，被他们几次真诚地挽留，我只好在他家住了一夜。由于与张春学的多次接触，我向他学诗，我的诗也有一定的提高，并激发我的创作热情。二十多年来，我共有近三百首诗歌在国内一些报刊上发表，有的还获得过全国诗歌大赛的奖励。

张春学是一个写诗的能手，他的根扎在关东这块黑土地上，他的心也是紧紧贴在生他养他的这块热土上，他的诗如他的人一样朴实，具有浓郁的乡土气息，具有关东人的豪放和真诚。从他90年代后期的诗歌看，他的诗从内容上、内涵上、风格上已走向一个新的高度，诗意更浓了。几十年来，他曾在《诗刊》《文学报》《中国环境报》《鸭绿江》《北京文学》《奔跑》《北京晚报》《铁岭日报》等几十家报刊上发表诗歌几百首，并多次在全国及省内获奖。在文学创作的道路上，他总是不断地追求和探索，是一个勤奋而多产的诗人，他是一个有敏锐触觉的睿智的诗人，他是一个在辽北有影响的诗人。在他的诗中，有一部分是专门写关东风情的诗歌，如《关东缘》《关东姿容》《关东人》《关东记忆》《关东魂》《关东风》《关东潮》《关东三月》等。他对关东做了深刻的研究，可见他对家乡和家乡父老乡亲的热爱，他对生他养他的黑土地充满了深厚的感情。他在《关东缘》中写道："风雨交媾积淀关东紫色的脊梁/以高粱的炙热与严寒支撑/从不觅原籍府市州县的关东/只知走进河流之狂弦空谷之幽冥/飞雪与暴雨亲吻胡草般腮须/验时光的血液便晓我之行程"；在《关东魂》中写道："闯进你的季节闯进你的呼唤/闯进你的野性关外无关的山/闯进你这一展跌宕的幽兰/推开足迹稀薄的荒野之门/群山耸起如蕨的关东汉/你的脚步熟读炎寒轮回的人生/把血性的民谣肥沃成鱼的绵延/雁的翅膀为之沉重/为着如火的高粱无意飞向江南"；在《关东绝唱》中写道："关东的山凝视着鹰飞的方向/马的飞驰/草的摇曳/举起阳光/关东站在山的峰上/水的浪上/于烽烟漫起的日子/山烧起了风口的大火/关东有火的胸怀与诗的蕴量/关东的山有悬危耸拔的垂直/在关东人的脚下升高拔节延长/如今关东的山举起意象的思维/野生的智慧/唱前无古人的绝唱"。从他的诗中，我们看到了他对关东这片热土的情感，看到他对生活的无限热爱和追求，以及对人生的不断的探索。

在文化馆工作期间，张春学主编及参加编辑了《昌图诗选》《辽北金融诗选》《春与杏花》《古韵新风》《辽北诗报》等诗歌诗词集子，此外还主编了《北方民间文学集》，为繁荣昌图的诗歌创作，挖掘地方文化和弘扬辽北文化做出了贡献。为发现和扶持一代新的作者，他不辞辛劳，甘愿为他人做嫁衣裳，并使一些新人不断发展，获得进步，所以说他是一位默默无闻的恩师。他对诗歌的创作总是认真的，像一头不知疲倦的老黄牛，辛勤耕耘，将自己的一切情感都融入到他的诗歌创作中，将内心的激情全部倾注于他爱恋的诗歌中，用诗来讴歌美好的生活，用诗来讴歌理想和追求，他热爱生活，更热爱生命。1997 年春风文艺出版社出版了他的诗集《春宵浏艳》，此诗集一出版，他便给我打电话，因为这是他单独出版的第一本诗集，饱含着他几乎是一生的才华结晶和辛勤付出。我为他高兴，我为他自豪。他将这本诗题字后即送给了我，我读了这本诗集，有些诗句是很感人的。在《妈妈……我……》中他写道："生活，不全是瓜香也有蒂苦。我知道，泥土和阳光赋予了我什么，我知道，该把什么献给阳光和泥土。"

2000 年，张春学因年岁关系，从工作岗位上退了下来，但他仍是笔耕不辍，一心投入到他的诗歌创作中。然而，有一段时期，我有几个月没有见到张春学，后来在一天清晨散步中遇到了他，我发现他本是消瘦的身体更加瘦弱了，说话发音都变了，原来他得了喉癌，在沈阳做过手术，现在是回家休养来了。在他养病期间，我去看了他几次，尽管病魔缠身，他仍然是很坚强、很乐观，经常是忍受疼痛伏案创作，他爱诗，如爱他的生命，所以他还要用诗来抒情。他渴望病情的好转和生命的延续，他对生活一直是充满希望的。然而病魔无情，终于在 2002 年 4 月 3 日这一天把他的生命带走了，我和我的朋友含泪去为他送行。

张春学去了，他是一位坚强的关东汉子，他是一位朴实的北方诗人。他把一生都献给了如诗一样的生活，他爱诗如爱生命，他的笑容与他的诗同在。让我读起你那首《给你，黄河》，"沿着浑浊的流向/一路冲刺呐喊/于风的衣襟下默默沉淀/潺潺瘦影摇曳而去/一脉倔犟地拖着泛绿的疲惫/进入莽原……"。由此，让我们记住这位普通而又朴实的关东汉子，让我们记住这位具有乡土气息的辽北诗人吧。

心静如水

常大利

　　人心好比一个湖泊，湖中养着不尽的鱼虾，湖面飘泊着众多的船帆。这个湖泊经受阳光的普照，星月的沐浴，湖面却是平静的。但是，这个湖水也要经受风雨，那又会是怎样的状态呢？在我们现实的生活中，无论是谁，无论你从事何种职业，也无论你的年岁大小，心不能总是如水一样的平静。因为生活中总会有些烦恼之事，行路中总会出现逆境，奋进中还会遭到挫折，犹一石激起千层浪来，这叫心里怎么平静？

　　心静如水，就是让我们保持平静的心态，即使面对一切挫折和烦恼，也不要过多地去想这些，或干脆就不要去想。要想，就想到希望、想到未来、想到长远。即使你想，失去的也不会回来，悔恨已晚，弥补的总有伤痕。如果真的能追回失去的事物，自然更好。如不能，还是将心真的当做一个湖泊，那就能容下任何的事物了。面对众多的困难、打击、挫折，都不要低头，也不要发怒，要保持心态的平静，保持心理的平衡。面对现实，想办法走出困境，解决问题，单靠自己的力量不行，就依靠别人的力量成自己的事情。有些事情出现了，你发怒，你伤心，你悲观又有何用，让心静下来，静静地思考，是否需要总结经验，是否存在不足，如有机会，重新再来。要自己安慰自己，多些欢乐，忘记烦恼和忧愁。也要与你信任的人沟通，把心里的话倒

女孩最喜爱的哲理美文

出来。或将一切都埋在心中，让它化为灰烬算了。即使多次失败，也无所谓。这条路走不通，就走另一条路，总有成功之时吧。我不知是谁说的了，顺境中你收获了欢乐和财富，以至名誉，以至官运等，你的心总是平静。逆境中你会怎样？突然的灾难，让你一无所有；青云直上，立即跌下深渊，你的心能平静吗？不可能。但是，即使出现这样的情况，你也要冷静，心静如水，寻找原因，想办法解决眼前的问题，改变困境。人不能总是一个形态和样貌，现在不讲三十年河东三十年河西，因社会在发展，事物在变化，人也在变化。原先你得到了，现在你失去了，还是平衡嘛。原先你高贵，现在你平庸，风光过了也就行了，世上总得有老百姓吧，也就是普通的人民，只有人民才是构成社会的基础，只有融进社会的大家庭中才能显示出你的存在。你也曾是英雄，但不能永远是英雄。要淡泊名利，要想富有只有靠自己去创造。心静如水，但你不能淡泊人生，淡泊人的情感和友谊，不能淡泊你的事业和追求。

某一领导在竞争中落选了，开始他的心很不平静。但经过反思，还是找到自己的不足，以及不能成功的原因。由此，他心平静下来了。他把这次竞选作为一次激励，默默努力，养精蓄锐，终于找到时机东山再起。也有的由于失去唯一的机会，使某种事情永远不能再来，但他心静如水，默默努力，以一技之长，使自己的才华得以充分发挥，在另一条道路上取得了辉煌的成就。如果你也遇到这样的事，而寄人屋檐下，你的心也要平静，以忍为高，以柔克刚，也许还会有希望。但面对永远要压抑你的小人，你一定要想办法跳出他的小圈子，寻找新的出路和光明，也许你会在某个方面强于他，高于他，成为受人注目的人。

心静如水，要相信自己，无论在什么处境都要保持心态平静。有些事你抱怨、你悲叹又有什么用？过去的也许永远不会再来，一切都重新开始吧。不要与别人比势力、比权威、比富贵、比关系。要比就比志气、比才能、比成绩、比做人。你有那是你的，我的总会有的，但是我自己付出和创造得来的，你有的也许不是挣来的，也许有一天会失去，我的永远是我的。这样，我们才会平静下去，平静地做人，平静地生活。努力拼搏，锐意进取，相信面包总会有的。但是，平静不等于懒惰、缓慢、停顿。遇事时平静，压住要发的火气，做事时要勇敢坚强，该急时就急，也要稳。说到不要发火，火气大了气坏身子、气出病来、愁出病来，那可是你自己的事了，到后来也就什么也没有了。所以，心静如水，才会走得更远。

天使的翅膀

刘清山

　　冬春交替的时节，女儿感冒了！吃了点药，效果不明显，仍旧咳嗽得厉害。我担心年幼的孩子身体抵抗力差，引起肺炎，便带她到县城最大的医院去看病。

　　我挂的是专家门诊号。到了儿科专家门诊室门口，看到里面挤满了人，孩子的哭声和大人的劝慰声像是在唱大合唱。透过喧哗声和人头攒动的缝隙，我看到坐诊的医生是一个戴着眼镜的中年男子。听着孩子一声接一声的咳嗽，看着看病队伍几乎排到了门外，我不免焦躁起来。给同学打个电话吧?！我有一位同学就在这家医院上班，我想让他跟这位医生打声招呼，或许就可以免去排队之苦。我刚拿起手机，就看到一个女医生领着一名抱着孩子的妇女走了过来，白大褂成了她的通行证，她很快就挤到了中年医生的面前：这是我的一个亲戚，你先给她的孩子看一下吧！当大家看清女医生的真实目的后，眼中都充满了鄙视和无奈。在那一刻，我放下了手机。我为自己刚才的想法而感到脸红，更担心的是再有几个这样"夹塞"的人，天知道，我还会等多久。

　　"让你的亲戚排队吧！大家都等得很辛苦。我现在就给院长打个电话，看能不能再安排一个医生到门诊室来！"喧闹的门诊室一下子安静下来……

　　中年医生的话仿佛天使的翅膀，振翅飞到了人们的心中；又如一味良药，让一颗颗原本拥挤、灰暗、浮躁的心，刹那间变得宽敞、明亮和安详。

不同寻常的夜壶

高建新

在如今每日酒足饭饱之余，我时常会怀念起一个人来。他就是贪嘴、好食、能吃的石老师，其一股可爱的馋劲，至今历历在目，实在难以忘却。

许多年前，我刚从大学毕业后被分配到一所乡村中学任教师，每天都是吃的蒸饭，一小碟蔬菜，各买各的各吃各的。几个年轻人一起在宿舍吃饭，突然见石老师端着饭盒进来，大家甚为尴尬，都有躲避不及之感。因为石老师是学校的元老，应该说是前辈了。我们招呼他坐下。只见他不紧不慢刚坐下，他的那份小菜早已吃光了。我说，石老师，你吃白饭怎么行？我们还有些菜，一道吃吧！石老师很有礼貌地说："不客气，不客气！"说着便举箸将吃起来。

先进庙门三日大，那些比我早入该校的年轻人对我的好客似乎十分赞赏，但又有难言之辞。他们私下对我说，石老师几乎每天要来关心我们吃饭的。其实，他是有着充分的思想准备来跟我们搞共产主义的。我说共产就共产，又不是共妻，我们一起吃，大家吃个热闹，不也很好吗？

但这些朋友不以为然：我们已经跟他共产好几年了，现在再也不想共了。每月只拿了四十多元的工资，还想结婚找对象，如何共得起？假如难得来凑个热闹，倒也罢了，他天天来开这个国际玩笑，吃不消！

"有什么吃不消，大不了几筷菜，又不要你们的命！"我还是不买账。但我明白石老师为啥会弄成这个样子。

原来，石老师是从外地调回家乡做教师的，因为工资低，老婆很有点瞧不起他。为了证明自己工资并不低，只留下几块饭钱，其余统统上交，经常弄得身无分文。他从长春地质学院毕业后，一直在搞野外作业，勘探到哪就吃住到哪，过惯了游荡散漫的生活，他的"共产主义"大概就是从那里学来的。调到学校后，人生到了一个新的转折点，原来不必交的工资现在统统要上交，又取消了野外作业补贴，这个苦头一下子能吃得来吗？因此，如果现在不和这些朋友共产，这个日子叫他怎么过？

为了有效地防止石老师来光顾吃饭，我们便把宿舍门关上，匆匆进餐，完工拉倒。但石老师能十分准确地掌握我们用餐的时间，冷不防便敲起门来，只要他一敲门，岂有不开之理？且要笑脸相迎，佯问："石老师，吃过了吗？"如果他还没吃，他便顺理成章要来跟你并家，同甘共苦。如果他已经吃过，他便也会说："吃是吃过了，就是还没有吃饱！"于是，还得眼睁睁地看着他上桌。反正你怎么也玩不过他，大家又好气又好笑。

后来，有位老师发明一个很巧妙的办法，其实，这称不上什么发明，只能说是个"金点子"，就是大家都吃盖浇饭，不用碟子、盆子、汤碗盛菜，只管把这些餐具放进博物馆去。把菜、汤之类直接盛在饭盒里，而且统一行动。大伙很是得意，集中在宿舍，伏在桌上慢慢地品味，似乎觉得很久没有这种慢餐的享受了。这回，我们的宿舍门不用关了，吃饭又不是做贼，老是鬼鬼祟祟关门吃不大好。

石老师准时端着饭盒进来，见了小伙子们便客气地招呼："你们好！"大伙笑笑，齐声回答："你好，大家都好！"石老师十分憨厚地坐在床沿上，我们发现他的菜又早吃完了，但没有提出要共产的愿望和请求，只是默默无闻地吃着白饭，而我们刚开吃，那饭上面的菜像馒头般高高地堆着，我几次想站起身给他送点菜过去，终未成功。因为，一位老师用劲踩住了我的脚背，使我无法动弹。

此刻，石老师倒抓住时机行动起来。我们根本没有见他抬过头，但他却对这边一个个大馒头了如指掌，说："张老师，我看你今天的菜数量过多，大概是吃不掉了，自古到今，食多嫌肥啊！"又说："李老师，你饭少菜多，这是严重的失调!"又称:"王老师,吃不了不要硬撑,浪费是极不好的!"他见王老师像机器人,没有感情反应,倒有点火了,便立即改变了斯文的口气,大声问道:"赵老师,你为人师表就不能学学雷锋吗?!"大家实在憋不住,都哈哈大笑起来,又有人禁不住喷出一口饭菜来。石老师忙提出善意地批评:"看你们这些年轻人,吃饭也没个吃相,什么叫狼狈?这就是!"

说着,趁着一片混乱之际,便把筷伸过来,将"馒头"尽情夹去,一面又说:"我叫你们吃不了不要硬撑,咽到喉咙口再喷出来,不是浪费是什么?早知如此,何必当初?还是我来帮你们解决些问题吧!"朋友们在一片欢声笑语中听凭石老师数落。有个没见过世面的新教师竟笑倒在床上,透不过气来。

实践是检验真理的唯一标准,而实践又充分证明吃盖浇饭是行不通的。再说,石老师毕竟是同事,是长辈,既不是坏人更不是敌人,还是维持原状,落个皆大欢喜吧!

但确实也有不方便的时候,如谁来了同学、朋友,在食堂里多弄了几个菜陪着吃,石老师总少不了要过来凑热闹,又不能叫他离开,只好陪着笑脸倒酒。但话又说回来,只要石老师到场,吃饭的气氛保管热烈,往往能掀起几个高潮来。

一天,有位青年教师的女朋友首次来访,这时他们谈恋爱正谈到热恋的程度。如果是现在,那无疑要挽着手到高档宾馆开房间了,但那时还没有如今开放,我们几个主动把宿舍让出来,让他们边吃边谈。石老师瞅准时机,将他们逮个正着。于是,两位年轻人无奈地笑迎贵宾,越吃越没有滋味。事后,那女友十分好奇地问男友,咋邀请石老师相陪?开始我还以为是校长,即使是校长也不能让他来做电灯泡的啊!男青年急中生智,忙解释说:"傻丫头,你有所不知,石老师是我娘舅!他见外甥媳妇上门,怎能不来见个面,招接一下?"小姐恍然大悟,说:"难怪石老师一面吃酒,一面不断夸奖你呢!"男青年十分虔诚地说:"其实我这个人哪有娘舅夸奖的那样优秀,那全是他吃得好、说得好!"姑娘很开心,指着他的鼻子说:"过分谦虚就是骄傲!"于是,这个女孩更爱她的男友了。

想不到石老师还能吃出功劳来,我们大家都很高兴。便让他逢场作戏,落个大家开心,但一些重大的活动还是尽量避一避,以免闹出笑话来。我们一班年轻人每学期要举行一两次关于吃的重大活动,即所谓硬劈柴(指 AA

制）聚餐活动，但并没有什么冷盆热炒，八碗一汤甲鱼整鸡全鸭什么的，只是弄来一刀五六斤猪肉，切成小块红烧，再弄几个蔬菜，打来十几斤陈酒，凑一个礼拜天，选一个谁也找不到的地方，边吃边吹牛，那日子是赛过神仙的。但这样的活动，保密工作一般比较严格，谁泄露谁负责，否则要受罚取消出席资格的。但不知为什么，我们的地下联络工作做得再好，情报还是会被石老师截获，弄得哭笑不得。

快放寒假回家过年了，终于又盼来了硬劈柴的欢乐时光。这一回，我们要做到万无一失，绝不能再让石老师来扫兴。地下工作在紧锣密鼓中进行，买菜的买菜，买酒的买酒，并将采购之物存放在一个绝密的地方。这一次，石老师绝对蒙在鼓里，一切顺利，万事大吉。

终于安排妥当，在一个同事家里紧闭门户，围桌而坐。半面盆红烧肉冒着热气，据说已经焖了差不多半天了，还有一条清蒸鳊鱼，这是一个学生送来的礼物，其他便是萝卜青菜，这是主人家自留地上种的，今年的菜比往年丰富多了。这时，陈酒已经烫好，肉香弥漫在一间小屋里，我的伙伴们，口水直往肚里咽，正准备动筷开吃，突然，只听有人敲门，大家吓了一跳，众人赶紧从门缝里窥探究竟，原来是同事的母亲，她是我们这次活动的"放哨员"。打开门，只听大妈说，有个学生的家长送菜来。

"请他进来！"不知谁应声道，"想不到有这等好事，说不定送了鱼还有人送只鸭呢！"大家喜形于色。这时，"家长"已经背着篮子撞了进来。

啊？一看，原来是石老师！

石老师笑呵呵，问各位好。我们全体连忙起身，以示欢迎。"我就知道你们早就酒菜上台，碗筷摆好，在这里等我等心焦了！"说着，掀开盖在篮子上的毛巾，取出菜来放在桌上，大家立刻傻了眼，那赫然是一只夜壶！我们分明辨认出，那正是放在石老师床底下的那只小便用的夜壶。也许是我少见多怪，这时，我简直有点头晕目眩腿脚软了。

我的伙伴到底比我机灵，马上反应过来，立即上前阻拦住，唯恐他把尿液注入盛满红烧肉的面盆中："石老师，你是我们的老前辈，今天我们请客，你'软劈柴'就可以了，何必要使出这个杀手锏？来，请坐，请坐！"

这时，石老师仍是满面春风，但却把夜壶拎得高高的，说："多谢你们一片真心……"话音刚落，已把夜壶的口子对准面盆，"通、通、通"，一阵倾倒，红烧肉全葬身尿液之中。"石老师，石老师，你……"各位深感惋惜。

"我，怎么啦？难道你们不晓得我是勘探专家吗？深藏在地底下几百米的金矿银矿我都能找到，把它挖出来，还怕你们几个毛头小子跟我捉迷藏躲猫猫吗？"石老师似乎很生气，叫道："这下好了，你们吃吧！"大家纷纷捂着鼻子，气急败坏地说不出话来。

石老师却火上加油："吃啊！你们为什么不吃呢？"见那些被吓坏的"小学生"缩在墙角里，又说："你们不吃，我倒不客气了。"说着见他款款入座，从尿中捞肉吃起来。我呆若木鸡，怀疑自己在做梦，于是使劲揪了一下自己的头发，觉得有点痛，才确信这场面是真的，石老师与我等都不是鬼魂，是活人！

但见石老师从容不迫，不紧不慢，吃得很香："小朋友们！"石老师呷了口酒，兴致盎然："我相信，我相信这种红烧肉你们从来没吃过！"

"那倒是真的。"我们很有点服贴他了。

"那滋味实在是妙！"石老师诡秘地一笑。

"没有体验，不敢恭维！"我们领教着他奚落他人的独特方式。

"不是没有体验，是没有经验！你们再不来吃，精肉全要被我消灭了，朋友们，捂着鼻子干嘛？我是用新夜壶灌的陈酒！"

"啊？！"我们一齐松开捂鼻子的手，果然闻得阵阵酒香……

我在调离这个中学时，石老师一直送我到汽车站，握着我的手说："你是一个好小伙子！"

"你是一个老顽童！"我说。

他说："我会想你的。"

我说："我也是。"

清晰的身影

崔东浩

在时光的激流中，许多人和事都已渐行渐远，唯有年龄不可遏止地坚挺上扬。与年龄一起上扬的是激情燃烧后思维的理性。所以，张金印就不可避免地在我的记忆里愈来愈加清晰。

我认识的河南人不多，可关于河南人种种版本的传闻听说的不少。张金印就是我认识的为数不多的河南人之一。

认识张金印纯属偶然。如果那时我与妻子不是两地分居，不得不在每个周末乘公共汽车回乡下老家的一所乡村中学与妻子团聚；如果不是在公共汽车上遇见和我一样"每周一歌"的热心人张玉震，我很可能就会与张金印失之交臂。

成熟的小麦刚刚撤离，炎炎烈日就肆无忌惮地炙烤着光秃秃的田野。汽车兜着热风碾轧着辽阔苍凉的华北大平原。多次同乘一辆客车，熟悉并了解我的职业后，张玉震就给我介绍了张金印的事迹，他带有恳求的口气对我说"你写写这个河南人吧，对俺村卢香林真是太好了。"在即将下车时张玉震忽然发现了什么，指着车窗外麦田上边捡麦穗边向村庄走去的老人对我说："喏，就是那个老汉。"

凭着职业的敏感我知道遇到了一个好素材，当即随张玉震一起下车尾随老人向村里走去。昔日的采访本至今还清楚地保留着当年的采访记录。采访时间：1991 年 6 月 15 日。采访地点：河北省肥乡县铺上村。采访对象：张金印，农民，河南省浚县后嘴头村人，时年 71 岁；卢香林，伤残军人，河北省肥乡县铺上村人，时年 79 岁。

两人的故事要从抗日战争说起。1944 年乍暖还寒的初春，八路军战士卢香林随部队进驻河南浚县休整，房东就是张金印。是缘分也是军民鱼水情的必然结果，卢香林和战友们为乡亲们扫院子挑水、犁地种庄稼，张金印和乡亲们给子弟兵筹粮筹柴、缝衣做鞋，在交往中两人结下了深厚情谊，由此也拉开了两人一生的令人荡气回肠的故事。

而故事的主要内容都是在和平年代发生的。后来，在战斗中负伤的卢香林带着三等残废证书回到了河北老家。而在河南老家务农的张金印虽然中断了卢香林的音信，却没有中断对卢香林的牵念，这牵念随着岁月的更迭而愈发浓厚。于是在 1971 年的初春，张金印便把牵念化作了行动，凭着卢香林当年留下的模糊地址，有修秤手艺的张金印来到了河北省肥乡县，他一边串乡修秤，一边寻找卢香林所在的村庄，终于在一个月后见到了分别二十多年的卢香林。然而卢香林的现状却让张金印揪心：孤单一人，身残后又患上了严重的肺气肿和气管炎，生活相当艰难。小住几日，分别时，卢香林拉着张金印的手凄然落泪，说："兄弟，你这一走，不知道咱以后还能不能再见上面？"张金印的眼圈也红了："老哥，你有困难我咋能不管？让我回去把家里安置一下再回来看你。"

张金印这一走将近一年没有消息，满怀期望的卢香林不仅犯了疑惑：也许当初张金印的话是安慰自己的。然而卢香林却不知道，张金印这一年经历了怎样的磨难。他何尝不想尽早兑现自己的许诺，可一向羸弱的妻子在他回家后不久就重病在床，半年后病逝。张金印忍着丧妻的悲痛，把尚未成年的孩子托付给了亲戚，说服了善意劝阻的亲人们，毅然来到了河北，住进了卢香林那两间低矮的土屋。在谈到这一段时，我有些唐突地问张金印："孩子那样小你就离开他们，不怕孩子们将来埋怨你？"慢条斯理的张金印此时低头沉默片刻，似自言自语地说："孩子们小，我以后还有时间补偿他们，卢大哥这么大年岁了，身体又不好，还是先照顾卢大哥吧。"院内树荫斑驳，蝉声嘶鸣，张金印手中的芭蕉扇给躺在树荫下的卢香林送去阵阵轻风，汗珠不断沿着他的白发和皱纹爬下。整整一个下午的交谈，卢香林脸上泪水不断，断断续续讲述着张金印为他付出的一切，几次因情绪激动而哽咽。

年幼的孩子远离了应有的父爱，多病的卢香林却意外地享受到浓重的兄弟情谊。张金印除了照顾卢香林的起居，他还每天背着工具走村串巷为人修秤，用挣来的钱给卢香林买药治病，为卢香林买来好吃的补养身体。二十年，张金印为卢香林花了多少钱，谁也说不清。但人们清楚，过去成年累月躺在炕上的卢香林，后来能经常在村里村外走动了。

卢香林怕闻烟味，不能做饭，张金印每次做饭都把灶火烧得旺旺的，不让卢香林受烟熏，还一日三餐把饭菜端到卢香林面前。天冷了，张金印就带卢香林到河南老家过冬，屋里火炉冒着火苗，怕不够暖和，张金印又给卢香林买来热水袋暖身子，每天换几次水。晚上睡觉前，张金印为卢香林烤热被褥让他暖暖和和睡觉。半夜醒来，张金印常把卢香林那双凉脚捂在自己的胸脯上暖热。下雪天，卢香林在被窝里一躺就是十几天，张金印就端饭递水，端屎倒尿。有时犯病了，卢香林整夜咳嗽不止，不能入睡，张金印就整夜给他喂药、按摩，陪他到天亮。卢香林的衣服脏了，张金印给他洗；卢香林的衣服破了，张金印就戴上花镜一针一线地缝。卢香林常常被感动得暗自流泪，采访时他对我说："我一个穷光棍，真没想到这辈子能遇上这么一个好兄弟。"

卢香林在心里感激张金印，觉得拖累张金印又于心不忍。1990年夏的一个夜晚他的病又犯了，张金印跑前跑后忙了大半夜，实在累得支撑不住了，刚合上眼不久醒来发现卢香林不见了。张金印急忙出门边找边喊，最后在村东芦苇坑里找到了卢香林。张金印把卢香林背回了家，问他："老哥你咋啦，是不是兄弟我哪儿照顾得不好？"卢香林老泪满面地说："兄弟，你是个大好人，老哥我实在不想再拖累你了，你就让我死了吧，你都一把年纪了，也该回家过几天清闲日子了。"张金印耐心开导卢香林，更加精心地照料他。

张金印的四个儿女都已成家，有的还参加了工作，他完全有条件享受儿孙满堂的天伦之乐，在河北居住时，逢年过节，孩子们经常来信催他回老家团聚，张金印却从没有离开卢香林，他说："卢大哥离不开我。"

二十世纪八十年代中后期，年老眼花的张金印修秤生意愈来愈清淡，他的户口不在河北，卢香林一个人口粮根本满足不了两个人的肚子，张金印就在麦收后悄悄到地里捡一点别人丢掉的麦穗，回来捶一捶，扬一扬，弥补不足。可他每次给儿女回信总是说吃穿不愁。采访张金印不久我就结束了两地分居的生活，回老家的机会就少了，大概在1994年，听说伺候卢香林安详地离开人世后，张金印才放心地回了河南老家。随着岁月流逝和年龄的增长，尤其经历了许多世态炎凉和物欲的冲刷，张金印的身影渐渐就成了我内心的道德标杆。这些年来我不断打听他的消息，打算有机会能到河南看望他老人家一下，终因忙碌和懒惰而未能如愿。2004年6月，在邢台的笔会上我结识了来自河南浚县宣传部的一位文友，巧的是这位在县里搞新闻报道工作的文友之前也采访过张金印，言谈中对张金印充满了敬意。这位文友告诉我张金印已经去世，听后我心里怅然若失，久久无语。尽管再次采访张金印的愿望变成了无法弥补的遗憾，但张金印让我知道了情谊无价这个词语的真正含义，尤其在物欲横流的今天。

今年初，在中央电视台看了自强不息的大学生洪战辉和救人不留姓名的农民工魏青刚这两位河南人的事迹后，我便不由自主地想起了张金印。我想，他们才是正版的河南人。

现实一隅

沉没，泰坦尼克号的铆钉

高建新

因泰坦尼克号船体所用的铆钉钢材质量不过关，强度不够，使泰坦尼克号在遭遇强烈撞击后"解散"了。谁能想到，小小铆钉，能使一个庞然大物葬身海底。凡事谨慎，将一些小事当作大事对待，这对我们年轻人，对于我们的生活和生命都很重要。美国受人尊敬的政治家、科学家和发明家富兰克林曾说："小船应当靠近海岸行驶。"而法国作家雨果更是把"谨慎"和"智慧""联系在一起。他这样写道："谨慎是智慧的长子。"

应该说谨慎从事是人类的一个优秀品质，而培养这种优秀品质的最佳时机，应该是孩童时期。我在我儿子十岁时交给了他一项十分简单而又复杂的任务，就是每天放学后取回订购的牛奶。

我的儿子认为这个任务过于简单，大有不屑之意，但实践证明，这不是一件轻而易举的事。

通常这事要完成如下细节。首先是保管好"取奶卡"，在放学回家的途中到指定的地方将三袋牛奶取走，并注意营业员在卡上的取奶记录。然后，要安全地穿过一条车辆繁忙的马路到达他妈妈工作的地方，在那里吃过饭，记住将牛奶带回家。至此，尚未完成，还要将牛奶放在家里的冰箱中适当的地方。以便次日早晨饮用。这是一份细心的工作，对于一个平时做事马虎丢三落四的孩子来说，是一个锻炼的极好机会。

  儿子在一开始很难适应，往往不能完成任务。他的取奶卡因有时"失踪"而无法按时取奶，有时即使带上了取奶卡，又忘记去取奶，而一旦将牛奶拿回家后，就往厨房里一扔，算完成了任务，忘记还有放进冰箱这最后一道"工序"，以致牛奶变质，造成浪费。而最令我担心的是，他穿马路过于鲁莽，缺乏谨慎的作风。我对他说，假如你不注意这些细节，就很难完成这个简单的任务，甚至葬送自己的生命。

  经过两个多月的努力，儿子逐步适应，提高了这方面的能力，而更重要的是，他在生活学习上丢三落四的作风，也改正了许多，着实令人欣喜。原先，眼镜、袜子和钢笔之类找不到的现象时有发生，而现在好多了。考试粗心错题、掉题及写错别字的情况也明显减少。"马大哈"作风——这个在孩子日常行为规范里的"敌人"被消灭，儿子的老师们感到十分惊奇。

  我把取奶的真实故事讲给他的老师们听，我和他们达成了一个共识，这就是，谨慎从事应该成为儿童和成人的一个优良品质，这对我们的一生都是有益的。我儿子的"取奶任务"跟他的生活、学习等一切日常行为规范和作风其实是一回事。

到城里读书

吉布鹰升

妈妈，新学期又到了，我要去城里读书！

阿依（孩子），你去城里读书，并不是你想去就去的呀。

妈妈，我们学校的几个同学都跑到城里去报名了。

阿依，你怎么知道城里的学校已经报名了？

我们班上的阿芝、阿佳、拉洛都是人家的爸妈带着她们去报名了。

我也希望你好好读书，不像妈妈一样一个字都不认识，进了城里就连上火车都不知道该怎么上呀。当年你妈妈就是在家里放牧和帮你妈妈的妈妈，也就是你的外婆干农活，才又像你的外婆一样待在山村的。

那为什么你没有读书，是没有学校吗？

有个村小，但比较远，来回要走一个多小时的山路。我去读书了，外婆一个人怎么干活？那时你的外公在外地工作，可他只把你舅舅带去读书了。

外公也是的，重男轻女。

其实也不怪你外公，山里的女孩子都帮妈妈干活放牧呀。我去上学了，谁来帮你外婆放牧呢？

如果妈妈也像舅舅一样读书了，就可能像舅舅一样工作了。就会住在干净舒适的城市了。

有可能，妈妈会努力读书的，可妈妈没有这个命。妈妈的命就是待在山里劳动做家务了。阿依，你看山村多苦呀，所以你要好好读呀。

可是我们的学校，上午十一十二点才上课，下午三四点就放学。妈妈，你说我怎么能学好？我们班里的同学遇到雨天的时候，不来上课的很多，有些班只来几个，老师怎么教呀。反正，我不管，我要到城里读书，读最好的学校。

阿依，到城里读书，并不是你说的那么简单，想去就去呀。

为什么？

你基础又不好，我们又不认识城里学校的老师，人家不会要你的。

那为什么我的同学阿芝、阿佳、拉洛都在这个学期转到城里读书了？

人家是有亲戚在城里工作。

那我们也要找一下舅舅帮忙呀。

你舅舅倒也是老师，但不知道他是否认识城里的那所重点小学的校长和老师。

反正我不在我们这里读了，这里读没意思，也没有什么希望。昨天我和几个同学一起跑到山下的县城那所学校看了，人家都带着孩子报名。我们几个同学在校门口等了很久，不知道该找谁报名，等人家的孩子都报名完了，我们几个伤心地回来了。

噫，可怜的孩子！你怎么没告诉我们就一个人跑到城里去呢？你这孩子……明天，我去找一下你的舅舅。不过，你到了城里的学校就要好好读书，听到没有？

妈妈，好的。你放心。

但不知道你那个舅舅能不能把你转到城里去？现在读书是好呀，小学和初中的学费都免了，多好的机遇。不让你们读书，我也对不起你们。像你妈妈一样连自己的名字都不会写，有什么出息，活着也多没意思。除了老实待在山村里，一但到了城市，你就处处碰壁和尴尬，连厕所都找不到，你说不读书行吗？我让你们几个姐弟上学，你们就要好好听老师的话，努力用功。长大了能够考上大学，找到工作。即使努力了，没有工作，会写自己的名，会懂汉语，也好。不然，山里的女孩子长大了就会嫁人的。

妈妈，我不嫁人。谁说我要嫁人，我要到城里读书。

女孩子长大都要嫁人的。

我不嫁人。

好，好，好……明天我带你去城里找你舅舅。你高兴了吗？

我很高兴。妈妈，我看你的表情也像我一样高兴了。

阿依，你这孩子…

最后的家园

吉布鹰升

在山上和这片山地，我收获了什么呢？这似乎是很难用一两句言词来表达的。这次上山，是和一位朋友相约而来的。一路上，我俩的心情都很轻松。他不时用相机拍摄沿路的风景，似乎这些东西即将消逝而要把它们留住一样。确实如此，在城里，我们无法再见到这些景物和人物。比如喏苏人用的印染植物生长在半山腰以下；村子里一家人在麦场打燕麦，周围是几个孩子玩耍的场景；或是妇女背着麦秆而来，或是男人赶着马匹，马背上驮着麦子。白云散在远山天际，阳光时而温暖并非炽热地散下来，时而躲在微云淡雾后。除了山顶轻笼了一些云雾，山地袒露眼前，豁然开朗。越往山里走去，空气越洁净，草木散发清香，"各各"草绽出了白花，偶尔传来一两声清脆的鸟语，使山野更加寂静。我是第三次进入这里了，却每次看这里的风景感受都不一样，一个星期以前和现在都在发生微妙的变化。其实，大自然每时每刻都在微妙地变化着。现在半山腰的燕麦和苦荞都收割完了，坡地陡然有了荒凉的意味，草丛的蝴蝶们也似乎少了一些。不过，进入这片树林的时候，草木的青绿依然能感受到夏天的味道。我和朋友都情不自禁地赞美起来：啊，这里太美了。我张开双臂，徜徉其中。

这个时候，我感到我是个有福的人，而幸福又是那么简单，像今天这样有一个好的身体去旅行，自由自在地旅行，和山野融入一起，无所束缚，身心从尘世的欲望里挣脱出来。我又重复曾经说过的，城市人所追求的金钱、房产、名利、地位和荣誉在此刻的山里显得多余。我的这种想法，或许是因为此刻我感受到了自然美妙的缘故。很多时候，我们忘却了自然为我们带来的奇妙的快意和本真的东西。我们为改变山里贫穷的生活境遇而拼命努力走向城市。但是，多年以后，我们发现很多人只是城市匆匆的过客，城市原本就不是我们的故乡。城市的每个角落都充斥了铜臭和虚伪。它的繁华掩饰不住人们的空虚和茫然。城市像一个囚笼，居住在里面的人们像是困兽，失去了自然和自由，我们烦躁却又无奈而麻木地被迫适应。

我们除了享受到草木的清香和获得心境的无比轻松干净外，也为寻找喏苏人最后的家园和山地意外的收获感动。再往前走，山山梁梁，羊肠小路蜿蜒而上。到了一个陡坡，几乎是七八十度的险陡，我们彼此说要谨慎点。刚才我上山的时候，因为分心而一脚踩空跌下。幸好我坠下的地方长了草。如果在这里，可能会滚落到沟底丢掉性命。所以我的那一跤是很幸运的，也是个教训。如果朋友你要像我这样在山里行走，那是绝对不能分心的。朋友掏出相机拍摄远处和近处的景物，远处是空旷连绵而有些荒凉的山地，近处是成熟将要收割的苦荞地。一个星期以前，这里的苦荞还是青青的，现在荞籽变褐，荞叶泛黄的时候，你才发现季节在悄悄地更替着。走到垭口的时候，那的苦荞已经收割，一簇簇捆束立在地里，如一个个斗笠，很是好看。与苦荞相邻的一块麦地，青绿而泛着微黄的麦浪在微风里有无限的韵味。大部分的洋芋地已经收挖。我们的右手方，两户人家在那里收挖洋芋和割苦荞。到了这里，我立刻感受到了山地秋天特有的景致和气味。我欣喜运气不错，虽然之前摔了一下，但这并不影响我的自在惬意。毕竟眼前展现的秋天山地的景象是我久违了的。走过收挖的洋芋地，我进入那片已经收割立在那里的苦荞堆里，以淡蓝的天空和云朵为背景，让朋友给我留下一个永恒的瞬间：席地而坐，左手抚摸一簇苦荞，右手抱另一簇苦荞。我以这样的姿势和苦荞亲近。我对自己说我是苦荞的儿子。喏苏人叫苦荞为"格喏"，这种绿色的粮食作物，在喏苏人的婚丧嫁娶和日常生活里充当重要的角色。每个喏苏人都热爱它，其间的感情凝重浓郁得似乎只有他们才能体验品味出来。

我们对面的一家人惊异地望着我们这两个外来客，然后又继续收挖洋芋。

而另一户人家由于背对着我们收割荞子而并未发现我们，当我们走过去要接近他们的时候，他们才发现。朋友进入那片正在收割的荞地，不时咔嚓咔嚓拍照着，像是在收获意外的惊喜，这种原生态的，几乎没有丝毫人为修饰加工的景致比人为制造出来的艺术效果更让我们感动。朋友把镜头对准这家人的一个四五岁的孩子，准备拍下的时候，那个孩子"哇哇"地哭了，孩子的妈妈说，有什么照的？她的语气有些不高兴。喏苏人在过去第一次见到陌生人拿着相机拍照的时候，以为那个"怪物"照相机会把被照的人的灵魂夺走，所以常常躲着。

我还记得二三十年前，一位外国人在县城准备给一位老妇拍照的时候，老妇左躲右闪，身旁村里的同伴说，魂要被带走的。老外只有放弃。我朝这边走来的时候，我想到了这一点，这家人可能不高兴，尤其朋友要为那位孩子拍照的时候。所以，我站在这边想，我们这样的举动惊扰了他们，是对他们的一种侵犯。是呀，几乎所有的外来客总是以艺术的名义把陌生的镜头对准当地的土著人，却从没有想到当地人的自卑或尴尬等复杂的心情。说得不好，这是城市人对乡村人的一种歧视，是一种人对另一种人的侵犯。所以，那会儿我有点自责。我们的拍照能够给他们带来什么好处呢？而对我们这些在他们面前所谓的优越的外来闯入者而言，可能这些意外收获的照片给我们带来某些名利，比如把这些照片发表出来配些文字得到稿费，或是以为把当今农民正在迅速消失的最原始的最真实的生存状态的一面展示给外人而洋洋得意或沾沾自喜。可是，换个角度，谁想过这些山村人当时的心情呢？试想一下，当我们这些外来客被另一些比我们优越的人拍照时，我们又是什么样的心情呢？而朋友和我，也是在山里长大，从山里拼命奋斗挤进城市的，现在我们拍出来的这些画面，是为了满足我们再也回不去故土山地生活的情结。那个孩子，使我想到了过去的我。他的父母，使我想到了我的劳作的父母。而山地收获的景象把我带回了以前的生活。为了亲近他们，我主动和那位男人说话，"过来歇一下，抽一支烟。"然后，我又从朋友的包里掏出两个小面包给那个哭泣的小孩，孩子在我的贿赂中停止了哭声。朋友依然很高兴地为他拍照，而我只有把话题转移到其他事情上去了。

下来是另一块地，一老妇一少女和两个孩子，朋友把镜头对准她们。少女十七八岁，羞涩又腼腆地微笑，只是一再重复说，有什么照的？我又掏了两个小面包分给两个孩子。大的孩子在举锄挖洋芋，小的在后面站着。在山里，这般年龄的孩子挖洋芋是并不奇怪的事，他们只是出于一种喜欢而已。但这样的事，可能对城市人来说是不可思议的。我问了这个孩子的年龄，孩子的妈妈可能是因为我的惊讶而一再解释，"五岁了，叫他别挖，他就是不听。"孩子对朋友对着他拍照的镜头，似乎没有什么异常的反应，依然吃力地举锄挖洋芋。当然，也不时抬眼看着他面前那位陌生的城里人。二十多年来，我把童年丢在了远方的大山里，当年我和眼前的这个孩子一样，幸福地在父母身边帮他们挖洋芋，内心充满了收获的喜悦，也仿佛在这一天就懂事了似的。山村童年的幸福和快乐在不经意间悄然产生，来得那么简单容易。一生的经历，最干净和单纯的莫过于童年，而此刻我是否寻回了尘封在岁月的记忆？母子俩一起劳作的幸福也荡漾着我的幸福。而单纯走向复杂，干净走向污秽是否为每个人成长的经历？当我步入复杂和污秽的时候，我又怀念宝贵的山村童年。每个人的晚年呢？又是否能逐渐洗掉那些污秽，干净和单纯得像个孩子般迈向天堂的大门呢？

我们朝莫获海子走去。海子附近的麦子微微泛黄，在轻风吹拂下，像绸缎一样飘逸舒展。远望去，使人那么舒畅轻松。海子西岸的草地开出的紫色的细小的花，艳丽烂漫。这里的每一种植物都在寂静地释放生命的激情。几只猪懒懒地躺在草地上，享受着高地的暖阳和风。几匹马散落在草地食草，那么悠然安详。远望海子只露出一溜，你疑心它只是一片沼泽，甚至那么不起眼和渺小，而让你失望。它的确那么渺小，但是走近的时候，你不得不惊讶它的美丽。轻风吹拂着水面，波光粼粼，海央丰茂的青草在风的抚摸下摇曳，几只鸭子在里面游走或栖息。一两只鸡在岸边浅水处闲步觅食。天光云影下，山色麦浪的怀抱里，草海越显湿柔宁静。好一处静心养神之地，美了这片山，美了这个隔世的村子。海子东岸，村里喏苏人的瓦板屋一律的沧桑古老，其间树木掩映越显安详平和。村子里的人收割的去收割，偶尔两三个人的出现和几只狗的活动，使村子更有了山村的味道。瓦板屋间几处废旧的残垣和几堵日晒雨淋后的篱笆，更添了古老的味道。金黄的苦荞和金灿灿的燕麦正在或将要收割。山地进入初秋的景象，天空也少了云雀动人的婉转。海央一种不知名的白花已然凋谢。但是，海子并不因此减少它的魅力。站在海子周围不同处观赏，风景也不同，但一样的美丽，仿佛永远看不够。

沿着海子周边闲步，甚为惬意。这里远离喧嚣，身心自然地和山地融为一体，尘世的灵魂得到洗礼，变得轻松自由，此处不是仙镜，却是我心中的仙镜。我担心离开这里走下山去，尘欲卷土重来。我的这种担心，是否逃避尘世呢？我确实害怕回到现实污秽的城市，多希望一直守着这片天地，与之朝夕相处。但这样的生活是否会变得单调枯燥呢？甫想这些，此刻，因为惊异于这里的美丽，我担心我和更多外来闯入者的脚步破坏了它的美丽。对于某处自然的美景，一旦被人发现，观光者络绎而来，便会使它的美黯然失色。我曾经建议有关人员说把这里开发为旅游景点，现在这种想法使我后悔。我宁愿让这个海子永远隐匿在山间而不为外人所知。

上文提过，海子东岸的村子，是十几二十户喏苏人的居屋，一律为土墙，显得古老沧桑。喏苏人的这种居屋，在山下很难再见到，他们正在迅速的被瓦房取代。如同居屋的消失一样，喏苏人的文化在外来强大文化的碰撞冲击下也面临土崩瓦解。我们这些在山里长大的喏苏人的后人，当有一天回味祖祖辈辈相传的千百年来的文化的时候，是否会感到沧桑悲凉？

要出村口的时候，见一家人在路边的荞地割荞。走近，原来是我二度上山二度见到的老妇。老妇善良温和地跟我们打招呼，然后叫儿子给我们冲炒麦吃。朋友跨过篱笆，给老妇拍了照。老妇是这个村子里我遇见的最善良淳朴的人。她几次对我们说到我们家去做客吧，你们饿了吧？她的儿子把备为午饭的炒麦和水，还有一只碗给了我们。为表示他们的热情好客之意，朋友和我折了荞秆当筷子，一人吃了一碗。这里的人和山地一样给我留下了深刻的印象。在路上想起的时候，一直感动着我。

几坡金灿灿的燕麦要收割了。路边是一些肥壮的牛在悠然食草，微风中麦浪使我驻足留连。这是我最后的家园，也是喏苏人最后的家园。这个家园能守住多久呢？

窗外的静物

崔东浩

办公室的窗外是一片固定的风景。每每闲暇时我便向外瞭望。

面北的窗不如面南的窗亮堂热闹，没有马路街道，只有高高低低的楼和粗粗细细的树，全是静物。

静物也有变化。天暖时树叶绿上枝头，一点一点地扩展，与季节一起走向茂盛的极致；然后，又随季节一点一点衰落，光秃秃的与水泥的颜色相吻合，与冬的颜色相匹配。楼也在长，前些日子还是平地一块，不过数日便有一座建筑物凸现在眼前。我的目光周而复始地随这些静物在不知不觉中变化，日子也是这样寡淡无味地进行。

谁说静物没有生命？有风时，楼前的树用枝叶轻轻抚摸楼面，一副小鸟依人的娇模样。无风时树与楼就这么默默相对无言地站立着，真像一对老夫妻，在经历风雨后那么执著相亲相爱，进入"此时无声胜有声"的境界。

匆匆忙忙的人在树下奔走，在楼屋里焦躁，静物们像宽厚慈祥的长者，默默地看着子女们的浮躁、欢笑、悲伤，从而流露出风霜老人特有的达观和无奈。

枝叶繁茂的日子，静物与世界同享天伦之乐；叶枯枝干时，静物与世界共担风雨。静物们就这么与世无争地存在着，默默恪守着自己的那一份职责。

当夜色把静物全部覆盖的时候，我独自痴痴与它们对视，看着看着自己仿佛进入了另一种状态，感觉与我对视的不是静物，而是悯人的大菩萨。遇宠不惊，遇辱不怒，超然物外。于是我就问自己：我何时也能达到如此境界？突然阵阵刺耳的电话铃声把我拽回现实，使我不得不走出屋门，加入那匆匆忙忙的人流中。

无奈中，我特地在窗台上增添了两盆菊花，主观是为了美化环境，客观上也算是对静物们的一点敬意吧。

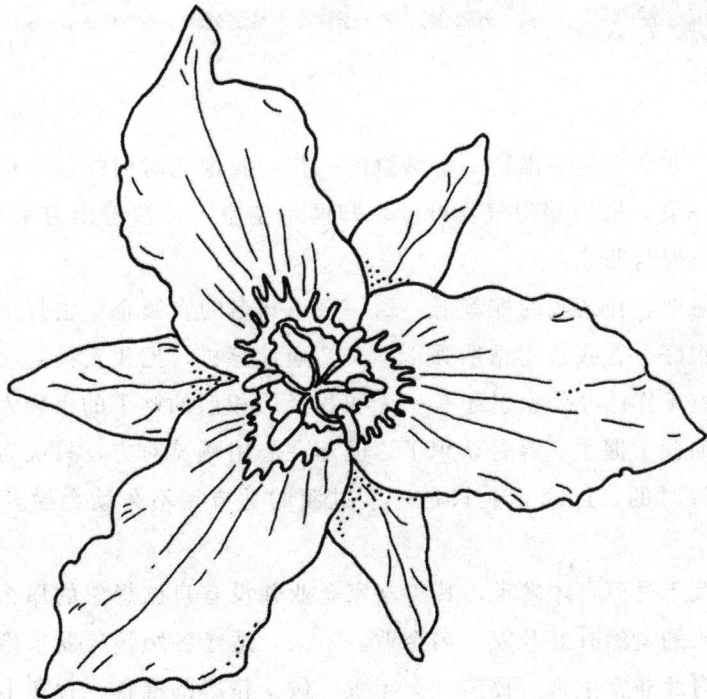

一杯温开水

刘清山

大学毕业后，为了谋得一份满意的工作，我像儿时捕蚱蜢一样，左捕一下，右捕一下，最后累得气喘吁吁，却两手空空。怀揣着山穷水尽的失望，心中无限凄惶与悲凉。

不情愿地，在亲戚的推荐下，到一家不知名的乡镇企业去打工。这家企业的老板很好，看我长得精明强干，又精通计算机，把我安排到比较清闲自在的办公室工作。办公室里还有一个和我经历相似的姓丁的年轻人，我们蜻蜓点水似的握了握手，算是认识了。但却在心中嘲笑对方，只认为自己目前的窘况是暂时的，这家企业只是一个过渡的地方，不久就会撇开对方远走高飞。

干了几个月后，才发现，其实这家企业并没有自己想象的那么糟，和它有业务往来的竟然有好几家知名企业。不久，适逢各级领导要来检查指导工作。老板对此非常重视，提前开会布置，做了精心的准备。我和小丁恰好派上了用场，那几天天天加班到深夜，准备各种各样的宣传材料和汇报材料。

领导们莅临的那一天早晨，我和小丁早把会议室打扫得干干净净，会议室里怒放着有些颤微微的花朵，恰似我们老板此刻兴奋而又激动的心情。按照老板的吩咐，小丁和我把放好茶叶的纸杯依次序摆好，领导们落座后，我俩从主席台的两侧上去为领导倒水。初次在众目睽睽之下给领导倒水，感觉有些紧张和别扭，认为台下台上的人都在瞅着自己。实际上心里也明白，哪里有人会注意你啊，纯粹是自己吓唬自己。心中只是提醒着自己走路要轻，倒水要稳，千万不能做出把开水倒在领导的手上，把暖壶的木塞放到领导杯子里一类的糗事。还好，一切都很顺利，一路水倒下来，感觉汗水早已湿透了衬衣。

正当我和小丁长吁了一口气，准备坐下来休息的时候，我俩几乎同时注意到了一位领导从他随身携带的皮包里，掏出一瓶药来。看到眼前的茶叶水，他皱了皱眉，苦笑着摇了摇头，又准备把药放到包里。我望了小丁一眼，他躲开了我的目光，自己端起杯子喝起了水。我没有再犹豫，找了一个纸杯，倒了一杯温开水，壮着胆子送了上去。对眼前突然出现的这杯白水，领导很是诧异，他抬起头来认真地看着我，然后微笑着冲我点了点头……

散会后，让我没有想到的是，这位领导专门找到正在打扫会场卫生的我，对我表示感谢，并询问了我的相关情况。在得知我尚未找到理想工作的时候，他掏出一张名片递给我：如果你愿意，可以到我们公司来找我。目送着他远去后，我把名片举到眼前：天呐，我做梦也没有想到，他竟然是我仰慕已久的那家知名公司的老总。

一个月后，我顺利通过了这家知名公司的笔试和面试，成为公司的一名新员工。而小丁仍旧待在那家乡镇企业里，他可能至今也没有想明白，一个人的命运怎么会被一杯看似淡若无味的温开水所改变。

第一次到报社

曹　秀

　　我与《铁岭日报》编辑部的人认识的比较早，上世纪 80 年代初期的一个春天，我刚巧从部队复员。在等待分配的时间里，我写出了一部长篇小说《命运》，当时县委组织部长看后，他让我送到报社，请编辑部看看。这是我第一次到《铁岭日报》，当时报社还在一个小胡同里，红色砖瓦。我在北京见过许多大报社，知道那些地方的豪华，然而我实在看不起这个小地方，实在是太不起眼了。报社应当是在漂亮的大楼里，谁知眼下破烂不堪，一个破布帘遮住门户，走进去才能看见几个编辑室的门牌，走廊里面浊气扑鼻。可是负责接待我的是副刊编辑胡荣威，他问我写的是什么题材，故事梗概是什么。第一次到报社我挺紧张，也说不出什么。

　　也许他看出了我的紧张，他劝告着："不要紧张，挑重点说。"当我说明小说的大概意思后，他说："报社不发表长篇小说，你可以送到出版社。如果你有时间，可以写一些短文章，报社需要一些短文章。"就这样，第一次送稿失败了。

　　工作分配后，写作时间充足了，虽然业余写作，但我还是能挤出一些时间与朋友们聚聚的。加上我在部队时对文学就感兴趣，所以除工作外我几乎把所有时间都用在读书和写作上，每天晚上我都要到一个图书馆去看书，并认识了图书管理员何志国。在他的影响下，我写作的劲头更足，他跟我说认识《铁岭日报》的编辑，并负责推荐稿子。在他的帮助下，当时的副刊编辑郝建发表了我写的一篇评论《融入土里的雪花》，这是评何志国小小说《他回来了》，也是我在《铁岭日报》副刊发表的第一篇作品。

有了第一篇作品垫底，我接下来发表了《心病》等小小说，以后又认识了张永光、邵广佐、于秀丽等编辑。当然，我提到的都是副刊编辑，虽然我不写新闻，但也认识新闻编辑和记者，比如乔传宏，比如曹秀君，比如杨万荣等等。由于我认识了副刊编辑，于是我经常到报社送稿，有时并不是送稿，即使到报社也是看一看朋友们，谈论一番后再回来。这期间，报社发生了翻天覆地的变化，铁岭也发生了翻天覆地的变化，每个人都有变化，我也由业余写手变成了有职称的作家。

一晃近30年，我在《铁岭日报》副刊发表小说散文几十篇，加上一些新闻稿件也有近百篇了。然而我要说的不是这点成绩，因为通过《铁岭日报》，我与其他报刊编辑交往，又发表了许多作品，而且还出版了十几部书。如果说我在文学上有成就，《铁岭日报》的编辑朋友们功不可没，铁岭文联的朋友们功不可没。现在，当《铁岭日报》建报40周年时，我借这个机会表达一下我对《铁岭日报》编辑朋友们的感激，表达30年来我对文学的忠诚。

女孩最喜爱的哲理美文

站着听课的孩子

曹 秀

　　我在电视上看到这样一则报道，说青海省化隆县红牙合村小学的孩子们上课时是站着的，他们没有桌椅，没有各项优越条件，孩子们用塑料袋装课本当书包，这样的镜头让人心动。他们为什么这样贫苦，这与他们当地的条件分不开，这个村的劳力一年收入不足一千元，他们除了生存之外还有其他负担，而每个孩子的学费就是 300 元，这对他们来说实在是太多了，然而我们又不能不面对这样的现实，如果说社会上有人富得流油，不妨伸手帮助他们，那些孩子们的愿望就是希望有人帮助他们摆脱困境。

　　由这则报道我看出一个问题，中国并不是所有地方的人都有钱，还有许多没钱的地方，就说东北，几十年前是中国最大的工业基地，也是有钱的地区。但是现在不同了，许多企业亏损倒闭，职工下岗，他们也成了贫苦人家。

　　虽然他们的孩子没有站着听课，但他们手中也是吃紧的，为此我想到了我小时上学的情景，所在学校也是穷困，当时还有一句顺口溜：富强校，完蛋操，破洋鼓，破洋号，破桌子，破椅子，老师上课抓虮子。就这样的条件，几年小学我们也念了下来，条件好的有权力的人把子女送到好学校，没有条件没关系的只好继续在此读书。现在这样的学校没有了，但我们也曾经有贫穷的时候，如何面对贫穷，这就是我对站着听课的孩子的一点建议。

说实话我写出了几百篇文章，哪一篇也没有这组镜头让我感动，哪一篇也没有这组镜头让人惊天动地，这哪里是报道啊，简直就是用刀子在剜我们的心肝。现在的中国发生着翻天覆地的变化，许多人都已经致富了，有的成为中国首富，可是他们的钱财用在了什么地方，他们的钱财给了谁，这是一个让人思索的问题。

我想他们的钱财没有给孩子，他们的钱财没有给那些贫苦的人家，他们的钱财可能都给了那些帮助他们赚钱的有权人，真正成为他们利用有权人为他们赚钱，而有权人利用手中的权力赚钱，这种赚钱方式怎能不让中国老百姓再三思索，所以站着听课必然成为一景。然而掩卷沉思，站着听课是谁造成的？是他们自己吗？不是，他们没有一个人愿意站着听课，也没有一个人不希望自己有一个好看的书包，然而他们的确是站着听课，的确没有书包，的确生存在穷乡僻壤，这就让人思索和同情。

其实对这种现象不必大惊小怪，过去有，现在有，将来还会有。眼下中国到处在招商引资，政府官员不会说别的，在他们眼里只有招商引资才是工作，可是他们忘记了还有数不清的工作等待着他们。人是有感情的，男人看见钟情的女人会动感情，女人看见自己心中的白马王子也有好感，可是当他们面对这些站着听课的孩子时，心中是否怦然一动，是否有感触？我上中学时，因为学生多桌椅少，我们班里同学坐在地板上听课，这精神感动着校长和老师，他们从外校借来许多桌椅供我们使用，现在回想起来这精神真的挺伟大。

如果把当年坐着听课和现在站着听课的事相比哪个更有意义？我想这是正常的，当年我们缺少桌椅坐着上课，现在孩子没有桌子站着听课，都有客观原因，这就是贫穷。

我知道什么叫后怕

曹　秀

　　我当知青下乡的那个村子里蛇特别多，而且还有毒蛇，一般人不敢轻易上山，更不敢独自到山上玩耍。可是知青胆量大得惊人，经常是三五成群跑到山上，他们这种天不怕地不怕的劲头让山里人惊讶，在他们看来没有知青不敢去的地方。有一天，我们七八个知青又上了山，我们在山上玩了整整一天，如果不是太阳要落山了，我们还不肯回来。然而就在我们下山时，走在前面的知青忽然叫喊起来："哎呀，我被蛇咬了！"

　　大家赶紧上前观看，这一看不要紧，被咬的知青手指头马上粗起来了，而且有些发黑。有经验的知青一看就知道是五步蛇咬的，这种蛇毒性最大，如果治疗不及时能要了人的命。为了保护他的手，大家想了许多办法，可是每个人心里都明白，只有砍掉他的手指才能保住生命。可是没有手指还能干活吗？我们不敢砍，被蛇咬的知青挨个求大家也没用，谁也不敢砍。于是他们让我砍，可是我的胆量平时说说还可以，真上战场第一个退下来的肯定是我。在万般无奈的情况下，大家认为只有找山民帮忙了，他们有经验，有可能救得了他。

　　然而这山如此之大，到哪里找山民呢？即使附近有也是望山跑死马，看着近，走路也需要几个小时。如果再拖下去，别说手指保不住，就是生命也未必能保住。怎么办？我当机立断，让大家将被咬的知青抬往医院，可是偏偏在路上又遇险，原来这附近有一处断崖，我们恰巧走上了断崖。这里平时走路都有三分危险，现在抬一个人更是危险，然而为了救他，我们几个几乎是在狂奔了。每个人都希望尽快下山，尽可能将他送到医院，可惜山路崎岖，不论我们怎么跑也快不了多少。所有知青都汗水横流，气喘吁吁，可是为了救他谁也顾不上累了。

一个小时后，我们总算是跑过了一座山峰，剩余的山峰更加险峻。不幸的是，又有一个知青被蛇咬了，幸而这回蛇没毒，可是我们吓得够呛，又是一场虚惊。以前我们不怕蛇，是因为没人经历过被咬的滋味，现在看见被蛇咬后真的出现危险症状，以后谁还敢拿自己生命当儿戏呢？此时，先前被蛇咬的知青已经出现了昏迷症状，如果不能及时治疗恐怕真的就没救了，当我们把知青抬送到医院时，医生告诉我们如果再晚十几分钟，这个知青就活不成了。

一晃 30 多年过去，当我们那些知青再次聚会时，当年被毒蛇咬伤的知青给我们敬酒，他说没有我们拼力救人就没有他的现在。可是我告诉他，当时我没有害怕，现在回忆起来我才知道什么叫后怕。

一张照片

李　全

三合村的李老头家的一张照片被人炒到了2万块钱，但李老头死活都不肯卖。听到这个消息后，我再也坐不住了。因为那张照片是我拍的，差点害得我连工作都没有了。

三年前，三合村遇上了百年难遇的洪水。我是市里某报的名记者，第一现场当然离不开我的身影。那天，又一次洪峰即将到来，抗洪子弟兵刚把村里的老百姓转移走，正准备撤离时，只见洪水里还有一个人，几个子弟兵什么都没有说，就跳下水去救那个人。等大家把那个人救起来一看，都吃了一惊——本县的县委刘书记。刘书记指了指远处说："里面还有一个老人，赶紧营救他。"几个子弟兵一听村里还有人，马上让另外两个子弟兵把刘书记送走，他们去救人，可刘书记死活不肯走，说："我也去。"几个子弟兵有些为难了，怎么能让刘书记再次冒险呢？刘书记有些不快，又说："快，不能再等了，如果洪峰到来之前，我们不能把他救出来，怎么对得起我们的农民兄弟？再说，我对那里的路熟悉，我带路，会事半功倍。"刘书记这么一说，大家就再没办法阻止他，只好让他跟着大家坐船往村里去。我凭着职业的敏感，知道这又是新闻，赶紧把相机紧紧地拿在手里，随时准备把最好的镜头拍下来。

被困在村里的人就是李老头，为了家里的一头猪，死活不走。见我们来让他撤走，他就破口大骂起来："你们这些混蛋，大水快来了，还回来干什么?!"李老头的这句话，让我非常反感。我们可是冒着生命危险来救他，他却这样对我们说。刘书记没理睬李老头的骂声，跳下水一把抓住李老头，几个子弟兵也跟着跳下水，一起把李老头拉上了船。我不失时机地连连按下快门。等船只到了安全地方，李老头居然问我刚才的照片拍得怎么样。我正在气头，淡淡地告诉他要相信我的技术。可李老头不相信，非要看看照片。我只好把相机取下来，把刚刚拍的那些一张张地给他看了。他似乎还有些不满意，问道："这是什么照片？我要的是纸质照片。"我解释说："这是数码相机，根本用不着去洗。"李老头还是不相信，问道："这么宝贵的照片怎么不洗出来？"傍晚，我要回城里把照片和稿子交给报社，刚上车，李老头跑了过来，非要缠着跟我一起进城，我有些不情愿，可他说："李记者，如果你不让我跟着去，那说明你拍的照片是假的。"这个李老头真难缠，我哭笑不得，就随他吧。

一到城里，李老头非要我把那张照片洗出来，再给他一张。我想想，反正顺路，又花不了几块钱，便答应了他的要求。

洗好照片后，李老头拿着照片高兴得跳了起来，说了声谢谢，转身便不见了踪影。我正想如何摆脱他，这可好，他自己走了。

待我回到报社里发照片时，才发现那张照片找不到了，便回到洗照片的地方，那个洗照片的小伙子红着脸告诉我，李老头叫他把那张照片从我的相机里删掉。我才想起，在我把相机给那个洗照片的小伙子时，报社领导打电话来，我到外面接电话去了。

结果，县委书记和官兵们勇救农民的事，只有文字报道，不见图片。报社领导很是生气，不相信一个名记者会做出这样的事，马上把我调到校对室做校对工作直到现在。因此，我对李老头也耿耿于怀。如今，刘书记刚调到省里任职，他却趁机把这张照片炒高价出售。

第二天，我就驱车来到了三合村，在村长的带领下，好不容易在村东头找到李老头。他老了很多，却一眼就认出了我，大声喊道："哎呀，李记者，多年不见，你是越来越年轻了。"李老头的话让我非常地生气，马上质问他："你为什么让洗照片的小伙子把我的照片删了？现在又要炒作这张照片？"李老头叹了一口气，说："李记者，其实……其实，你在报纸上把照片登出来，大家看后都会忘掉，时间一久，谁还会记得那件事。我把照片保存到现在炒作，只是让大家都记住他们，因为……因为他们都是我的恩人。"我想说点什么，可感觉到语言竟是那么苍白无力。

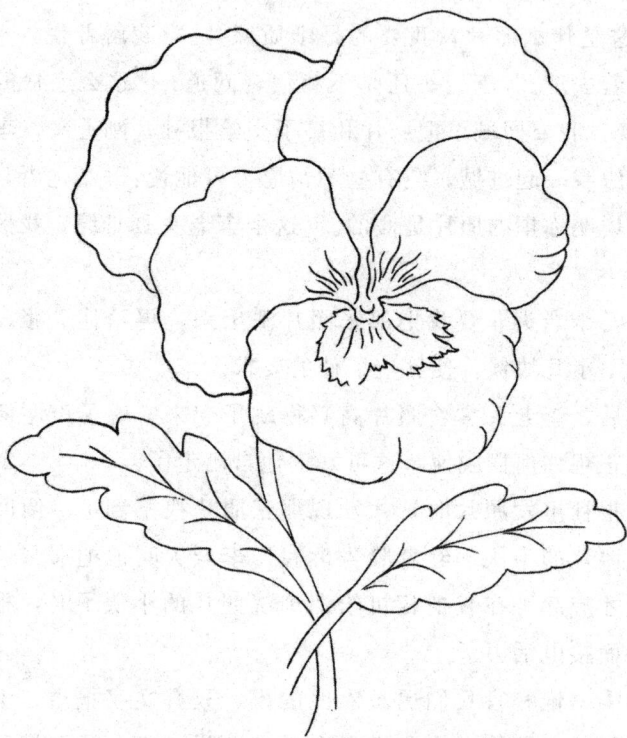

原来是这样

王哲珠

　　放学了，教室外面的走廊里满是背着书包的学生，吵闹得很。突然，起了一阵异样的骚动。刚回到办公室休息的林老师抬头看见两个家长一前一后从门口一掠而过，那急匆匆的脚步，那绷紧的面孔让林老师骇了一跳，一定出了什么事。加上后面尾随着一大群好奇的学生，像潮水似的跟着两个家长涌过去。

　　林老师放下还未来得及碰到嘴唇的杯子，急急地跟了出去。两个家长已经面对面站定到另一个教师办公室门前，大声吵着什么，四周围得里三层外三层的学生看猴戏般伸长了脖子。林老师边拨开学生边向那两个家长询问出了什么事。或者是周围学生喧哗得厉害，家长听不到林老师的声音；或者是他们正吵得兴起，看不到也无暇顾及林老师，以至于林老师把本来沙哑的声音喊得更哑他们也没回过头来。林老师四下看了看，周围的学生似乎都是看热闹的，没有跟这件事有关的，稍稍放下心，干脆转过身慢慢疏散学生，等两位家长理论清楚了再了解情况。

　　此时，两位家长越吵越凶，脸都涨得通红，粗粗的脖子稍向前伸着，鼓着眼睛，手指一点一点地彼此比划着，声音一个比一个高昂有力。林老师见学生终于散了不少，才从他们又急又响的话中断断续续听到什么"你说，你说！谁没理了……亲眼见扯着孩子的衣领……""啊哎，还说衣服，他一抓我孩子的手……"林老师冷眼看着两人，待两人骂累了喘气的空隙便轻声问，是什么事呢？

两位家长似乎此时才发现老师是一直在旁边的，一人扯住老师一只胳膊，争着说起对方的错处和自己的委屈。林老师抽出被他们拉疼的手，皱着眉头问，那孩子呢，我得问一问他们自己。两位家长猛地住了口，对啊，孩子呢，他们才是最重要的。四下看看，两家的孩子都不在，双方都觉得有点尴尬。林老师让旁边一个学生到教室去找，请两位家长到办公室坐下来，慢慢说清楚。毕竟这样站在外面高声吵着让学生围观，不是很雅观的事。

双方的孩子在教室里找到了，被找到时正凑在一块儿为一个棋子争辩着。林老师让两位家长先坐下，单单问两个孩子，你们刚刚为什么打架？两个孩子对望了一眼，有些奇怪。过了一会儿，才低着头小声委屈地说，老师，我们没打架，放学我们玩骑马的游戏去了。说完，怯怯地盯着老师，准备接受老师的批评，因为老师说过放学要按时回家的，他们却还在教室里玩。奇怪的是，这次林老师没批评他们，也没严厉地盯着他们，只是把脸转向两位家长，冷冷地望着两位正面面相觑的家长。

两位家长再一次涨红了脸，不过这一次脖子是短短地缩着的。"原来是这样……"一个结结巴巴地说，"我见那孩子骑在我孩子的背上，以为……以为打他，就喝了……"另一位咬着嘴唇低着声音："是这样。我见他一个大人喝着孩子，看我那孩子被吓的，心里一气，就……"两位家长越说声音越低，终于说不下去了。

两个孩子，各看着自己的妈妈，不知发生了什么事。原来，刚才无论是家长的喝斥还是吵架，他们都不知道。因为放学时走廊那样闹，他们又玩得那样开心，怎么知道两个妈妈已经狠狠地吵了一架呢？

美丽的贺卡

凌代琼

一年就要过去，我思念草根般生长在祖国山水间的文友。思念领着我，挑选了一批精美的贺卡。写上笑语，捧献怒放的心花，并将有我气味的贺卡天女散花般地撒向天空。心里美极了，我的新年祝福在通畅的邮路上飞舞。我甚至猜想，文友们将以怎样的姿态，在阳光、月光和灯光下，读我、忆我、戏笑我。

时间把等待夸张得很大。难以置信，就两天时间，我就收到了来自冰天雪地大兴安岭的文友如雪花一样洁白的祝福。原来文友的心是相通的。接着，我的阳台上就飞来了一只、两只、三五只麻雀，并用阳光般的语言，叽叽喳喳互吐着温暖的祝福。我生活在文友文字的美味中。眼睛每天都在文友的欢声笑语中漂流，天天口嚼这些新鲜的文字小吃，越嚼味道越美，越嚼心里越甜。

贺卡收到，祝福收到，文字收到，照片收到，笑容收到……电话响了，手机响了，我的老脸，每一天都被文友新的阳光灿烂地吻着。收发室的女孩说，你的贺卡真多又都那么好看。我幸福地告诉她，全是臭味相投的文友邮寄的。捧着贺卡走进办公室，我一般先欣赏贺卡上精美的图案，然后从记忆中调出这人的音像，猜他可能会说什么，并常常在阅读中开怀。指着那张贺卡说，我在这等着您呢。随后，便搜集这点滴的乐趣，高兴地将它们，汇入手机信息的河流。

在年味越来越浓的日子里，家人、同学、朋友、文友们的贺卡，给了我温暖。春节将到，送你三个情人，她们分别是平安、幸福与健康。今天的你好吗？送你十二只美丽平安的蜡烛，愿温柔的烛光能带给你无限的好运。祝老母亲健康长寿，家乡越变越美，新年心想事成。新年多出佳作，愿你的美文刊载各方媒体。谢谢你千里迢迢送来的笑容，我会保持我的笑容，祝你的美文在笑声中获奖。从你蝴蝶的翅膀上听到了音乐，从一朵狗尾巴花上读到了诗意。祝春节快乐！寄你一片彩云之南的云朵，让你新年快乐地行走在文学的彩云之路上。掬一杯瑞雪，捧一杯香茗，祝道兄新春快乐！一句祝福伴你左右，一段岁月天长地久，一生平安全家和美，天涯海角贺岁问候。

快乐裂变着快乐，贺卡美丽着我们。我嗅着散发着新朋老友熟悉气息的贺卡，感受着她们的呼吸，心里像有无数条清澈的小溪在流淌。我静静地细品这《小河淌水》音乐的起伏。贺卡是借着天使的翅膀飞翔的。朋友、家人、同学和文友的贺卡拼凑起来，差不多就是一张中国版图。凭我的脚力是无法走遍的。在这么短的时间内，要走完比长征不知长多少的路，真可谓是天方夜谭。可贺卡走到了，这便是贺卡的美丽之处了。看着贺卡，我在不觉中入画了。

贺卡像雪在飞，贺卡像花在笑。一张贺卡一片心，一种文字一种情。欢乐的贺卡架起了另一种情感的鹊桥，贺卡便使我们相约黄山，相约湘西，相约关外。最后，还是北京一家纯文学刊物在众说纷纭中敲定，相约北京。我们像孩子等待过节一样，等待下一次相约。我们美丽了贺卡，贺卡也在我的生活中溶月、入诗、入梦了。我用手抚摸着一张张带着情感的贺卡。在心里自语，其实真正美丽的，是比贺卡图案还要精美的心灵。

他在大院里走来走去

凌代琼

　　他，一个人在办公室外的大院里走来走去，脚踩着落叶吱吱响。

　　他总是这样取暖。自去年冬天以来，他就没有停止过走来走去的身影。他一会儿看看天，一会儿看看树木花草，在大院里来来回回地走，很少说话。

　　机关大院很大，他一圈走下来要花二十分钟。他的举动并没有引起大院里其他人的注意，或者说他并没有要引起什么人注意。大院里的人也很少有人注意他。领导忙着制定改革方案，处室人员想着裁员指标，小道消息不断，有人到处打探消息，像当年的地下党，夜幕下都开始了活动，谁还管他走来走去。或许像他那样在屋外透透风，排遣一下心中的郁闷还是好事呢，大院有人在背后这样议论。他这样走，已有一些日子了。去年冬天寒风凛冽，他的脸冻得通红，也没有停止过。他常常会看着公司几十面飘动的旗帜，数着新增的旗杆，在篮球场边发愣，在光荣榜前暗暗叹息。

　　他穿着棕色皮夹克，戴着厚边框的眼镜，胸前佩带着一枚很小的毛主席像章。他生长于黄河岸边，心中有黄河般奔涌的激情，黄河的波涛塑造了他。他工作认真、负责、文字功底很深，是市新闻界知名人士。那天雪花不断飘落到他的身上，他站在园塘边，一动不动地看着水中鱼。我走近。一阵沉默后，他说，鱼多自由，又没有思想，真是快乐。我问，你不是鱼，怎知鱼的快乐？他笑了。我劝，进办公室暖和一下。他摇摇头，自言自语地说，太压抑，在外聆听天地的音乐，用清净来超越烦杂不更好？冷，怕什么，上帝点燃我们生命之火，我们要用它来创造。

我有点怀疑他出了毛病，但是他的语速很快，眼神又是那样坚定，不像是犯病的人。每天正常上下班，完成他自己的工作量，只是喜欢走来走去。具体地说，他的走动是从宣布改革后开始的。他什么也不说，他知道意味着什么。起初，他是诉说，大院里花草哪年哪月栽的，向新来者讲述大院里发生的故事。后来，他闭嘴了。他移情于花草树木，并常常为大院里树木自然和谐的生长而激动。以他的话说，这里生命是平等的，没有高低贵贱的区别，没有人类弱肉强食的竞争，爱是永恒的主题。他还劝说，减轻身上的负载，包括心灵上的负载，应该多出来在大院里走走。每一棵树，每一株花草散发的新鲜气息，都能直达心灵深处。

他没有选择地选择了走来走去，是选择了一种方式与花草对话，他相信草木能理解他，时空能接纳他。他走着，用最简单的行为来注解移动的情绪。

他并没有把大院里的人当敌人，也没有任何恶意，只是愿意或者说喜欢。用脚亲近泥土，用眼亲近绿色，用心与自然私语。他不紧不慢地把全部的真相放在阳光下，默默地走着。

他走着，像在大院里举办个人行为艺术展。他相信这种行走，能传达出一种信息，一种被忽略的情绪。

有领导说，他，有点烦。有人评论，他，有点可怜。更有人说，他是二十一世纪的阿Q。新来的大学生说，他是否是我们的明天。